NORBERT KLUGMANN

Opa parkt in Poppenbüttel

NEUES AUS DER WAITZSTRASSE Die deutschlandweit populäre Unfallserie in der Hamburger Waitzstraße dauert schon über zehn Jahre an. Bisher blieb es bei Attacken auf das Straßenmobiliar. Aber die Uhr tickt und die betagten Unfallpiloten lieben ihre SUVs. Erstmals entsteht der Plan, das Parkproblem an der Wurzel zu packen. Auf dem Marktplatz des nordöstlichen Stadtteils Poppenbüttel wird ein großes Zelt errichtet, in dem betagte Menschen mehrere Tage unter Anleitung erfahrener Trainer an ihrer Feinmotorik arbeiten sollen. Für das Trainingslager reisen mehrere Dutzend Teilnehmer der Generation 70 plus an, sie werden hier auch übernachten. Eine historische Chance für die heimische Hotellerie. Tagsüber wird ein- und ausgeparkt oder was die Senioren dafür halten. Abends trifft man sich mit Leidensgenossen. Hauptthema: Stress mit den Kindern und der Kampf um Kontrolle über das eigene Leben. Am Ortsrand fließt in paradiesischer Landschaft das Flüsschen Alster. Schnell finden die Senioren Gefallen an einer neuen Art der Fortbewegung. Denn auch auf dem Wasser sind Wettrennen möglich …

© privat

Norbert Klugmann, Jahrgang 1951, veröffentlichte bisher 80 Romane. Schwerpunkte sind Krimi, Drama, Satire, Melo, Jugendbuch. Klugmanns Stärken sind der Dialog und die Nachbarschaft von Alltag und Anarchie. Seine Vielseitigkeit zeigt sich in Romanen über die Welt des Sports, Geschlechterkriege, Karrieren, bizarre Charaktere, aktuelle Kommunalpolitik und historische Themen. Viermal begleitete er die Hebamme Trine Deichmann durch das Lübeck des 17. Jahrhunderts. Das süffige Genre des Weinromans bereicherte er mit drei Romanen um den smarten Marchese. 2022 veröffentlichte Klugmann einen Roman über die deutschlandweit bekannte Unfallserie von Hamburger Senioren beim Ausparken: »Bitte parken Sie nicht in unserem Schaufenster«. Jetzt erscheint die Fortsetzung.

NORBERT KLUGMANN

Opa parkt in Poppenbüttel

Roman

GMEINER

Immer informiert

Spannung pur – mit unserem Newsletter informieren wir Sie
regelmäßig über Wissenswertes aus unserer Bücherwelt.

Gefällt mir!

Facebook: @Gmeiner.Verlag
Instagram: @gmeinerverlag

Besuchen Sie uns im Internet:
www.gmeiner-verlag.de

© 2024 – Gmeiner-Verlag GmbH
Im Ehnried 5, 88605 Meßkirch
Telefon 0 75 75 / 20 95 - 0
info@gmeiner-verlag.de
Alle Rechte vorbehalten
1. Auflage 2024

Lektorat: Claudia Senghaas, Kirchardt
Herstellung: Mirjam Hecht
Umschlaggestaltung: U.O.R.G. Lutz Eberle, Stuttgart
unter Verwendung eines Fotos von: © Anna / Pixabay,
Konstantinos Moraiti / stock.adobe.com, Querbeet / istockphoto
Druck: GGP Media GmbH, Pößneck
Printed in Germany
ISBN 978-3-8392-0720-8

1

Es rauschte. Sehr kurz und gar nicht laut. Etwas rau klang es, dann knallte es, auch dies sehr kurz, aber lauter. Dann war es ruhig. 21, 22. Danach der Ruf einer Frau: »Mutti! Mein Gott, Mutti! Nicht schon wieder! Wer soll das bezahlen? Wer hat so viel Geld?«

Heinrich Treitschke trat einen Schritt zur Seite. In schildkrötengleichem Tempo glitt der Mittelklassewagen an ihm vorbei. Zwar rollte er rückwärts, das war gut. Aber er rollte mit einer Langsamkeit, die es ausschloss, Unheil anzurichten. Treitschke atmete schneller, als der Wagen rollte. Die Frau am Steuer hätte einen Blick in die auf dem Beifahrersitz liegende Illustrierte werfen können, und Treitschke hätte sich immer noch nicht in Sichtweite einer Situation befunden, die in den Zeitungen und im Fernsehen als »riskant« und »grenzwertig« oder sogar als »lebensgefährlich« bezeichnet werden würde. Das vollkommen kontrollierte Ausparken hinderte die betagte Fahrerin auch nicht daran, Treitschke zu bemerken, ihm zuzulächeln und ihm zu allem Überfluss zuzuwinken. Zwar musste sie dafür unweigerlich eine Hand vom Lenkrad nehmen – was gut war –, aber daraus folgte leider auch an diesem Tag absolut nichts. Der Wagen blieb in der Spur, als würde er auf Schienen laufen.

Einen Moment gönnte sich Treitschke den Sprung nach Westen, wo sich in diesem Stadium des Ausparkens alle

Menschen in einem Radius von 50 Metern in Hauseingängen und hinter Autos in Sicherheit gebracht haben würden – im besten Fall hinter Fahrzeugen, die sich nicht in Bewegung befanden.

Heinrich Treitschke war kein Schwarzmaler, aus einer Familie mit friesischen Wurzeln stammend, lag ihm nichts ferner als vorschnelles Reagieren und motorische Erscheinungsformen, die Außenstehende als fix oder reaktionsschnell bezeichnet hätten. Treitschke ließ die Dinge gern auf sich zukommen, als Kunde in der westlich gelegenen Waitzstraße oder als Besucher einer Arztpraxis an derselben Adresse hätte sich sein Lebensrisiko um den Faktor 100 vergrößert.

Aber Treitschke lebte in Poppenbüttel, 30 Kilometer von der Waitzstraße entfernt. Mochte der Name Ortsfremden auch spontan Anlass zur Hoffnung geben, so würde ihn ein kurzer Aufenthalt in diesem Teil der großen Stadt eines Besseren belehren. Was in diesem Fall bedeutete: eines Langsameren, Bedächtigen, Zögernden, mitten in der Bewegung Innehaltenden. Es war die Regel und nicht die Ausnahme, dass Tag für Tag Bewohner Poppenbüttels erst lange nach der Rückkehr in ihre Behausung realisierten, wie viele Besorgungen sie heute wieder nicht durchgeführt hatten, mochten sie auch dringend sein (Grundnahrungsmittel, Nahrungsergänzung, Medikamente, Lotto). Sie hatten sie schlicht vergessen, was nicht in mangelnder geistiger Präsenz begründet war, sondern eine Folge der Poppenbüttler Bedächtigkeit darstellte. Über dem Ortsteil im äußersten Nordosten der Metropole lag käseglockengleich eine Haube, bestehend aus Kommichheutnichtkommichmorgen-Mentalität.

Keiner der 104 städtischen Ortsteile brachte es auf einen so großen Anteil an betagten Mitbürgern. Jeder dritte Poppenbüttler war 65 und älter. Älter hieß hier nicht: kurz nach Erreichen von Rente und Pension, es bedeutete in nicht seltenen Fällen ein Lebensalter von über 70, über 80, über 90. Danach wurde es dünner, aber das war lediglich der Biologie geschuldet, nicht der Poppenbüttler Mentalität. Die war robust auf dreistellige Jahreszahlen ausgelegt, und im Ortsbild existierte nichts, was die Geburtstagsfeier zum 100. in einen Abenteuertrip an die Grenze der individuellen Endlichkeit verwandeln konnte.

Oder wie Luise Ullrich, nicht verwandt und verschwägert mit der gleichnamigen Schauspielerin, es unnachahmlich auf den Punkt gebracht hatte: »Poppenbüttel ist, wenn du alles hinter dir hast und nichts mehr vor dir – außer dem Rollator, der sich partout nicht überholen lassen will.«

Deshalb war der Ruf einer besorgten Mutter, der vor wenigen Minuten Heinrich Treitschkes Ohren erreicht hatte, in Poppenbüttel seit vielen Jahren nicht mehr gehört worden. Da mussten erst die Vandalen und Anarchos aus den westlichen Stadtteilen kommen, um den Poppenbüttlern zu demonstrieren, was möglich war. Woche für Woche war in der Waitzstraße Ballyhoo, längst tauchte nicht mehr jeder neue Rumms in den Medien an prominenter Stelle auf. Die Vorkommnisse in der Waitzstraße fügten sich harmonisch in die dortige Realität ein. Die Erbsenzähler und Statistiker hatten Mühe, mit der Buchführung hinterherzukommen. Polizei, Lokalpolitik und vor allem die Geschäftswelt umschlichen nervös die 900 Meter lange Straße. Aber die im Westen ließen ihre Unglücksfahrer nicht einfliegen. Sie nahmen ihre regelmäßigen Sticheleien in die eigenen gepflegten Hände, die nicht selten in Handschuhen steckten, für die man in anderen Stadtteilen drei Monatsmieten überweist.

Davon konnte man in Poppenbüttel nur träumen. Und niemand träumte häufiger davon als Heinrich Treitschke.

Natürlich hatte das historische Seniorenrennen zwischen den westlichen und östlichen Senioren in der Kieskuhle an einigen Klischees und Vorurteilen genagt. Das war erfreulich. Aber das Rennen lag nun auch schon zwei Monate zurück – zu viel in unserer schnelllebigen Gegenwart, um seine Frische und Vitalität in die Zukunft hinüberretten zu können.

Seitdem hatte es in der Waitzstraße viermal gekracht. Sie nieteten um, was ihnen vor den Kühler kam, sie umschifften die zentnerschweren Poller, die angeblich in der Testphase Panzer gestoppt hatten, und sie schafften es, auf einer Strecke von maximal 15 Metern eine Macht zu erzeugen, die niemand einem betagten Mitbürger zutrauen würde.

Wer Wert darauf legte, konnte wissen, dass es eine Handvoll Senioren gab, die bereits mehr als einmal auffällig geworden war. Zwei von ihnen hatten es sogar auf drei Treffer gebracht. Beide waren seit ihrer letzten Aktion nicht mehr für die Medien zu sprechen, was für sie die Höchststrafe bedeutete und für ihre Familien eine Galgenfrist. Die in jeder Hinsicht aus dem Verkehr gezogenen Senioren (Kosename: Die zwei Caracciolas) saßen nun auf einem Berg Autogrammkarten, der von Tag zu Tag an Wert gewann, was ihnen jedoch nicht bewusst war.

Aber Heinrich Treitschke wusste es. Er wusste viel über die Lage im Westen. Im Westen lag die Sehnsuchtslandschaft des ehemaligen Besitzers einer Baustofffirma. Treitschke hatte seinerzeit den Kontakt zu den jetzigen Eigentümern der Kieskuhle vermittelt. Die Zweitplatzierte des Rennens hatte ihn auf eine Runde mitgenommen, seitdem wusste Treitschke, dass er nicht umsonst gelebt hatte. Die Frau fuhr wie eine gesengte Sau, bis zur letzten Kurve hatte er nicht gewusst, ob er vor Lebenslust oder Panik so sehr schwitzte.

Aber er wusste, dass es Vorfreude war, die seit zwei Tagen seine Adern durchpulste und alle Schlacken wegspülte, bevor sie Schaden anrichten und Verstopfungen auslösen konnten. Die TV-Filmer aus München hatten sich angesagt, um in Poppenbüttel mit Verantwortlichen und Zeitzeugen des Rennens zu sprechen. Mochten in den letzten Wochen auch die überregionalen Erwähnungen in Zeitungen und elektronischen Medien abgenommen haben, so war jetzt eine erfreuliche Gegenbewegung unübersehbar. Diverse Medienadressen, die nicht auf Tagesaktualität angewiesen waren, bereiteten Filme vor – längere Berichte, gründliche Berichte, unterfüttert mit Fakten und grundsätzlichen Gedanken. Sogar eine Diskussion war geplant, nur in einem einzigen Dritten Programm, aber die Bayern sendeten seit Langem bis in den hohen Norden. Lange hatte man das Unfallgeschehen in der Waitzstraße für nicht unbedingt notwendig gehalten und teilweise für überflüssig. Aber man war offen für Themen, die über Bayern hinausreichten. Die erfreuten Poppenbüttler hatten den Bayern optimale Unterkunft, Speisung und erstklassige Gesprächspartner in Aussicht gestellt. Treitschke gehörte dazu, in der Kieskuhle dröhnten schon die Motoren, denn man wollte aus dem vollen Training das historische Rennen nachstellen.

Treitschke durfte den Gang in die Bäckerei nicht vergessen. Zu Hause wartete der Enkel auf Gebäck, das er angeblich für seine Konzentration brauchte. Der angehende Biologe, jüngster Spross von Treitschkes im Süden mit einem grünen Landespolitiker verheirateter Tochter, absolvierte in Hamburg ein mehrwöchiges Praktikum. Vor allem fraß er sich bei den Großeltern durch und trieb sich mit Kumpels, die er in den ersten 48 Stunden kennengelernt hatte und zu denen auch Mädchen gehörten, in Gegenden herum, die Treitschke als unabdingbar für den Erfolg des Praktikums untergejubelt worden waren. Bis dahin hatte Treitschke diese Adressen nur mit Diskotheken und Kiez-Adressen in Verbindung gebracht.

Poppenbüttel ist ein altes Dorf. Wer von Poppenbüttel redet, meint den Ortskern rund um den großen Marktplatz und die weit ins Umland hineinlappenden Wohngebiete.

Wer Poppenbüttel nur von außen kennt, denkt an Norddeutschlands größtes Einkaufszentrum. Der riesige Komplex liegt knapp zwei Kilometer Luftlinie entfernt an der Endstation der S-Bahn. Der Fußweg zwischen den zwei Poppenbüttels ist beschwerlich, denn der echte Ort liegt auf einem Hügel. Sowohl der Abstieg wie auch der Aufstieg überfordert alte Knochen. Die Busverbindung ist überschaubar, der Motorisierungsgrad der Bewohner extrem hoch, die Fahrt in die Großgaragen mit ihren 3.000 Stellplätzen seit Langem die Fortbewegungsweise der Wahl.

Die Konkurrenz von 240 Geschäften hatte auf die überlebenden Einkaufsadressen im echten Poppenbüttel eine Konsequenz, die speziell im Fall der Bäckereien gewöhnungsbedürftig ist. Um Punkt 7 Uhr hat man die freie

Auswahl, um 9.30 Uhr muss man nehmen, was noch da ist. Ab 13 Uhr bereitet man sich auf den Ladenschluss in fünf Stunden vor, und die Kunden dürfen live erleben, mit welcher Hingabe und unter Einsatz eines Handfegers die Brötchenfächer gefegt werden.

Treitschke kannte die Verkäuferin, die die zweite Tageshälfte als Solistin bewältigt, mit Namen. Das bleibt nicht aus, wenn man seit mehreren Jahrzehnten hier lebt.

In seiner Jackentasche brummte es. Sonja Ziemann, nicht verwandt und verschwägert mit der bekannten Filmschauspielerin, sagte: »Ich wäre vorsichtig. Davon kann man steril werden.«

Treitschke und der zweite Kunde blickten sich an.

Sonja sagte: »Zeugungsunfähig. Null Nachwuchs, wenn Sie wissen, was ich meine.«

Treitschke sagte: »Für wie alt hältst du mich?«

Sonja sagte: »Der Chef sagt, auf diese Frage sollen wir nicht antworten.«

»Ach.«

»Der Chef sagt, dadurch verliert man leicht Kunden.«

»Flunkre doch einfach.«

Es war faszinierend, Sonja beim Nachdenken zuzusehen. Dann sagte sie: »Ende 50.«

»Mein Sohn ist älter.«

»Dann haben Sie aber früh ange…«

Treitschke nahm das Handy aus der Jackentasche. Sonja begriff, dass sie seinen Standort zu weit nach unten verlegt hatte.

Treitschke kannte die Nummer, konnte sie aber nicht unterbringen. Er ließ den zweiten Kunden vor, dessen Namen er nicht kannte. Er fand das nicht dramatisch, aber es fiel ihm auf.

Der Tonfall war nicht so bayerisch wie im *Komödien-stadl*, aber viel fehlte nicht. Treitschke kam kaum zu Wort, und als er die Gelegenheit bekam, hatte er jede Lust verloren.

Beinahe wäre er ohne die Kuchenstücke gegangen.

2

Fünf Jahre nach der Vereinigung hatte Heinrich Treitschke mit seiner Frau erstmals den Osten bereist, damals noch im Ford Sierra, den heute keiner mehr kannte. Aber damals war er bequem gewesen und so groß, dass man nicht ständig das Gefühl hatte, von hinten angespuckt zu werden, wenn jemand auf der Rückbank saß. Unterwegs hatte man regelmäßig Station gemacht, einen Kaffee getrunken, auch eine Kleinigkeit gegessen. Wenn die Kleinigkeit sehr klein war, hatte eine nachgeschobene Kleinigkeit den Mangel ausgeglichen. Man hatte sich so sehr darauf gefreut, auf bodenständige östliche regionale Küche und Einrichtungen zu treffen, und war zehnmal nacheinander in Lokalen gelandet, die aussahen wie ein Mix aus Wochendiskothek und Metallwarenhandlung. Treitschke hatte aus beruflichen Gründen nichts gegen Metalle, aber alle Lokale sahen aus, als würden sie aus derselben Werkstatt stammen. Der halbherzige Versuch, jugendlich, modern und nobel zu wirken – unterm Strich also westlich. Dabei hatte Treitschke auf seinen Dienstreisen Toilettenanlagen erlebt, die mehr Stil besaßen. Die Wirte erinnerten ihn an Zuhälter, und wenn eine Frau hinter der Theke stand, wusste er sofort, wie sich ihre Stimme anhören würde. So hörten sich Frauen an, die seit 30 Jahren Kette rauchten. Damals gab es das noch.

Im Westen hatte er im Lauf seines Lebens vielleicht drei oder vier solcher Einrichtungen erlebt, dabei hatte er unzählige Besprechungen in Lokalen absolviert. Eines dieser Lokale stand in Poppenbüttel, 30 Meter vom Marktplatz entfernt. Eine erste Adresse im Ort und das Schlimmste, was man für Treitschkes Geschmack über den Ort sagen konnte. Dieses Lokal kann überall stehen, es bleibt auch immer gleich in seiner Anmutung und Ausstrahlung. Manchmal passen sich Lokale ihrer Nachbarschaft an, im Lauf der Zeit wuchern sie auf rätselhafte, aber nicht unangenehme Weise auf ihre neue Heimat zu. Sie nehmen Geruch und Geschmack an. Dass man hier immer frisch trinken und sogar ordentlich essen kann, wunderte Treitschke nicht. Mit den Vorurteilen war es nicht mehr so wie früher. Früher waren Vorurteile aus einem Guss gewesen. Heutzutage findet sich immer eine Farbe, eine Mode, eine Möblierung, die aus der Reihe tanzt.

Das hielt Treitschke nicht davon ab, nun einzukehren. Er hatte nichts zu erleiden. Neun von zehn Gesichtern kannte er, fast alle mit Namen, mit allen duzte er sich. Aber an Tagen, an denen er das Leben liebte, weil das Leben freundlich zu ihm gewesen war, fiel es ihm leichter, hier eine gute Figur abzugeben.

Er war alt genug, um sich vor Langem auf die Schliche gekommen zu sein. Seine Ruth – nicht nach der Schauspielerin Ruth Leuwerik genannt – hielt sich in aller Bescheidenheit für die ausgewiesene Kennerin seiner jeweiligen Befindlichkeit. In jüngeren Jahren hatte er um die Lufthoheit seiner Selbsteinschätzung gekämpft. Mittlerweile ließ er sie in dem Glauben, es war wichtig für sie und entsprach der Rolle, die viele ältere Ehefrauen in der Ehe einzunehmen glauben.

Die Theke war voll, die Tische in Hörweite waren besetzt. Den Telefondienst hatte klaglos Ulrike übernommen. Eine Wirtin kennt die Machtverhältnisse im Ort, und sie weiß einzuschätzen, mit welchem Verhalten sie sich Freunde macht und womit sie sich in die Isolation manövriert. Ulrike hatte nichts zu erleiden, man respektierte sie, man scherzte und juxte mit ihr, man bezahlte seine Rechnung nicht nur mit Geld, sondern auch in der zweiten Kneipenwährung: Information. Ulrike war die Quelle, aus der die beiden fürs Lokale zuständigen Journalisten ihren Fang zogen. Ulrike kannte nicht alle Geheimnisse, aber die Zeitungen, die Poppenbüttel auf der Rechnung hatten, waren auch nicht auf Geheimnisse scharf, sondern auf Menschliches-Allzumenschliches, zur Not auf lokalen Sport und alles, was Eigenheimbesitzer und Geschäftsleute in Wallung bringt. Es hat also stets mit Geld zu tun.

Die Handvoll Geheimnisse, die Ulrike kannte, hegte und pflegte sie, einige staubte sie schon seit Jahren ab und glaubte mittlerweile nicht mehr daran, dass aus dem verdorrten Stamm noch einmal zarte Triebe sprießen würden. Denn in Poppenbüttel lebten einige Namen, die es zu überregionaler, wenn auch nie zu bundesweiter Prominenz gebracht hatten. Mit einer dieser Adressen war Ulrike enger verbandelt, als ihre Gäste wussten – sogar enger als die Gattin des regionalen Promis wusste. Ein wenig Spaß muss sein. Und manchmal entsteht aus dem gemeinsamen Spaß sogar neues Leben. Dann muss man entscheiden, wie man damit umgehen will. Flucht oder Standhalten? Skandalöse Scheidung oder Ortswechsel? Oder eine trickreiche Taktik mit überschaubarem Geldeinsatz, die dafür sorgt, dass das neue Leben mitten in Poppenbüttel aufwächst, und niemand hebt aufmerksam den Kopf, wenn man als

Wirtin mit dem neuen Leben Kontakt pflegt, obwohl man offiziell gar nichts mit ihm zu tun hat.

Treitschke brachte die aktuelle Wendung der Ereignisse in Umlauf. Die Münchner Filmer würden nicht nach Poppenbüttel kommen. Stattdessen würden sie in den Westen der Stadt fahren, wo es zu einem taufrischen Rumms gekommen war. Treitschke hatte zart auf frühere geringschätzige Einlassungen zum Thema »Tagesaktualität« hingewiesen, die Münchner Stimme hatte um Verständnis gebeten.

»Eure Zeit wird kommen«, hatte die Stimme behauptet und musste sich dann um ein Problem kümmern, das ihm angeblich gerade aus dem Hintergrund signalisiert wurde.

»Sie geben sich noch nicht einmal mit den Schwindeleien Mühe«, sagte Treitschke müde.

»Kastrieren, die Hunde«, sagte die Stimme, die im Lokal traditionell für die radikalen Lösungen zuständig war.

Nun begann die Phase, die Treitschke hasste, weil er sie schon 20-mal angehört hatte, meist mit einem gewissen Treitschke als Stimmungsmacher und Meinungsführer.

»Warum bauen die Opas und Omas bei uns keine Unfälle?«, murmelte er. »Ist das denn so schwer? Warum kriegen die das drüben in der Waitzstraße hin?«

»Die wohnen auch nicht alle da. Einige reisen extra von weither an. Die geben sich Mühe, das fehlt bei uns.«

»Nur um dann in der Waitzstraße ins Schaufenster zu fahren? Respekt. Das nenne ich Einsatz und Engagement. Vielleicht ist das der Unterschied zwischen denen und uns: Die sind motiviert. Und wir sind nur Poppenbüttelaner.«

»Gibt es bei uns nicht etwas, was die im Westen nicht zu bieten haben? Etwas Biologisches vielleicht?«

»Du meinst geile Frauen?«

»Das meine ich weniger. Ich dachte an etwas in der Natur.«

»Geile Frauen in der Natur, im Wald zum Beispiel. Oder beim Schwimmen. Da ließe sich was draus stricken.«

»Aber erst, wenn sie im Westen die Elbe zuschütten und daraus eine Schnellstraße machen. Oder Eisenbahngleise verlegen. Wäre sowieso langfristig die beste Lösung, weil Hamburg dann nicht in 40 Jahren mit Absaufen anfangen müsste.«

Man hatte wieder Kontakt zu einem der Themen aufgenommen, über die man am nordöstlichen Stadtrand gerne und teilweise mit Hingabe spekulierte.

Schönbohm aus dem zweitnobelsten Seniorenzentrum sagte: »Langfristig sind wir natürlich auf der Siegerstraße. Wenn die Waitzstraße abgesoffen ist, werden sie schon erkennen, was sie an uns gehabt hätten.«

»Nämlich?«

»Nämlich? Lass mich nachdenken.«

»Wenn du sagst: Lass mich nachdenken, ist das dasselbe wie: Keine Ahnung.«

Das war eine weitere Tradition in der örtlichen Kommunikation. Man lernte schnell die Eigenarten, Marotten sowie Leib-und-Magen-Themen seiner Gesprächspartner kennen. Zuerst freute man sich, weil man diese Kenntnis für eine Vertiefung der Gesprächsführung hielt. Man war dann einfach befreit von weiteren Missverständnissen und verlor unterm Strich nicht ständig eine Menge Minuten, denn die Lebensuhr tickt immer weiter und wartet nicht so lange, bis das letzte Missverständnis mit vereinten Kräften aus der Welt geschafft worden ist.

Aber Treitschke, der selber ein bemerkenswert wacher Geist war und außer seiner Schwäche, sich Namen von

Menschen, Straßen und Orten zu merken, nie durch Ausfälle auffällig wurde, hatte – wenn auch unter Schmerzen – akzeptiert, dass man in Poppenbüttel vor allem zwei Elemente benötigte, um kommunikativ über die Runden zu kommen: erstens Gesprächspartner und zweitens die Bereitschaft, über ihre Grenzen hinwegzusehen, mochte sich das auch manchmal als schwere Prüfung erweisen.

So sagte er jetzt: »Ich frage euch: Wo ist *unsere* Waitzstraße? Was ist an dieser Straße so einzigartig?«

Einsatz für die Neunmalklugen: »Pro Stadt darf jeder Straßenname doch nur einmal vorkommen. Sonst würde man ja nicht mehr durchblicken.«

»Es muss nicht Waitzstraße heißen«, entgegnete Treitschke. »Die Beatles und die Stones hatten auch verschiedene Namen.«

»Und verschiedene Musikstile. Aber wir wollen ja dasselbe machen wie die Waitzstraße.«

»Das ist nicht ganz korrekt«, korrigierte Treitschke.

»Verbessere mich. Das tust du doch gern.«

»Wir wollen nicht unbedingt Schaufenster zertrümmern. Das ist nur gut fürs Auge. Aber das schafft jeder Dussel.«

»Du meinst, es könnte auch Lyrik sein? Wenn wir Gedichte dichten, können wir sie damit schlagen?«

»Genau das. Gedichte! Selbst gedichtete Gedichte. Das ist die Lösung. Die im Westen lachen sich über uns tot, und wir sind dann die Sieger.«

Zehn Minuten wurde ernsthaft beraten, ob in Poppenbüttel eine Straße für den guten Zweck infrage kommen würde. Ein bis zwei Kandidaten fanden sich, aber es fehlte die letzte Begeisterung. Die Waitzstraße war viel länger, sie war viel gerader, vor allem hatte sie Geschäfte auf beiden Seiten, und dort war mehr Betrieb. Nicht nur beim Sommerschlussverkauf, sondern an jedem Tag. In Poppenbüttel gab es dagegen nur zwei bis drei Straßen mit einem nennenswerten Aufkommen an Geschäften. Aber die standen nicht dicht an dicht wie in der Waitzstraße, dazwischen mogelten sich immer wieder ladenlose Häuserfronten. Und die Hauptstraße machte sich keine Freunde durch ihre ungewöhnlich breiten Bürgersteige. Während man in der Waitzstraße in einer halben Sekunde den Sprung von der Parkposition ins Schaufenster schaffte, verlor man in Poppenbüttel eine halbe Ewigkeit damit, den endlosen Bürgersteig zu überqueren. Mit jedem Zentimeter stieg die Wahrscheinlichkeit, dass der anfangs so hoffnungsvolle Schwung des Autos zu früh an Energie verlieren könnte, sodass parallel dazu die Gefahr zunahm, am Ende das Schaufenster nur noch zart, fast freundschaftlich, zu touchieren. Das wäre dann eher ein Streicheln als eine Attacke gewesen. Jeder Einheimische, der einen Rest Ehrgefühl im Leib hatte, sah im Geiste einen Wagen vor sich, der mitten auf dem Bürgersteig den Geist aufgegeben hatte und zwischen Parkposition und Zielkontakt verreckt war. Peinlicher ging es ja nicht mehr. Außer mit dem zeitnahen Umzug in eine fremde Stadt war diese Blamage nicht aus der Welt zu schaffen.

Trude Herr, eine Teilnehmerin des historischen Kieskuhlenrennens, sagte schaudernd: »Das will ich mir nicht mal im Spaß vorstellen.« Obwohl sie mit der seinerzeit bekannten Komikerin gleichen Namens nicht verwandt oder verschwägert war, verfügte sie über erstaunlich viel Humor, was in geselliger Runde angenehm auffiel, denn es handelte sich um Humor, über den man in Poppenbüttel herzlich lachen konnte, ohne sich dabei unter sein Niveau begeben zu müssen. »Das Peinlichste wäre, wenn alle sagen: In Poppenbüttel haben sie jetzt eine Waitzstraße für Arme.«

Einer in der Runde gestand, dass er jeden Tag damit rechnete, dass aus einer anderen Stadt die schockierende Nachricht kommen würde, dass man gerade seine eigene Waitzstraße eingeweiht habe. Aus einer Stadt, die so klein und hässlich und unbekannt ist, dass der Name keinem etwas sagt. Die deshalb auf einen Schlag weltberühmt werden würde. Aber kleine, unbekannte hässliche Städte sind meistens arm. In der hiesigen Waitzstraße dagegen gab es nur Geschäfte, die etwas hermachten. Dort drängten sich Schaufenster, bei deren Anblick sich ein sensibles und ästhetisch gebildetes Gemüt spontan freuen würde, sie in Angriff zu nehmen.

»Das hat einfach Stil bei denen«, sagte Trude Herr. »Das ist der Vorteil, wenn du reich bist. Du hast dann einfach mehr Geld.«

»Das liegt daran, dass da die Reeder wohnen. Haben wir einen Reeder bei uns?«

Einem fiel ein Name ein. Leider wussten die meisten, dass es sich um einen Kanuverleiher handelte.

»Aber er baut auch Kajaks.«

»Passt auf eines seiner Kanus ein Container?«

»In Leichtbauweise möglicherweise.«

Treitschke riss sich aus seiner milden Depression los. »Lasst uns sammeln, was uns ausmacht.«

Allgemeines Stöhnen hob an, denn Treitschke schlug das nicht zum ersten Mal vor. Es war nun nicht so, dass sich in den letzten 700 Jahren noch nie ein Poppenbüttler Gedanken über die Zukunft des Ortes gemacht hatte.

Und man sah ja, was sich in 700 Jahren zum Besseren gewandelt hatte. Man lebte am Rand der großen Stadt und wurde immer älter.

Draußen ertönte ein Geräusch, dass man gegen 20 Uhr nicht oft hörte: als wenn Metall auf Metall trifft, und beide Metalle suchen die Entscheidung, weil sie nicht weichen wollen.

Freude auf allen Gesichtern. Heino war im Anmarsch! Heino Augenthal, aktueller Anwärter auf die Medaille des Ehrenbürgers, seitdem er vor wenigen Monaten im Einkaufszentrum seinen SUV durch das Erdgeschoss des *Kaufhof*-Kaufhauses gelenkt hatte, ohne größeren Schaden zu verursachen. Den SUV hatten sie ihm weggenommen, Heinos Familie verstand keinen Spaß. Aber den Rollator hatten sie ihm gelassen, er durfte ihn auch in Breite und Schmuck aufrüsten. Seitdem war das metallische Kratzen im Ort zu einem Standardgeräusch geworden. Nie war etwas Ärgeres geschehen als Schrammen an abgestellten Fahrrädern, Lackschäden und Kontakt mit Pfählen, Schildern und Metall in jeder Erscheinungsform.

Heinos Sehvermögen hatte sich in der jüngeren Vergangenheit ebenso wenig gebessert wie seine notorische Rechts-Links-Schwäche. Aber sein Gehör war ausgezeichnet. Noch 48 Stunden später konnte er exakt beschreiben, was er vor zwei Tagen alles touchiert hatte. Heinos sagenhaftes Gehör hatte zu Wetten geführt, aus denen stets derjenige Teilnehmer siegreich hervorgegangen war, der Heino seit Längerem kannte.

Man lud den betagten Mann ein, kurz in der Runde Platz zu nehmen, doch Heino musste angeblich nach Hause. Die Chance auf eine erfolgreiche Heimkehr nahm beträchtlich zu, als zwei Kneipengäste seinen Rollator in eine Position brachten, die Heino dann nur noch pfeilgerade abfahren musste.

Man erhob das Glas in Liebe zu Heino, und Trude Herr sagte:

»Wir veranstalten ein neues Rennen. Was einmal klappt, klappt auch zweimal.«

»Sagt diejenige, die viermal verheiratet war.«

»Aber jedes Mal glücklich.«

»Jedes Mal bis zum bitteren Ende.«

Die Runde bröckelte, einige Gäste holten sich telefonisch einen familiären Anschiss ab und brachen nach kurzer Nutzen-Schaden-Kalkulation zügig auf.

Spät am Abend stand man zu dritt am Rand des Marktplatzes, neben Treitschke stand die Betreiberin des Nagelstudios: »Ich habe immer Angst, dass sich das Einkaufszentrum hier breitmacht.«

Treitschke wunderte sich: »Auf dem Platz? Was sollen die denn da? Die haben doch ihren Riesenpalast.«

»Nicht als Ersatz für ihr Zentrum, sondern als Ergänzung. Um uns langfristig plattzumachen. Sie tun so, als ob sie ihr Herz für die regionale Versorgung entdecken. Damit die alten Leute es nicht mehr so weit haben. Damit graben sie mittelfristig den anderen Geschäften das Wasser ab, sie müssen ja nur überall ein wenig günstiger sein. So kriegen sie durch die Hintertür mehr Kunden für ihr Zentrum.«

Das leuchtete niemandem ein. Zumal das Einkaufszentrum mit viel größeren Zahlen kalkulierte. Die paar 100 Poppenbüttler würden ihren Kohl nicht fett machen. Zumal er schon ziemlich fett war. »Ist ja auch nur eine

Angst«, wiegelte die Nagelfrau ab. »Aber ich träume davon. Ich träume jede Nacht. Nicht immer davon, aber jede Nacht.«

»Der Platz«, murmelte Treitschke. »Der Platz, das ist nicht dumm. Wir sollten uns Gedanken über den Platz machen. Den hat keiner auf der Rechnung. Der ist einfach da, der war schon immer da, einmal in der Woche drei, vier Stunden Wochenmarkt. Und sonst verlieren sich die paar Autos, die darauf parken. Abends ist hier Totentanz.«

Er blickte in die Runde und sagte: »Bitte keine Meinungsäußerung zu einem Tanzfestival auf dem Platz! Totentanz. Beginn der Vorstellungen um 23 Uhr. Das wäre nicht günstig für unser Image.«

»Wir sind schon ein armseliger Haufen«, murmelte der Mann von der Poststation.

Man trennte sich und ging in drei Richtungen davon. Niemand musste auf den Straßenverkehr achtgeben. Um diese Zeit gab es keinen Straßenverkehr mehr.

3

Kleine Orte haben einen großen Vorteil für alle Bewohner, die ernsthaftes Interesse für die Gemeinde aufbringen. Das ist der leichte Zugang zu den wichtigen Vorhaben, den wichtigen Zahlen und die Situation der örtlichen Geschäfte, Büros und aller anderen wirtschaftlichen Adressen. Um sich einen Überblick zu verschaffen, ist es nicht nötig, Mitglied einer politischen Partei zu sein. Es reicht völlig, enge Verbindungen mit einer Organisation oder einem Verband zu haben, die wie ein Spinnennetz über jeder Gemeinde liegen. Heinrich Treitschkes jahrzehntelange berufliche Aktivität im Tiefbau und im Hochbau vom Straßenbau bis zu privaten und öffentlichen Bauvorhaben war mit dem Rückzug in den Ruhestand nicht abgerissen. Dazu war der Mann zu vital und neugierig, dafür war seine nie eingestandene Angst, ein für alle Mal abgehängt zu werden, viel zu groß. Vor allem hielten ihn die Freunde jung, denn neun von zehn Verbindungen waren durch den Beruf begründet. Nicht zuletzt hatte Treitschke eine kluge Lebensgefährtin. Ruth kannte mehrere Fälle im Bekanntenkreis, dort lebten die Frauen nach dem Beginn des Ruhestandes mit einer Zeitbombe unter einem Dach. Unausgelastet, gelangweilt und erfüllt von der Furcht, dass auch der heutige Tag ungefähr eine Woche dauern werde, verbreiteten sie wahlweise Unruhe, schlechte Laune sowie die Jagd auf neue Hobbys, die nach maximal vier Wochen von einem neuen Hobby abgelöst wurden. Renatus und Inge hatten sich nach 35 Jahren Ehe getrennt, weil es einfach nicht mehr gegangen war. Sie malte und töpferte jetzt im Tessin, er gab den Handlanger in einem Resort an der deutschen Ostsee, das Angeltouren und Törns in die dänische Inselwelt anbot.

Was Heinrich Treitschke mit der meisten Motivation versorgte, bloß nicht an Spannkraft zu verlieren, waren die Seniorenresidenzen, die den Stadtteil durchzogen. Neubau bedeutete hier seit zwei Jahrzehnten in der Mehrzahl der Fälle Anlagen für betagte Menschen, deren finanzieller Hintergrund es ihnen erlaubte, neben dem Wohnraum auch Anteile an ordentlicher Infrastruktur zu erwerben. Treitschke mochte alte Menschen und mied sie nicht. Aber er wollte nicht lauter Gleichaltrige als Nachbarn und Mitbewohner haben. Dass Enkel Stan sein Praktikum bei den Großeltern absolvierte, war für Treitschke pure Medizin. Der Junge brachte ernsthaftes Interesse für den Wohnort auf. So kam es, dass sich Treitschke mehrmals dabei zuhörte, wie er statistisches Grundlagenwissen referierte. Jedes Mal stand am Ende das gleiche Ergebnis: Poppenbüttel war hoffnungslos überaltert. Zwar fehlte es an ungewöhnlich großen Wohnanlagen, auch extrem teure Nobeladressen wie an der Elbe fehlten. Aber auch 30 kleinere Wohnanlagen ergeben unterm Strich eine Riesenanlage. Die Senioren im Ort saßen auf einem Berg Kaufkraft. Aber sie hatten keine Gelegenheit, ihr Geld um die Ecke auszugeben. Dazu gab es zu wenige Geschäfte, ein überschaubares Angebot, einen einfallslosen Mix. Vor allem waren die Alten viel zu munter, um sich mit Durchschnitt zufriedenzugeben. Das Einkaufszentrum war manchem zu weit entfernt für einen Spaziergang, zumal am Ende ja noch der Rückmarsch bevorstand. Aber fast jedes betagte Paar besaß ein Auto. Oder sie besaßen den Willen, den Bus zu besteigen oder ein Taxi.

Das war eine der wenigen Disziplinen, in denen die Waitzstraße ihnen nicht das Wasser reichen konnte. Zwar hatte auch die Waitzstraße ein großes Einkaufszentrum in der Nähe, aber das in Poppenbüttel war größer. Das mochte kindisches Denken sein, aber es war eine Denkweise, die den Poppenbüttlern guttat. Mochten sie auch selten darüber sprechen, so dachten sie doch oft daran, einige täglich.

Dann folgten die beiden Tage, in denen vieles zusammenkam. Unzusammenhängendes fügte sich, Kleinigkeiten bauten aufeinander auf. Zufällige Begegnungen setzten bei einem Teilnehmer Gedanken und Einfälle frei. Am Ende der beiden Tage fühlte sich Heinrich Treitschke 20 Jahre jünger und in einem Maße energiegeladen, das er sich gar nicht mehr zugetraut hatte.

Es begann damit, dass Stan am Küchentisch von seiner neuen Freundin schwärmte. Das war an sich noch keine Idee, jedenfalls keine, die die Großeltern für eine Idee hielten, geschweige denn für eine gute Idee. Enkelkinder reichten ihnen völlig, die Aussicht auf Urenkel rief ihnen zuallererst die eigene Vergänglichkeit ins Bewusstsein und nicht die Vorfreude auf süße Babys.

Sie hieß Babett ohne e. Stan erwähnte das so oft, bis Treitschke fragte, ob es so im Ausweis stünde. Sie studierte in Hamburg Biologie im zweiten Semester. Ihr Professor war dicke mit der Tübinger Professorin, deshalb betreuten Babett ohne e und ein Mitstudent Stan und die vier Kommilitonen aus dem Süden. Babett spielte Hockey, das überraschte Treitschke nicht. Hamburg wimmelt von Hockeyklubs, eine Handvoll ist deutsche und europäische Spitze. Natürlich war Babett bei den *Alster-Damen* aktiv. Oder wie Stan es ausdrückte: »Wenn sie etwas macht, muss sie sich gleich richtig einbringen. Sie sagt, sie kann nur so und nicht anders.«

Das war der Moment, in dem seine Großeltern einen Blick wechselten. Er dauerte nicht lange und drehte sich vor allem um die Frage, wer den nichtsahnenden Eltern von Stan den Beginn einer Liebelei mit möglicherweise nachgeschobener beziehungsweise angeschobener Schwangerschaft mitteilen sollte.

Treitschke plädierte für Ruth als Überbringerin, er würde sich lieber um die Sache mit dem Zelt kümmern. In Babetts Klub lief ein ehemaliger Spitzenspieler herum. Vor 20 Jahren hatten solche Leute nach dem Ende der Sportkarriere den Trainer gegeben, heute gründeten sie Start-ups. Der Gründer und zwei Mitstreiter ignorierten die großen Vereinsadressen, um sich auf die Ebene darunter zu konzentrieren. Angeblich gäbe es noch viel Heu zu ernten. Zitat Babett ohne e. Treitschke fand den Spruch immer ärgerlicher, denn ein E hatte ja doch noch überlebt. Vor zwei oder drei Tagen hatte man auf einer Rundreise durch die norddeutsche Provinz Station in Poppenbüttel gemacht. Das Kriterium war die Existenz eines geeigneten Platzes, egal ob im Zentrum oder an der Peripherie. Das Start-up hatte drei verschiedene Größen von Zelten im Angebot. Sie reichten am unteren Ende von dem Format, das wie angegossen auf den Poppenbüttler Markt passen würde, bis zur Megaversion für Handballspiele mit 2000 Besuchern. Treitschke erinnerte sich dunkel, davon gelesen zu haben. In der trostlosen Corona-Ära hatte man von Themen gelesen, die sonst wohl keine Chance gehabt hätten.

»Sind das Zelte zum Aufblasen?«

Stan starrte ihn an, als sei aus dem Großvater gerade das späte Kind hervorgebrochen. Er wusste wenig, vor allem wusste er nicht, welcher Sportverein in Poppenbüttel für so einen Trumm von Zelt infrage kommen würde. Und ob überhaupt ein Sportverein.

Treitschke spürte Ruths Blick. Ihre Antennen waren von morgens bis abends ausgefahren, um als Erste über heraufdämmernde Projekte ihres Mannes informiert zu sein. Sie hatte unter Treitschke nicht leiden müssen und war nicht so naiv, ernsthaft für möglich zu halten, dass seine Natur eines Tages müde geworden sein könnte. Treitschke war nie der Typ für Traumschlösser und Luftikus-Projekte gewesen, durch Ausbildung und Interessen aufs Handfeste, Berechenbare und Baubare eingeschworen, war für ihn stets nur von Interesse gewesen, was er sich in Originalgröße in der Original-Realität vorzustellen vermochte.

Das Zelt war der Startschuss, den Rest des Vormittags verbrachte Treitschke im Büro. Mit der unendlichen Sanftheit bei nie erlahmender Hartnäckigkeit einer liebenden Frau hatte Ruth die Arbeitswelt aus dem Wohnbereich erst in den bewohnbaren Keller und danach in den Anbau der Garage verlagert. Es hatte 15 Jahre gedauert, zeitweise hatte sie Zweifel verspürt, ob es ihr gelingen würde, den sturen Hund auf das von ihr ersehnte Spielfeld zu befördern. Jetzt sah es aus, als wäre es nie anders gewesen.

Treitschke sprang ins Internet, Stans Namen und Daten nutzend. Es gab diese Zelte, es gab Zahlen, es passte auf den Markt. Aber häufiger Auf- und Abbau wären nicht optimal.

Mittags kehrte Treitschke mit seinem Gast beim »Italiener der Poppenbüttler Herzen« ein. Im Vorfeld hatte er einen A-Gast annonciert, das passierte nur zweimal im Jahr und ließ die Betreiber nicht im Zweifel, dass es jetzt gelten würde. Das Alter hatte an Treitschke einiges abgeschliffen, was ihn in den Jahren seiner Höchstform ausgezeichnet hatte. Aber einiges würde er mit ins Grab nehmen, und das war nicht zuletzt sein Wille, keinen Spaß zu kennen und keine Halbheiten zu akzeptieren, wenn das Ergebnis großartig zu werden versprach.

Der Bürgermeister wusste, dass etwas auf ihn zukommen würde. Einzelheiten kannte er nicht, aber er kannte seine Pappenheimer und wusste einzuschätzen, wen man herunterhandeln konnte und welchen Mitbürger man auf eine Bank schieben konnte, die schon am ersten Tag lang war und mit jedem weiteren Tag immer länger wurde, bis das am ersten Tag so dringende Projekt begann, Staub anzusetzen und sich am Ende durch Nichtstun erfolgreich von selbst erledigt hatte.

Treitschke hatte im Vorfeld 29 Telefonate geführt und einen unüberschaubaren Mailaufstand inszeniert. Dennoch dauerte es bis zum Nachtisch, bis der Start-up-Mann auflief. Treitschke war auf einen in die Jahre gekommenen angeberischen Surfertypen eingestellt und sah sich einer angenehmen Mischung aus Ex-Sportler und Geschäftsmann gegenüber. Dass an Tattoos kein Weg vorbeiführt, war ihm nicht erst seit heute bekannt. Seinen Frieden würde er mit dieser Unsitte in diesem Leben nicht mehr machen. Seemann und Zuchthäusler in Gnaden – alles andere war Geschmacksverirrung.

Der Zeltmann war in Begleitung seines treuen Freundes gekommen und spielte auf dem Bildschirm die Geburt eines Zelts vom Abladen vom Hänger über das Aufblasen bis zum ersten Tennismatch vor Publikum vor. Dass die 1000 Zuschauer hineinoperiert worden waren, erfuhr Treitschke eine Woche später, immerhin vom Urheber. Der Bürgermeister sah aus wie bei der Bescherung. Er hatte wohl nicht mehr damit gerechnet, dass seine Amtszeit solche Höhen erreichen könnte. Aber er hatte noch nicht die Hälfte des Auftriebs erlebt.

Anja Fux gab sich die Ehre, was beim Zeltmann das Notebook, war bei ihr Lucie, ein Labrador, dem ins treudoofe Gesicht eingeschrieben stand, dass die Evolution mit seiner Rasse ein für alle Mal abgeschlossen hatte. Jeder andere Hund hätte im Restaurant zu Stehdebatten im Hintergrund geführt. Aber Lucie war eine Institution, ihr Frauchen war als durchsetzungsstark bekannt. Und da sie nicht zuletzt das geschäftliche und organisatorische Gesicht des noblen *Golfhotels* fast in Abschlagweite war, hatte sie die nötige Lufthoheit erreicht, ohne ihre pfundschweren Wimpern ein einziges Mal über Normalnull hinaus heben zu müssen.

Anja Fux überbrachte die Liebeserklärungen ihrer Führungsriege. Alles, was das verschnarchte Poppenbüttel wachzuküssen versprach, würde sich wenige Stunden später segensreich auf den Hotelbetrieb auswirken.

Der BM zeigte deutlich Wirkung, die zu diesem Zeitpunkt noch Ausstehenden verspäteten sich. Ob sie es sich schuldig waren oder ob sie viel beschäftigt waren – man weiß es nicht.

Die örtliche Geschäftswelt rückte dann zu zweit an. Treitschke liebte es, die Promis zu Paaren zu treiben. In diesem Fall ergänzte man sich wunderbar. Der eine hatte das Amt des obersten Kaufmanns im Ort inne, der andere hatte einen Ruf als Lautsprecher und würde auf der Beliebtheitsliste nie mehr unter die besten Zehn gelangen. Wenn es dein liebstes Hobby ist, die Hände, die dich füttern, in regelmäßigen und kurzen Abständen zu beißen, muss man sich darüber nicht wundern. Von Beruf Finanzmakler, wusste er viel, was man sonst nur in schlechten Filmen dargestellt findet. Aber er bestätigte auf Nachfrage gern, dass seine Wirklichkeit noch unvorstellbarer sei. Treitschke kannte mehrere Insider, die höhere Beträge darauf verwetteten, dass dieser Mann eines Tages übertreiben und in einen Ort einziehen würde, wo dein WLAN-Empfang auf null geht. Bis dahin würde er für den Ort brennen, weil es ihm nach eigener Aussage unmöglich war, lauwarm zu leben.

Die beiden Geschäftsleute wurden mit dem Zeltaufbau bedacht, der Finanzmakler wandte sich lächelnd an den BM und sagte ihm lächelnd ins Gesicht: »Wenn du das auch noch vergeigst, werfe ich höchstpersönlich die Fackel in deinen Dachstuhl. Das darf gern zitiert werden.«

Einen prinzipiellen Nachteil hatte das Restaurant, den ihm nicht jeder verzieh. Der Standort in der Mitte der steil ansteigenden Straße von der Ebene Richtung Ortskern machte es unmöglich, per Auto auf eine Weise vorzufahren, die der Ankunft etwas Bedeutsam-Fimreifes verleiht. Aber einen Wagen mit *NDR*-Emblem erkennen erwartungsvolle und eitle Augen auch aus dem Winkel.

Der *Norddeutsche Rundfunk* erledigt in Hamburg den Job, für den im Vatikan der Heilige Vater zuständig ist: Man bildet das obere Ende der Hitliste, über dem *NDR* kommt nur noch der Himmel. Das gilt nicht nur für Normalbürger, Promis der Güteklasse B bis F, sondern erst recht für Politiker und Funktionsträger des politischen Geschäfts.

Der BM hatte längst sein seliges Hurra-es-ist-Bescherung-Gesicht aufgesetzt, als Elisabeth Flickenschildt – nicht verwandt oder verschwägert oder gar identisch mit der legendären Filmschauspielerin – sich die Ehre gab. In ihrer Begleitung wie immer ein sehr junger Mann, wenn auch nicht immer derselbe. Sicher hatte er eine Funktion, außer den Wagen zu fahren, man wusste nur nicht, welche. Dass er Träger, Aufpasser, Anreicher und pfeilschneller Souffleur bei Elisabeths Wortfindungsschwierigkeiten war, stand fest. Man hatte auch erlebt, wie er ihr ein zierliches Täschchen mit auf den Weg in die Frischmachräume reichte. Es gab zwei Fraktionen. Eine hielt den Jungen für einen modernen Sklaven, der unter Hemd und Hose zweifellos schockierende Spuren wiederholter Züchtigungen tragen würde. Die andere Hälfte erwartete von ihm zeitnah den definitiven *NDR*-Roman, der das Ende des öffentlich-rechtlichen Systems entscheidend voranbringen würde.

Die Redakteurin aus dem Hamburger Funkhaus begrüßte Treitschke wie einen alten Bekannten. Selbst ein ausgefuchster Profi hätte nicht zu sagen vermocht, wie gut sich die beiden kannten und ob überhaupt. Letztlich war es einer zwischengeschalteten Adresse zu verdanken, dass der Kontakt zustande gekommen war. Diese Adresse hatte viel mit den westlichen Vororten und der Waitzstraße zu tun. Aber sie hatte auch Humor und Spaß an Herausforderungen.

Nun war der Tisch endgültig zu klein geworden, in 30 Sekunden hatten die dienstbaren Geister die Umquartierung begonnen, durchgeführt, abgeschlossen.

Es kam zu Manifestationen von Kreuz-und-quer-Bekanntschaften, phasenweise vergaß Treitschke, dass er über die Hälfte aller Anwesenden nicht nur nie gesehen hatte. Er kannte nicht einmal ihre Namen. Aber er war Treitschke. Er lebte gern, und heute war einer der besten Tage. Er durfte noch nicht sterben, solange Aussicht bestand, weitere solcher Tage zu erleben.

4

Die Inspektion der örtlichen Quartiere war betont sachlich als informeller Rundgang annonciert worden. Schon vor der ersten Adresse warteten rund 30 Menschen. Einer hielt das Plakat in die Höhe, die Historie der Meinungsäußerungen hatte schon selbstbewusstere Gesichter erlebt. Aber Poppenbüttel war in seiner langen Geschichte selten als Schauplatz von Demonstrationen, öffentlicher Meinungsäußerung und lautem Widerspruch in Erscheinung getreten.

Fotografen waren anwesend, ein Dutzend Handys arbeitete im Dauerbetrieb. Zwei professionelle Kameras hoben die Aktion über einen privaten, eher touristischen Anlass hinaus. Heinrich Treitschke hatte sich bis zuletzt gedrückt. Als das nicht gelingen wollte, versteckte er sich. Damit war er endgültig geliefert. In Poppenbüttel mag man es nicht, wenn jemand, der etwas für den Ort geleistet hat, nicht zu seinem Handeln stehen will.

»Stehen will! Krabbenscheiße!«, rief Treitschke. »Das ist was für Jüngere, die so was ständig machen.«

Er starrte in verdutzte Gesichter, gleich danach in ebenso viele lachende Gesichter.

Der BM rief: »Was meinst du wohl, wie oft das, was du hier ausbaldowert hast, schon jemals angeleiert wurde?«

»Du bist der Bürgermeister. Für solche Momente bist du wie eigens gebacken.«

Das lief dem BM warm herunter. Aber mochte er auch eitel sein, so war er doch in der Lage, 2 und 2 unfallfrei zusammenzuzählen. Ohne Treitschke kein Rundgang, ohne den alten Zausel nicht dieser Auftrieb. Die Leute prügelten sich um das Recht, die historische Stunde miterleben zu dürfen.

Als der Pulk das erste Haus erreichte, an dem das sehr große Transparent hing, verging selbst Treitschke endgültig der Wunsch, sich seitwärts in die Büsche zu schlagen. »Poppenbüttel ist im Kommen! Druckt neue Landkarten!«

Kaum ein Balkon, der an diesem Tag leer blieb. Überall lachende Gesichter, es wurde breitflächig gewinkt wie letztmals in der Frühzeit der 30er-Jahre, über die man hier traditionell wenig redet. Und wenn doch, dann nie ohne Erwähnung der Floskel »Betriebsunfall der Geschichte«, gefolgt von »Wird nicht wieder vorkommen«.

An der zweiten Seniorenresidenz war selbst für gut meinende Naturen wie die beiden örtlichen Pastoren nicht mehr zu übersehen, wie viele Menschen Gläser in der Hand hielten. Bei wem es kein Glas war, bei dem war es eine Flasche. Poppenbüttel feierte Karneval, daran bestand kein Zweifel. Man hatte sich nicht kostümiert, aber man war in Norddeutschland, praktisch in Nordeuropa. Bevor sich die Menschen hier eine rote Nase aufsetzen, müssen mehrere Einmaligkeiten zusammentreffen. Beispielsweise Gratissekt und die Garantie, dass die eigenen Kinder beruflich oder sonst wie verhindert sind. Jeder Grund für das Fehlen der anstrengenden familiären Anstandswauwaus würde lebhaft begrüßt werden.

Die Medien hatten Witterung aufgenommen. Die hiesigen Tageszeitungen waren präsent. *NDR* und *ZDF* und mehrere TV-Sender, die aber qualitativ und quotenmäßig unter der Sichtbarkeitsgrenze bleiben. Natürlich die fidelen Hörfunksender, die jede Gelegenheit nutzen, beruflich Auto fahren zu dürfen. Einzige Voraussetzung: Ein Mitarbeiter muss Führerscheinbesitzer, also 18 Jahre alt sein.

Das Vorzimmer des Bürgermeisters hatte Anmeldungen entgegengenommen, deren Namen man sich sicherheitshalber buchstabieren ließ. So konnte kein Zweifel bestehen, dass auch aktive Politiker die Gelegenheit nutzten, sich kurz vor der Eröffnung der Aktion einen Eindruck zu verschaffen, damit man wusste, ob man auf- oder abspringen sollte. Die kleine liberale Partei war traditionell mit zwei Vertretern angereist, einer für jede Bewegung: auf und ab, libe und ral.

Im Vorfeld hatte sich eine Frau aus der gesichtslosen kommunalen Verwaltung in das mehr wärmende als blendende Licht der Mediensonne emporgearbeitet. Karina Kranzler – mit niemandem verwandt oder verschwägert, der öffentliche Bekanntheit genießt – hatte sich um die Organisation der örtlichen Quartiere verdient gemacht. Wohl wissend, dass die Suche nach Wohnungen und Zimmern in Pensionen, Hotels, Residenzen, aber auch und vor allem unter privaten Adressen einer Wette auf die Zukunft gleichkam, musste man den Spagat wagen: einerseits Speichelfluss erzeugen, andererseits wolkig genug bleiben, um spätere Beschwerden wegen ausbleibender Gäste ins Reich der Fabel verweisen zu können. Das war schon für Profis eine heikle Aufgabe, überforderte Amateure können daran krachend scheitern. Der BM wusste, dass er mit seiner traditionellen Allen-wohl-und-keinem-wehe-Attitüde ein riskantes Spiel spielen würde. Seine Entscheidung, Karina nach vorne zu holen, geschah deshalb auch in der weisen Erkenntnis, dass es immer eine nächste Wahl gibt, in der es einem die Gegner heimzahlen können und werden.

In der Besichtigungs- und Rekrutierungsphase hatte Karina nach eigener Rechnung drei Badewannen Kaffee getrunken. Ihr Körper hatte Tage gebraucht, um mit dem Zittern aufzuhören. Aber sie war nicht eingeknickt, sie brannte für ihre Aufgabe. Der Anblick der Frau, wie sie mit fliegenden Haaren und fliegendem Halstuch zum nächsten Termin eilte, hatte bei vielen Bewohnern Eindruck hinterlassen. So wünschte man sich die örtlichen Politiker: sichtbar, aktiv, sympathisch und gesegnet mit einer gewissen Grundschnelligkeit. Nur die älteren Bürger erinnerten sich daran, dass es in der Vergangenheit solche Volksvertreter gegeben hatte.

Bis zum heutigen Tag waren bei Karina Kranzler Angebote von drei Parteien eingegangen, bei der nächsten Kommunalwahl als Gesicht der Parteien zu kandidieren. Eine Anfrage wies mehr heikle Bestandteile auf, als bisher bekannt geworden war, denn die bewusste Partei hatte es bisher sorgfältig vermieden, dem seit acht Jahren Listenplatz 1 warmhaltenden Spitzenkandidaten die Nachricht von den veränderten Verhältnissen nahezubringen. Mit Sorge sah man, dass er den lange angekündigten Anbau am Haus gerade in diesen Wochen begonnen hatte. Dafür hatte er einige 10.000 Euro in die Hand genommen, weil er zuversichtlich davon ausging, in Poppenbüttel nicht nur alt zu werden, sondern auch und vor allem einflussreich und mächtig. Der Normalbürger hat keine Vorstellung, was für ein warmes Gefühl einen Körper durchrieselt, wenn er von jedem zweiten Passanten auf der Straße gegrüßt wird – am liebsten von mehr als jedem zweiten und am allerliebsten sollte der erste Gruß stets vom Bürger kommen. Dieses Gefühl wird nie Routine, und es wird einem nie zu viel. Die Vorstellung, es könne eines Tages vorbei sein mit diesem aus vielen 100 Wählerkörpern bestehenden Wärmestrom ist die größtmögliche Befürchtung, die sich im Hirn jedes Politikers einnistet.

Von Straße zu Straße trieb die Besuchergruppe durch den Ort. Karina Kranzler hatte alle Daten parat, ohne zuvor in einem Block oder Ordner blättern zu müssen. Die Frau war ein Naturtalent. Es hatte keine fünf Minuten gedauert, dann waren diesbezügliche Fragen nicht mehr aus alter Gewohnheit an den BM gerichtet worden. Er hatte diese fünf Minuten genossen und sich vier Minuten vor dem Moment gefürchtet, in dem er auch in dieser Einzeldisziplin überflüssig werden würde. Natürlich redete er sich ein, dass der Ablauf einem guten Zweck dienen würde. Aber er wusste, dass es gute Zwecke gibt und sehr gute.

Poppenbüttel verfügte über zwei Pensionen von einer Größe, die man Hotel nennen kann, ohne sich wie ein Hochstapler vorzukommen. Dazu kamen einige Pensionen, die sich aus unbekannten Gründen weigerten, als Pension aufzutreten. Stattdessen hießen sie Gästehaus oder beschränkten sich auf Schilder wie »Zur Einkehr« und »Heimat«. Mit Heimat hatten sie es hier besonders. Auch »Frieden« und »Erholung« wurden gerne verwendet. Obwohl der Frieden nicht mit Stille oder gar Geräuschlosigkeit verwechselt werden sollte. Dass die Einflugschneise des Hamburger Großflughafens über den nördlichen Ortsteil verlief, blieb dem Gast nicht lange verborgen. Doch es war die Einflugschneise und nicht der lärmende Startbereich, und die Flieger hatten hier noch einige 100 Meter Luft unter dem Bauch. Längst wussten die Gastgeber, dass Besucher aus kleinen Orten oder ländlichen Regionen den Sichtkontakt zu einschwebenden Passagiermaschinen als Aspekt eines Abenteuerurlaubs ansehen und keineswegs als Störung der Ruhe.

Offensive Gastgeber hatten früh Liegen auf den Rasen hinterm Haus platziert. Bei noch offensiveren hing der Flugplan im Flur, daneben lag die Getränkekarte mit Cocktails für Kinder und Erwachsene, die die Namen historischer Maschinen und Piloten trugen. Seitdem diese Listen von den heiklen Namen aus dem letzten Weltkrieg befreit worden waren, herrschte rund um die Fliegerei freudige Erwartung. Es war bereits zu ersten Empfehlungen von Gästen gekommen, die in ihrem Freundeskreis Werbung für die Flieger-Pensionen machten.

Die am Rand der Metropole liegenden Quartiere lappten naturgemäß ins Grüne, ins landwirtschaftlich Genutzte und ins Revier der dörflichen Nachbargemeinden. Zwar fand dort rege Bautätigkeit statt, aber Schnäppchen waren das nicht. Der Speckgürtel ist keine preiswerte Region mehr. Einige Dörfer haben sich ihren Kern erhalten, es gibt Gasthöfe von einiger Größe, es gibt Pensionen, und nicht zuletzt gibt es das populäre *Golfhotel*, das jeder kennt, mag er auch nie einen Schläger angefasst haben.

Unterm Strich hatte Karina Kranzler 280 Betten aufgetrieben, von denen sie 260 persönlich in Augenschein genommen hatte. Die übrigen 20 trugen ein Sternchen, was das Sternchen bedeutete, wollte Karina weder schriftlich erläutern noch mündlich. Dass sich dahinter furchtbare Wahrheiten verbargen, konnte nicht zweifelhaft sein. Aber sie blieben offiziell im Rennen – man wusste ja noch nicht, von welcher Art die künftigen Gäste sein würden. Den Freundlichen und Gutherzigen würden die Sternchen-Betten erspart bleiben. Die Lauten und Anstrengenden, die Quälgeister und Popelzähler könnten auf diesem Weg jedoch – wenn auch Jahrzehnte zu spät – noch einmal in die harte Schule des Lebens geschickt werden.

Dass in den inneren Bezirken der Metropole mehrere 1000 weitere Betten zur Verfügung stehen, wurde offiziell von niemandem bezweifelt, aber auch von niemandem laut ausgesprochen. »Wir sind Poppenbüttler«, hatte der BM in seinem salbungsvollen Sonntagsreden-Ton verkündet, »wir denken zuerst an uns selbst und danach denken wir eine ganze Weile noch nicht an internationale Hotelketten, die auf unsere Kosten satte Dividenden ergaunern wollen.«

Selbst der für seine jederzeit abrufbare Einseitigkeit bekannte BM hatte lange nicht mehr so viele Übertreibungen und Schrägheiten zwischen zwei Punkte gequetscht. Doch weil seine Polemik dem in diesen Tagen herrschenden Poppenbüttler Aufbruchsgeist entsprach, erntete er keinen Widerspruch. Was er jedoch nicht mit Zustimmung verwechselte. Die naive Phase seiner Amtszeit war Vergangenheit.

Die große Mehrheit der beherbergungsbereiten Betriebe war startklar. Der Rest befand sich in der heißen Phase innerbetrieblicher Renovierungen. Es wurde neu tapeziert, teilweise der Bodenbelag ausgetauscht und bei der Gelegenheit mit Estrich und Holzarbeiten gleich die komplette verranzte Basis nach mehreren Jahrzehnten ladenneu aufgehübscht.

Besondere Aufmerksamkeit galt den Nasszellen. Aus nicht mehr zu recherchierenden Quellen war die beunruhigende Nachricht gedrungen, dass die künftigen Gäste an den Schauplatz ihrer Ausscheidungen und Waschungen höchste Ansprüche stellen würden. Teilweise wären diese Ansprüche dermaßen anspruchsvoll, dass sich ein durchschnittlich veranlagter Poppenbüttler das Ausmaß nicht vorzustellen vermochte.

Es folgte die Woche, in der im Stadtteil das Toilettenpapier und alles, was den Luftraum mit Frühlingsdüften zu füllen imstande ist, ausverkauft war. Seit Corona war das nicht mehr vorgekommen. Und vor Corona war es seit 50 Jahren nicht vorgekommen.

Nicht jeder Einheimische vertrug diese hermetische Optimierung des Luftraums gleich gut. Es kam zu Reaktionen, Überreaktionen und allergischen Reaktionen. Es kam zu Polizeieinsätzen, herbeieilenden Kammerjägern und freilaufenden Hunden und Katzen, die, nach Luft japsend, herumlagen und aufgepäppelt werden mussten.

Fliesenleger und Lieferanten von Waschbecken und Klosettbecken orderten Nachschub. Innerhalb von 14 Tagen wurden im Ort so viele Nasszellen optimiert wie seit Kriegszeiten nicht mehr. Oder wie es der BM in einem höchst privaten Moment auf den Punkt brachte: »Du kannst gar nicht so viel scheißen, wie es hier stinkt.«

In einem Eigenheim kam es zu einer Verpuffung, die das Gebäude unbewohnbar machte. Die verheirateten Bewohner hielten sich mit handfesten Informationen zurück, offenbar war dort ein Versuch von Selbsthilfe und Eigeninitiative aus dem Ruder gelaufen.

Auf zwei Grundstücken wurden in aller Eile die Rasenteile gegen Schwimmbecken ausgetauscht. Zuerst belegte der männliche Eigentümer einen Schwimmkursus in der neu eröffneten Ohlsdorfer Badelandschaft, danach seine Frau. Aber die erst, nachdem sie ihrem Mann gestanden hatte, wie schön es wäre, künftig in der warmen Jahreszeit einen Bademeister auf Honorarbasis anzuheuern, der sich um die künftigen Gäste kümmern würde. Sie beschrieb ihrem Mann, wie sie sich einen Bademeister vorstellte, sie betonte ihre Offenheit gegenüber ausländischen familiären Wurzeln des Bademeisters und ging so sehr ins Detail, bis ihr Mann noch während des Gesprächs ihren Schwimmkurs buchte.

In den vier Wochen vor Beginn der Zukunft herrschte in Poppenbüttel ein Aufbruchsgeist, der selbst die notorischen Stinkstiefel nicht unbeeindruckt ließ. Der örtliche Einzelhandel ging in die Vollen und feuerte eine Aktion nach der anderen heraus. Reinigungsmittel gingen nur noch in Großpackungen über die Theke. Die beiden Adressen, die Plakate, Drucke und alle möglichen Formen anboten, moderne Kunst oder was als moderne Kunst durchgeht, in einen Rahmen zu zwingen, verzeichneten erstmals seit der Eröffnung vor Jahrzehnten Warteschlangen im Laden. Besonders der Laden, der diverse Rahmenvarianten anbot, machte Geschäfte, von denen man nicht mehr geträumt hatte. In zwei Werkstätten der Stadt wurden 20 Stunden am Tag Rahmen gefertigt.

Als endlich die Kunstlehrer der Schulen und die malfreudigen Erzieherinnen in den Kindertagesstätten auf serienmäßige Kunstproduktion umstiegen, war es bereits zu spät. Noch nie in den letzten 700 Jahren hatten so viele

Bilder an den Poppenbüttler Wänden gehangen. Mancher männliche Bewohner wusste sich gegen die aktuelle Kunstbegeisterung seiner Gefährtin nur mit niederträchtigen Flunkereien zu wehren. Im Ort gingen Handwerker herum, ohne dazu aufgefordert worden zu sein, wiesen sie Zeugnisse und Zertifikate vor und kamen angeblich im Auftrag der Stadt, um die vertikale Belastung der inneren Hauswände seit Anbringung von zentnerweise Modeschmuck zu überprüfen.

Die meisten Frauen protestierten und lenkten erst ein, als die Handwerker klarstellten, dass bis zum Vorliegen einer Unbedenklichkeitsbescheinigung an eine Vermietung an nicht verwandte oder verschwägerte Gäste nicht zu denken sei. Oder höchstens zu denken, aber nicht zu realisieren.

Als einige Frauen sich auch davon nicht beeindrucken ließen, legten die Handwerker – seelisch darauf eingestellt durch ihre Auftraggeber, die Männer der Kunstliebhaberinnen – einen Zahn zu und erklärten die Gebäude komplett für unbewohnbar. Spätestens jetzt knickten die Kunstfreundinnen ein – bis auf eine Ausnahme. Aber das sprach sich erst mit Verzögerung herum. Als das Schicksal des bewussten Gebäudes ruchbar wurde, waren die drei Hausseiten, die von der Straße aus nicht oder wegen unbeschnittener Büsche nur schlecht einsehbar waren, längst von außen mit Bildern übersät. Die Bewohnerin hatte die Außenwände als schwachen Punkt im Lügengebäude der Handwerker erkannt. Sie pflasterte auch die Fassade mit Bildern und erklärte die knapp 300 gerahmten Bilder als erste Open-Air-Ausstellung in Poppenbüttel. Ihr Mann saß auf dem Rasen und sammelte das Eintrittsgeld der Kunstfreunde in einer Tupperdose, während die Bierkiste, auf der er seine Beine abstützte, in rasendem Tempo leichter wurde.

Zwischendurch führte der gedemütigte Mann einen einsamen Aufstand an und legte in einer Nacht-und-Nebel-Aktion alles im Garten flach, das höher als einen halben Meter war. Es tat ihm in der Seele weh, aber der Grimm ist eine wirkungsvolle Medizin.

Die Gattin kehrte nach Hause zurück, entdeckte den Artenschwund und eilte ins Haus. Am späten Nachmittag war dann auch die Frontseite des Hauses bebildert. Der Mann zog sich zum Nachdenken ans Zwischenahner Meer zurück, während die Frau vom Lokalfernsehen bis zum Kunstmagazin *ART* Hände schüttelte und juristische Experten für Urheberrecht begrüßte, die ihr übereinstimmend versicherten, dass sie sich um ihre Altersversorgung keine Sorgen zu machen brauchte.

Dennoch verklagte sie ihre Nachbarin, die sich an den Hauswand-Trend anhängen wollte. Die Frauen beschimpften sich, das Fernsehen filmte, die Polizei riet zur Mäßigung. Dummerweise ließ sich ein Cop zu den Worten hinreißen: »Mädchen, macht halblang. Ist doch nur Kunst und Künstliches.«

Am übernächsten Tag bezog der Polizist Stellung zwischen den beiden Grundstücken. Sein Auftrag: deeskalierend wirken. Als erste Amtshandlung drohte er einem Fotografen Schläge an. Dummerweise war dieser Fotograf eine erste Adresse seiner Zunft und hatte 30 Top-Adressen aus Printmedien, TV und Juristerei auf Kurzwahl. Er fotografierte wie ein Wilder und veröffentlichte die Reportage mit dem Titel »Polizei tritt auf« in allen meinungsbildenden Medien.

Am Ende des Rundgangs wurde die überschaubare Öffentlichkeit an einer langen Tafel an der Alsterschleuse abgefüttert.

Der BM spielte den Pausenclown und sorgte für Aufregung mit den Worten: »Eigentlich brauchen wir gar nicht mehr aufmachen. Die Aktion hat sich wirtschaftlich längst gelohnt.« Danach tat er so, als habe er einen Witz gemacht.

Als das Zelt grünes Licht meldete, zog man ein weiteres Mal um. Auf jeder Wegstrecke gab es etwas zu erklären, zu zeigen, geschichtlichen Hintergrund zu popularisieren und eine junge Frau abzudrängen, der das unsichtbare Schild »Maklerin des Jahres« an der Anzugjacke klebte. Ein Radio-Youngster sah sich an der Anzugjacke fest und zog beseligt mit der Karte ab, auf die ihm die Maklerin mit den Worten »Ruf mich an« ihre Nummer geschrieben hatte.

Abends wählte der Youngster mit fliegenden Fingern die Nummer. Er hielt die Männerstimme am anderen Ende selbst dann noch für ihren Vater oder väterlichen Kollegen, als die Wagenbesatzung aus dem Fitnessstudio schon an seiner Wohnungstür klingelte. Die Gäste führten ihren Auftrag aus, zum Abschied steckten sie zwei brennende Kerzen in den Mundraum des Youngsters. Die Tränen verschleierten die Sicht des Youngsters. Er fühlte auch keinen Schmerz mehr und wunderte sich nur, dass die verdammten Kerzen partout nicht ausgehen wollten. Immer wenn er pustete, rutschten sie ein Stück weiter in den Hals hinein. Der Arzt schrieb ihn später für 14 Tage krank. Sieben wegen der Schmerzen, sieben wegen der Dummheit. Das Fitnessstudio galt als einer der besten Werbekunden des Radiosenders, in dem der Youngster beschäftigt war.

5

Er war nicht mehr jung, aber gut erhalten. Seine Haare hätten kürzer sein können, aber so ging es auch. Seine Klamotten flüsterten: »Wir sind fünfmal so teuer, wie wir aussehen.« Er blickte dem Mann entgegen, der auf ihn zukam, und sagte: »Ich bin Jörg Ehrenreich, und Sie sind Treitschke. Heinrich Treitschke.«

Treitschke fand die Begrüßung übertrieben pfiffig. Aber er wusste, dass manche Leute das brauchen, um sich wohlzufühlen. Parallel zur Eskalation der Waitzstraßen-Unfälle hatte es der ehemalige Kunstprofessor zu einiger Popularität gebracht. Als Initiator von zahlreichen Kunstausstellungen zu Themen, die ihn offenbar brennend interessierten, hatte er in der Causa Waitzstraße eine Position eingenommen, um die ihn viele beneideten. Dass man so elegant zwischen den Fronten Position beziehen kann, ohne in den Verdacht zu geraten, mit einer Seite zu paktieren, das war aller Ehren wert. Ehrenreich war in jedem Moment mit allen im Gespräch geblieben: mit den betagten Crashpiloten, mit den zornbebenden Geschäftsleuten, den freudestrahlenden Reparaturkommandos und nicht zuletzt mit der Kindergeneration: fast ausnahmslos bestes Elbvororte-Genmaterial, beruflich erfolgreich, teilweise sogar bekannt; kulturell und materiell mit beiden Beinen fest auf der Seite der Guten und Informierten verankert. Dieser Ehrenreich hatte es faustdick hinter den Ohren. Seine linksradikale

Vergangenheit geriet ihm eher als Ausweis von Kennerschaft denn als Beweis für Kungelei mit Kriminellen.

Treitschke rechnete es dem Professor hoch an, dass er nicht schon in den ersten Tagen des Poppenbüttler Projekts auf der Matte gestanden hatte. Viele Ruheständler beten jeden Tag, dass sie ein Ruf ereilen möge – egal welcher, Hauptsache ein Ruf, der dazu führt, dass sie mit fliegenden Fahnen das Haus verlassen, um ihr Potenzial zur Krisenbewältigung nicht für sich zu behalten.

Ehrenreich sagte: »Sie werden lachen: Ich war schon hier.«

»Als Spaziergänger?«

»Was hat mich verraten?«

»Sie wussten, wie es laufen kann. Entweder alles erweist sich als heiße Luft, ist schnell überstanden und versandet dann. Oder es bleibt heiß, dann ist immer noch Zeit, sich auf den Weg zu machen.«

»Ich liebe Wege, auf denen man nicht umsteigen muss.«

»Ich glaube Ihnen kein Wort.«

Die Männer hatten sich lange genug abgeschätzt, es wurde Zeit für eine Zwischenbilanz. Ehrenreich hielt den Poppenbüttler für einen Mann aus der Welt des Handwerks und des Pragmatismus. Wenn solche Männer ein Problem haben, lesen sie kein Buch, sondern entrollen einen Plan. Exakt die Vorgehensweise des Professors in sehr jungen Jahren, als er probiert hatte, die wirkungsmächtigsten theoretischen Werke der Philosophie und Soziologie auf der Fläche DIN A null unterzubringen, sodass man sich mit zwei bis drei Blicken zurechtfand und hinterher klüger war als vorher. All das in weniger als 60 Minuten. Ein Projekt aus der Zeit, als man das Träumen noch für eine Option gehalten hatte und nicht für Anzeichen von Überarbeitung oder die Folgen schlechten Stoffs.

Treitschke hielt den Westler für einen Mann, der mehr gelesen hatte, als in allen Regalen zusammengenommen in der Straße verstaubte, in der Treitschkes Haus stand. Mit Lesestoff in nennenswerter Zahl konnte Treitschke nicht dienen. Dafür hatte er in den westlichen Vororten ein Dutzend Projekte gestemmt, von denen die Bewohner bis heute ihre Vorteile hatten. Konnte Ehrenreich damit dienen?

Ruth kam ihnen entgegen. Der Professor gab den Kavalier, ohne dass sich irgendwo ein verräterischer Tropfen Schleim zeigte. Ehrenreich ging gleich in die Vollen. Das kannte der Hausherr, diese Typen suchen in den ersten Minuten zwanghaft die Herausforderung, egal welche. Sie nehmen, was sich anbietet, und sind nicht enttäuscht, wenn sie eine Abfuhr erhalten. Dann buchen sie alles unter Sportsgeist und Erfahrung ab. Das Leben ist für sie ein Spiel, und sie sind gleichzeitig Spieler und Spielstein. Oft haben sie das jeweilige Spiel persönlich erfunden.

Der Professor bot Ruth einen Schluck von seinem Selbstgebrannten an, den er sich angeblich per Traktor aus dem niedersächsischen Wendland schicken ließ. Ruth konterte mit ihren legendären Zigarillos. Einmal im Jahr gelang es ihr, auch ihrem Gatten so einen Stängel anzudrehen. Für diese Menge brauchte sie beim Professor keine vier Minuten. Dann leckte Ruth den Deckel der Winzflasche ab, der gleichzeitig als Glas diente. Ehrenreichs Kopf stand unter Dampf, als er sagte: »Ich hatte eine Jugendliebe, sie hielt bis zu dem Abend, als wir beide rauchen wollten, und es war nichts im Haus.«

»Zigarillos?«

»Gibt es denn noch etwas anderes?«

Treitschke dachte: Als Nächstes bietet sie ihm das Gästezimmer an.

Aber als Nächstes erreichten sie das Zelt. Treitschke genoss die zwei Minuten, in denen man sich dem Marktplatz näherte und das Zelt immer größer wurde.

Der Professor sagte: »Ach du meine Güte. Ist das hier Poppenbüttel oder Manhattan?«

»Wir haben mehr freie Parkplätze als die Amis. Hatten wir jedenfalls bis vorgestern, als der Aufbau begann.«

»Und wie reagieren Ihre Autofahrer?«

»Weiß gar nicht.«

»Einer wird mit Sicherheit rabiat. Es gibt immer einen, das können Sie sich gleich merken. Dann sind Sie nicht überrascht, wenn sich so ein Typ vor Ihnen aufbaut.«

»Was soll mein Mann dann tun?«, fragte Ruth.

»Ihm ein Zigarillo anbieten. Freundlichkeit ist die mieseste Tour, auf die ein Quälgeist treffen kann.«

Eine Menschengruppe kam auf sie zu. Die ersten Parkplatz-Einforderer?

Der Professor übernahm die Vorstellung, das verschaffte Treitschke Zeit, die sechs Unbekannten abzuchecken. Teurer Zwirn, kostspielige Lässigkeit, authentische Bräunung, wohlhabend und zu klug, um zu protzen. Zwei der drei Frauen waren mit den Falten gesegnet, die Treitschke stets als hoch attraktiv empfunden hatte. Als würden sie diese Falten freiwillig tragen. Sie wirkten wie vor dem Spiegel mit Sorgfalt angelegt. Keine Falte machte sie auch nur fünf Minuten älter. Diese Klasse, gegen die der Poppenbüttler im besten Fall bodenständig wirkt. Die Hälfte der sechs Besucher war über 50. Wer jünger wirkte, musste nicht jünger sein.

Ruth, die alte Menschenfängerin, sammelte gelassen Komplimente ein und revanchierte sich noch gelassener. Eines nahen Tages würde die Frau vor lauter Souveränität umfallen. Ein weiteres Mal hielt Treitschke seine Ehe für einen historischen Irrtum. Er hatte Ruth nicht verdient, sie hatte ihn aus Versehen genommen und war zu höflich gewesen, um den Irrtum richtigzustellen, als sie ihn nicht mehr verleugnen konnte. Er war ein Bauer gegen sie.

Die Frau mit seinen Lieblingsfalten wandte sich Treitschke zu und sagte in dem Tonfall, in dem man Beileid überbringt: »Sie wissen nicht, was Sie sich vorgenommen haben.«

»Mag sein. Aber so bleibe ich lockerer.«

»Sie werden Sie aussaugen. Erst auf die Nerven gehen, danach aussaugen. Zuletzt ausspucken und sich ihrem nächsten Opfer zuwenden.«

»Reden Sie von Ihren Eltern?«

»Natürlich. Ich würde doch nicht über wildfremde Leute so sprechen.«

»Es klingt verbittert.«

»Ach ja? Dann habe ich mich sehr zurückhaltend ausgedrückt.«

»Das ist sonst nicht ihre Art«, gab der Mann neben ihr zum Besten.

So waren sie, die aus dem Westen. Treitschke hatte im Vorfeld Kenner der Materie befragt und Antworten eingesammelt, die sich lediglich in Nebensächlichkeiten unterschieden. Daimler oder Audi oder Jaguar, Coupé oder SUV, diese Richtung.

Der Professor sagte: »Es ist ein offenes Angebot. Alle Menschen mit Bedarf sind bei uns gern gesehen.«

Es gab ein Geräusch. Es hörte sich an, als ob der sechsköpfige Körper es zeitgleich von sich gab.

»Bedarf«, sagte die Frau, die es bisher noch nicht zu einer Falte gebracht hatte. »Den Bedarf haben doch wir. Wir sind die, die urlaubsreif sind.«

Professor und Treitschke wechselten einen Blick. Die Frau sagte: »Das habe ich gesehen.«

Nun meldete sich der Mann zu Wort, der bisher nicht den Eindruck vermittelt hatte, als wüsste er, wie er hierhergeraten war und wer die vielen Leute um ihn herum sein mochten, die pausenlos redeten. Wo vorsätzliches Schweigen doch so reizvoll sein konnte. »Man kann auch auf die holländischen Inseln fahren. Zuerst glaubt man es gar nicht, aber es ist möglich.«

Dann wieder die Faltenlose: »Wenn wir uns aufregen, denken sie doch: Wenn die Kids die Kraft haben, sich aufzuregen, muss ich mich ja nicht zurückhalten. Kind sein ist schlimmer als lebenslänglich. Und lebenslänglich ist schon lange.«

Fassungslos sah Treitschke, wie alle Westler kollektiv nickten.

»Es ist ein Generationenproblem«, sagte der Professor.

»Es ist ein Erziehungsproblem«, knurrte die Faltenlose. »Wir waren zu nett, das rächt sich jetzt.«

»Wir sind die Jungen, wir sind die Vernünftigen«, sagte ein Mann. Es klang unüberzeugt wie ein Mantra, das durch jahrelangen Gebrauch rissig geworden war.

»Wir dürfen nicht zulassen, dass schlechtes Einparken als unabänderlich akzeptiert wird.«

»Wieso denn nicht?«, entgegnete der Mann ohne Überzeugung. »Die Menschen haben ja auch jahrhundertelang geglaubt, dass Pest und Cholera und Impertinenz unheilbar sind.«

»Wieso Impertinenz?«

»Habe ich Impertinenz gesagt? Ich wollte doch nicht Impertinenz sagen.«

»Er wollte Impotenz sagen«, sagte sein Nebenmann. Die beiden blickten sich an, als würden sie mit dem Blick ihren Pakt besiegeln, gemeinsam aus dem Leben zu scheiden. Die Todesart stand schon fest: so lange vor den Schaufenstern der Waitzstraße geduldig auf und ab gehen, bis das Schicksal sie ereilt.

»Man kann alles lernen«, sagte Ruth tapfer.

»Das ist prinzipiell nicht falsch«, stimmte die Faltenlose zu. »Aber es gibt Leute, die lernen es nie. Und dann gibt es solche, die es mal konnten, bevor sie es verlernten. Und jetzt weigern sie sich, wieder klug zu werden. Sie stellen sich dumm und sie wissen, dass wir vor dem Äußersten zurückschrecken, es ihnen einzubläuen.«

Die Einheimischen blickten sie dermaßen auffordernd an, dass sie sich dazu durchrang, in Worte zu kleiden, was sie selbst nicht hören wollte:

»Es ist möglich, alten Menschen das Auto wegzunehmen. Weil es für sie das Beste ist. Sie werden dadurch ja nicht immobil. Sie bekommen Taschengeld bis zum Abwinken, sie haben ihr Konto, sie horten heimlich Geld und glauben, wir wissen nicht, wo. Zur Not können sie etwas versetzen. Der Mensch kann nur eine Uhr gleichzeitig tragen. Und er hat nur einen Hals für die Kette. Als würde der Hals vertrocknen, wenn sie darauf verzichten, sich jeden Tag pfundweise Klunkern umzuhängen. Am liebsten würden sie auch noch ihren Kerl zum Schmuckmodel umtaufen.«

Es war nicht der Mann neben ihr, der ihr einen Arm um die Schulter legte. Zum ersten Mal war Treitschke überrascht.

»Wir tun unser Bestes«, sagte der Tröster.

»Das tun wir doch auch. Nur dass wir dafür nicht so ein Hochhaus von Zelt hinstellen. Was das wieder kostet!« Alle sahen ihr beim Nachdenken zu. Dann nickte sie und murmelte traurig: »Ach ja, richtig. Geld ist ja nicht das Problem. Manchmal wünsche ich mir so sehr, dass bei uns auch mal Geld zum Problem wird. Warum kriegen wir nicht hin, was alle anderen jeden Tag von morgens bis abends hinkriegen? Was soll daran so schwer sein, nicht mit dem Geld auszukommen? Wir sind eben doch nicht so clever, wie wir immer glauben.«

»Es wird ein Urlaub sein«, sagte Ruth. »Alle werden sich beruhigen. Wir haben hier viel Natur und viel Ruhe. Aber es ist nicht tot bei uns. Wenn alle etwas runtergekommen sind, gehen wir an die Autos. Es wird wie ein Spiel sein. Mit richtigen Autos. In putzigen Kulissen.«

»Mit Schaufenstern?«

»Bitte *was*?«

»Sie müssen ihnen Schaufenster anbieten. Mit richtig was drin. Es muss teuer aussehen, sonst nehmen sie es nicht ernst. Alle glauben, sie nehmen jedes Schaufenster, das ihnen über den Weg läuft. Aber das stimmt nicht. Man sagt immer: In der Not frisst der Teufel Fliegen. Vielleicht der Teufel. Aber unsere Eltern nehmen in der Not kein billiges Schaufenster.«

»Schmuck?«

»Schmuck ist schon mal ein Angebot.«

»Sparkasse?«

»Sparkasse geht immer. Bei Sparkasse stellen sie sich alles Mögliche vor. Und alles hat mit Schotter zu tun. Nicht Schotter, wie heißt das …?«

»Geld.«

»Genau. Geld. Genug Geld.«

»Geld ist die Kurzform von ›genug Geld‹.«

»Ach ja? Schau mal an. Wieder was gelernt.«

»Was ist mit Büchern?«

»Bücher sind unsexy. Schlimmer sind nur Buchläden.«

»Das habe ich gemeint.«

»Ein Buchladen zum Reinfahren? Mutti fährt eher in die Kirche als in einen Buchladen. Wer fährt denn heutzutage noch in einen Buchladen?«

»Wie sieht's mit Wein aus?«

»Gekauft. Weinläden könnten zum Reinfahren erfunden worden sein. Auch diese tuckigen Spitzenläden. Wo alles selbst gestrickt ist oder wie selbst gestrickt aussieht. Englisch kommt auch gut, Britisch kommt noch besser. Weil wir alle halbe Briten sind. Das schafft eine natürliche Nähe. Wenn du da reinfährst, ist es, als wenn du nach Hause kommst. Nur ohne Garage.«

Ruths Gespräch mit der Elbefrau brachte das Projekt voran. Vor vier Wochen hätte Treitschke es unter »abgedreht« abgelegt und damit entsorgt. Aber der Mensch wird schlauer mit jedem Tag.

Endlich betraten sie das Zelt. An eine Fortsetzung des Gesprächs war jetzt nicht mehr zu denken. Die Szenerie verfehlte ihren Eindruck nicht. Erst einmal war alles viel geräumiger, als die Besucher geglaubt hatten. Die acht Trainingszonen waren jede für sich groß genug für drei Wagen. Man konnte nicht nur davor parken und Gas geben. Die gesamte rechte Seite des Zelts bestand aus einer Straße, die man hinauf und nach einer engen Kurve parallel zur ersten Straße wieder hinunterfahren konnte. Weit und breit nichts, das zerstörbar aussah. Da keiner der Wagen, mit denen gearbeitet wurde, größer als ein SUV war, hatten die Verstärkungen eine natürliche Endhöhe von unter einem Meter. In den mehrstündigen vorsätzlichen Attacken geübter Fahrer auf die Hindernisse war deren Leidensfähigkeit robusten Herausforderungen ausgesetzt worden. Rangerfahrzeuge aus dem Tierpark, ausgelegt für Konfrontationen mit ausgewachsenen Elefanten, hatten für das beruhigende Ergebnis gesorgt, alles Menschenmögliche getan zu haben, um Schäden zu vermeiden und die betagten Fahrer zu schützen.

Dass in aller Stille Wetten abgeschlossen worden waren, konnte keinen Menschen schockieren, dessen Lebensschwerpunkt außerhalb von Klostermauern liegt. Das Vertrauen in den Erfindungsreichtum alter Menschen war groß und hatte zur Errichtung eines kompletten Feldlazaretts geführt. Zwar war es aus einleuchtenden Gründen nicht in Sichtweite stationiert, aber gleich hinter der nächsten Hausecke. Die weitergehende medizinische Versorgung garantierten Ambulanzen in mehr als einem großen Krankenhaus in maximal 20 Kilometern Entfernung. Dies war Hamburg, irgendwo musste sich die Nähe zur Zivilisation ja bezahlt machen.

Im Zelt selbst gab es eine Krankenschwester, die im Zusammenspiel von handfestem Äußeren und Herzlichkeit unübertrefflich war. Sie war der Typ Helferin, von dem man sich gern verarzten lässt. Diese Aussage war allerdings bisher von keinem einzigen alten Mitbürger unterschrieben worden.

Es stellte sich heraus, dass zu den sechs Besuchern aus dem Westen insgesamt acht Senioren gehörten. Die spontane Frage, wie sich diese ungewöhnlich große Zahl erklären lasse, beantwortete die am meisten zum Klagen neigende Frau mit den Worten: »Fragen Sie nicht. Das wollen Sie gar nicht wissen.«

»Also sind Angeheiratete dabei?«

»Angeheiratet ist gut! Das klingt ja, als wäre da Freiwilligkeit im Spiel. Oder Familie. Oder ... wie nennt man das noch mal ...«

»Nähe?«

»Nähe, exakt. Ich brauche eine Eselsbrücke, dann kann ich mir das auch merken.«

»Zuneigung.«

Die Frau lachte.

»Zuneigung war die Eselsbrücke.«

Die Frau hörte auf zu lachen.

Nachdem die Besucher das Zelt mit seinen diversen Übungsplätzen in Augenschein genommen hatten, drückte man sich nicht vor dem Unvermeidlichen. Ein Kleinwagen mit unbekanntem Besitzer, aber steckendem Schlüssel, wurde von nebenan rekrutiert, einer der westlichen Männer nahm Platz und sagte: »Falls ich jetzt eine Person der Zeitgeschichte werde, vergesst nie: Ich hatte euch lieb, als ich noch kein Promi war.«

Vorbei an sehr viel mehr als einer Kamera rollte der Wagen durch den Haupteingang. Wer es verstand, in den Gesichtern von Autofahrern zu lesen, erwartete nichts anderes als souveränes, unaufgeregtes Rangieren. Vielleicht würde sich der Fahrer eine Schrecksekunde gönnen, dann würden alle »Huch« sagen und die Spannung durch Lachen auflösen. Man sieht Männern, die beruflich von stoischem Gesichtsausdruck profitieren, nicht an, ob ihnen der Schalk im Nacken sitzt.

Der Fox rollte auf die Parkposition, im Zelt ertönte kein Wort mehr. Der Fox machte einen Sprung auf das Schaufenster zu, aber der Sprung war kurz und verlor in keiner Tausendstelsekunde seine Natur als Fake. Zuletzt stieß er zwar gegen den Rahmen des Fensters, aber das konnte nicht anders sein. Ohne Kontakt wäre die Aktion ja vollkommen sinnlos gewesen. Der Fahrer gab Standgas, das war gut für die Kulisse, übte aber keinen Druck aus. Dann rollte er zurück. Der Mann konnte Auto fahren und benahm sich tadellos. Genauso hatte man sich die Bewohner des Westens vorgestellt.

Heinrich Treitschke war nicht enttäuscht, aber eine gewisse Ernüchterung war unübersehbar. Als er im Wagen saß, war allen klar, dass es jetzt etwas vitaler werden würde. Er rollte auf die Straße, riss das Steuer herum und fuhr mit der dreifachen Wucht des Westlers gegen das Schaufenster. Das war nun wirklich eine andere Hausnummer. Mehr als ein Augenzeuge klatschte in die Hände. Der Fox rollte auf die Parkposition. Treitschke sagte: »Wenn man es kann, fällt es schwer, sich vorzustellen, man kann es nicht.«

Natürlich musste es reiner Zufall sein, dass sich im nächsten Moment überdurchschnittlich viele Blicke auf dem Gesicht der faltenlosen Frau trafen. Sie roch sofort den Braten und sagte: »Freut euch nicht zu früh.«

Mit der scheinheiligen Sachlichkeit, die in seiner Branche kein Fremdkörper ist, sagte der Professor: »Die Angst vor einer Großreparatur hat wenig Ähnlichkeit mit Vorfreude.«

Sie wusste, dass sie nicht ohne Gesichtsverlust vom Haken kommen würde, und wartete, dass ihr die Tür geöffnet wurde. Dass auch die Beifahrertür geöffnet wurde, kommentierte sie nicht. Sie stieg ein, drehte den Schlüssel, trat das Pedal durch, legte den Gang ein. Und das Schicksal nahm seinen Lauf.

Sie stieg aus, klopfte aufs Autodach und sagte: »Sehen nach nichts aus und sind doch kleine Teufel.«

Das Schaufenster stand noch, der Fox hatte Feindberührung gehabt, wirkte aber verkehrsfähig.

»Das Auto hat viel von einem Mann«, sagte ihre Begleiterin aus dem Westen.

»Nicht von meinem«, knurrte die Faltenlose. Ihr Mann oder Begleiter stellte klar, dass in der Familie kein Kleinwagen vorkommen würde. SUV, Coupé und Oldtimer. Vor allem stellte er klar, dass die Senioren in der Familie bisher in keiner Unfallstatistik aufgetaucht waren.

»Aber es war knapp«, sagte Treitschke auf gut Glück.

»Aber hallo«, entgegnete der Mann und fuhr sich mit der ausgestreckten Hand über den Hals.

Man kehrte zum sachlichen Teil des Rundgangs zurück. Einer der jungen Männer, die im Hintergrund Kompetenz verbreiteten wie der Löwenzahn seinen Samen, lieferte Information, nachdem er sich von Treitschke zuvor mimisch und unauffällig das Okay abgeholt hatte.

Zehn Autos verschiedenen Ausmaßes standen zur Verfügung, sogar ein Elektromobil. Eigene Wagen durften mitgebracht werden.

Kein Fahrer ging durch seine Teilnahme ein finanzielles Risiko ein, Polizei und TÜV hatten heute Morgen die Installation abgenommen und freigegeben.

Die Einparkerei sollte auch und vor allem Teil der motorischen Abteilung sein. Wichtiger waren die Vorträge und Treffen mit den Geisteswissenschaftlern, Therapeuten, Coaches und Angehörigen diverser Entspannungs-Philosophien, in denen Gelassenheit, Souveränität, Körpergefühl und Entspannung trainiert werden würden.

Auf diese Stichworte sprangen die Gäste aus dem Westen sofort an, ihre Fragen verrieten Kennerschaft der einschlägigen Therapien und wohl auch Erfahrung mit wenig kompetenten, dafür enorm geschäftstüchtigen Gurus und Abzockern.

»Kein Wunder, dass die bei euch auf der Matte stehen«, sagte Treitschke. »Sie wittern das Geld, die viele freie Zeit und dieses seltsame Bedürfnis, dazugehören zu wollen.«

»Wie darf ich das verstehen?«, bellte eine der Gästefrauen in dem Tonfall, der keinen Zweifel ließ, dass sie die Antwort längst kannte.

Treitschke blickte seine Ruth nicht an, aber seine Haut spürte ihren Blick, als er sagte: »Ihr gebt auf euch acht.«

»So sieht das aus«, bestätigte die Frau zufrieden. »Wir machen Erfahrungen, wir wollen keine Chance verstreichen lassen.«

»Und wie oft sind Sie schon auf Blender reingefallen?«

Erst sagte sie: »Ich weiß gar nicht, was ein Blender ist«, danach sagte ihr Begleiter: »Ein halbes Dutzend Mal.« Zuletzt sagte sie: »Es mag zu Missverständnissen gekommen sein, die wir jedes Mal zur allgemeinen Zufriedenheit ausgeräumt haben.«

»Ich hoffe, Sie waren zufriedener als die Scharlatane. Mit oder ohne Anzeigen?«

»Ein Anwalt, der nicht ab und zu in Bewegung gerät, setzt schnell Rost an.«

Einer der Männer fragte: »Habt ihr einen Römischen im Team?«

»Und wenn?«

»Dann rate ich zu Vorsicht. Mein alter Herr hat mit der Fraktion noch einige Rechnungen offen, die er gerne zeitnah erledigt sehen will. Er nutzt jeden persönlichen Kontakt. Und wenn der Kontakt sich nicht von allein ergibt, führt er ihn entschlossen herbei.«

»Wird er leicht polemisch?«

»Die Frage setzt voraus, dass er auch Phasen hat, in denen er nicht polemisch ist.«

»So schlimm?«

»Aber hallo.«

»Sie haben es auch nicht leicht, was?«

»Alles wäre leichter, wenn nicht drei Viertel der Familie in die falsche Fraktion eingeheiratet hätten.«

»Wir räumen Ihnen gern ein Plätzchen in einer Gruppe frei, wenn Sie das Bedürfnis verspüren.«

»Danke für das Angebot, aber meine Bedürfnisse lassen sich in Kilometern messen.«

»Ich verstehe nicht.«

»Das ist der Luftraum, der sich zwischen meinem alten Herrn und mir in jeder Minute des Tages befindet.«

»Wir werden gut auf ihn achtgeben.«

»Er ist nicht zu übersehen. Vor allem nicht zu überhören.«

»Er fährt Auto?«

»Bei jeder Gelegenheit. In der Regel fährt er beherrscht. Es sei denn, er kommt an einer Kirche vorbei.«

»Sein Lieblingsgegner?«

»Gäbe es in der Waitzstraße eine Kirche, wäre die Lage bereits vor 20 Jahren aus dem Ruder gelaufen.«

»Wie hätten Sie das Problem gelöst?«

»Durch Wegzug.«

»Das tut mir leid.«

»Ich rede nicht von meinem Wegzug.«

Gerne hätten die Gastgeber auch noch die Quartiere vorgeführt. Für diesen Zweck hatte man zwei Zimmer und Apartments auf schamlose Weise aufgehübscht. Eine Innenarchitektin und ein Filmarchitekt hatten zwei Sprinter voller Möbel und Accessoires geschmackvoll verbaut. Aber an den Unterkünften zeigten die Westler kein Interesse.

»Lassen Sie mal«, sagte eine der Frauen. »Das geht schon klar. Wir haben keine übertriebenen Ansprüche. Es tut denen ganz gut, wenn sie sehen, dass nicht jeder Reisende in einem Meer aus Milch und Honig schwimmt.«

»Ich muss doch bitten. Wir wissen, was Qualität ist.«

»Ja klar.«

»Nein, ehrlich.«

»Einen Gefallen könnten Sie uns tun.«

Treitschke war erleichtert.

»Drehen Sie die öffentlich-rechtlichen Sender aus dem Speicher raus.«

»Bitte was?«

»Oder wie nennt man das denn? Drehen Sie den Saft ab. Raus damit. Die anderen Sender dürfen gern bleiben.«

»Wir sollen *ARD* und *ZDF* sperren?«

»Oh ja, bitte.«

»Das sind keine Pornosender.«

»Die Pornosender können Sie gern drin lassen. Der Mensch lernt, solange er lebt.«

»Was haben Sie gegen *ARD* und *ZDF*?«

»So kann nur jemand fragen, der nicht seit mehreren Jahrzehnten jeden Morgen die neuesten Episoden dieser Serien am Nachmittag erleiden musste. Das sind mehrere 1000 Folgen, und in jeder passiert haargenau das Gleiche. Es ist die Hölle. Und wenn meine Mutter es Ihnen erzählt, ist es das Breitwand-Format der Hölle.«

Die Männer äußerten sich nicht dazu, ihr Gesichtsausdruck weckte bei den Einheimischen keine Neugier, sich mit einer Frage tiefer ins Unglück zu reiten.

Auch die Finanzen trafen auf wenig Neugier. Natürlich wurden Zahlen genannt und Zahlen angehört. Aber Reaktionen blieben aus. Der geplante Umfang von vier Tagen pro Trainingseinheit war ebenfalls okay, auch dass kurzfristige Verlängerungen problemlos möglich wären.

Für die Verköstigung waren die gastronomischen Adressen im Umfeld zuständig. Die von einigen befürchteten meterlangen Listen mit Unverträglichkeiten und medizinischen No-Gos der alten Gäste bewegten sich nahe bei null. Offenbar befanden sich die Senioren in ausgezeichneter Verfassung, alle chronischen Malaisen schienen perfekt eingestellt zu sein. Treitschke behielt für sich, dass sämtliche Ärzte im Umfeld rund um die Uhr ansprechbar waren. Doktor Willich, der legendäre Doppeldoktor für Zwei- und Vierbeiner hatte seine bekannten Beruhigungspillen verteilt: »Der Mensch ist nichts weiter als ein sanftes Tier. Wir werden für jeden Patienten etwas finden.«

Eine einzige Überraschung gab es im Beherbergungsbereich. Das landesweit bekannte *Golfhotel* war nicht ausgebucht. Ruth ließ eine diesbezügliche Bemerkung fallen und erntete bei den Gästen aus dem Westen wissendes Lächeln.

»Sie wissen doch, wie das auf Klassenreisen ist«, sagte einer der Männer. »Da freuen sich alle am meisten darauf, dass es so ganz anders werden wird als zu Hause. Abenteuerurlaub eben. Weshalb sollten unsere Eltern da absteigen, wo sie ein Leben lang abgestiegen sind?«

»Sie haben also nichts dagegen?«

»Ich würde nachdenklich werden, wenn ihr die alten Recken in Zelten im Wald unterbringen würdet. Aber dies hier! Also bitte! Sehen wir so aus?«

Ja, sie sahen so aus. Sie waren so angezogen, sie rochen so. Und sie redeten so. Aber sie luden ihre Eltern problemlos in Quartieren ab, die sich nicht ausnahmslos auf dem Stand des 21. Jahrhunderts befanden.

Die Gastgeber hatten Fragen zur Zusammensetzung der Gäste erwartet. Aber da kam nichts. Gingen sie davon aus, dass sich ausschließlich oder weit überwiegend Bewohner der Elbvororte einfinden würden, um an ihrer Ein- und Ausparkschwäche zu arbeiten?

Denn so war das nicht. Auf die ersten eher zarten und zurückhaltenden Versuchsballone des Poppenbüttler Projekts waren nach wenigen Stunden Anfragen aus ganz Norddeutschland eingegangen. Aus dem Osten war bisher nichts gekommen außer dröhnendem Schweigen. Aber Adressen und Gesprächsverläufe ließen keinen Zweifel, dass sich die Zahl der zu erwartenden Sozialfälle im einstelligen Bereich bewegen würde. Wenn der Name ausländisch klang, klang der familiäre Hintergrund solvent.

Und fast ausnahmslos glücklich, erleichtert, neugierig, positiv.

Oder wie es das Vorzimmer einer wirtschaftlichen Top-200-Adresse nannte: »Sie schickt der Himmel. Die Chefin hat geheult vor Freude. Dass ich das noch erleben darf, hat sie gesagt.«

Wenig überraschend war, dass das Vorzimmer zehn Minuten später erneut am Apparat war und händeringend darum bat, kein Wort aus dem ersten Kontakt öffentlich zu machen. »Ich bin nicht mehr jung genug, um problemlos eine neue Stelle zu finden.«

Man wartete auf einen dritten Kontakt, der jedoch ausblieb.

6

So einen Sonntag hatte man in Poppenbüttel seit Jahrzehnten nicht mehr gesehen. Er war der Tag in der Woche, in der die Familien auflaufen. Mutter, Vater, Kinder von klein bis halbwüchsig. Und oft die Großeltern, paarweise oder ein übrig gebliebener beziehungsweise überlebender Teil. Man reist mit dem Auto an oder mit der S-Bahn. Wenn das Wetter es zulässt, kommt das Fahrrad ins Spiel. Die winzigen für die Kinder, die batteriegetriebenen für die Faulen oder Betagten.

Die Hälfte der Menschen trägt Freizeitgarderobe, gerne sportlich, gerne übertrieben sportlich: kurze Hosen, stramme Waden, kleine Kinder auf den Rücken oder vor die Brust geschnallt.

Die andere Hälfte trägt traditionell. Als würde man aus der Kirche kommen oder als sei man zum Mittagessen in ein Lokal eingekehrt. Die Parkplätze im Ort, entlang der Alster oder am Waldrand sind gut belegt, oft schon am späten Vormittag komplett belegt.

Eine kleine Völkerwanderung ist unterwegs. Und ohne dass man sofort sagen könnte, woran man es erkennt: Hier absolviert kaum jemand seine Premiere. Wer sonntags hier aufschlägt, ist Stammgast. Man kennt sich aus, man läuft nicht ziellos herum, was man tut und abläuft, hat einen Anfang und ein Ende. Dazwischen findet Familienleben statt. Es gibt Ausnahmen, aber Ausnahme heißt: geringe

Anzahl. Novizen fallen auf und aus dem Rahmen. Sie sind neugierig und zögerlich, sie weisen sich gegenseitig auf etwas hin, bleiben stehen, setzen sich in Bewegung, aber kommen langsamer vom Fleck als die Erfahrenen.

So läuft es an den Sonntagen, man hatte es viele Jahre nicht anders erlebt.

Und so lief es heute gerade nicht ab. Den neuen Gesichtern sah man es an der Nasenspitze an. Die Köpfe waren pausenlos in Bewegung. Ständig gab es etwas Neues zu betrachten. Man staunte, man gewöhnte sich, und zehn Schritte weiter begann alles von vorne.

Vor allem aber: Die Novizen hatten Gepäck dabei. Der Rollkoffer als unübersehbares Accessoire. Die Kleidung nicht übertrieben formell, aber ein Hauch weniger freizeitmäßig als bei der Masse. Als würde man von einem offiziellen Anlass kommen: einer Versammlung, einem Seminar, einem Konzert. Oder als würde man sich auf dem Weg zu einem Anlass befinden: einer Versammlung, einem Sportereignis, einem Quartier, das in den kommenden Tagen zur Heimat auf Zeit werden würde.

Die Novizen waren im Schnitt deutlich älter als die Erfahrenen. Die Kleinkind- und Halbwüchsigen-Generation entfiel komplett. Es gab Jüngere, wohl die Kinder der Alten. Aber die Kinder waren deutlich älter als die Eltern der kleinen Kinder. Und sie waren viel nervöser. Man konnte die Unruhe, die sie ausstrahlten, mit Händen greifen. Sie waren auf dem Sprung, sie waren bereit zu reagieren. Sie wussten nur nicht genau, auf was. Aber sie waren auf alles gefasst, das Unbekannte würde sie vorbereitet antreffen, und es war noch längst nicht bewiesen, ob das, was aus den Büschen und Wäldern hervorbrechen könnte, auf Sympathie bei ihnen treffen würde.

Vor allem jedoch: Die Alten hielten sich mehrheitlich in der Nähe des Orts auf. Nicht im Zentrum, keineswegs. Aber Bebautes war stets in Sichtweite. Die Durchmischung von Häusern und Grundstücken, die im Zweifel beträchtliche Größe besaßen, weichte die traditionelle Unterscheidung von Stadt und Land auf. Hier war alles in jeder Sekunde gleichzeitig im Blick. Nicht alles war einen zehnten Blick wert, aber ein zweiter und dritter konnte nicht schaden. Und man musste selbst bei geilster Bereitschaft zur Nörgelei lange suchen, um etwas zu finden, was das Auge beleidigte.

»Sie kommen.«

Nie in Poppenbüttels langer, oft ungestörter und sehr überschaubarer Geschichte waren diese Worte so oft verschiedenen Mäulern entfleucht.

Es gab zahlreiche Bewohner, die sich schon sehr lange nicht mehr an einem Sonntag um diese Uhrzeit im Freien aufgehalten hatten. Der Sonntag war der Tag, an dem man sich zurückzog, damit die Städter tun konnten, was sie ja offensichtlich nicht lassen mochten. Das saß man aus, das überlebte man im Schutz von Liguster und Wacholder. Man tat einfach so, als sei man nicht zu Hause. Dabei waren es die Städter, die nicht zu Hause waren. Natürlich platzte das größte und bekannteste Café schon mittags aus allen Nähten. Aber ausgerechnet heute, wo die Zahl der Menschen im Ortsbild größer war als gewohnt, fiel die Belegung bei *Reinhardt* schwächer aus. Denn mochte es auch viele fremde Gesichter geben, die wenigsten von ihnen hatten zu diesem frühen Zeitpunkt schon herausgefunden, wo die größte Tränke und die längste Kuchentheke ihren Sitz hatten.

In zahlreichen Häusern wurde in diesen Stunden letzte Hand an die Herrichtung der Quartiere für die morgen anreisenden Gäste gelegt. Montag würden die Kurse und Einparktrainings beginnen, also würden die Anreisen Montag früh stattfinden, zumal auch in den Bestellungen von Montag die Rede war. Nur von Montag, ohne Ausnahme.

Die Poppenbüttler sind ein Menschenschlag, der gerne glaubt, was geschrieben steht, zumal wenn man die Grundlagen für die Schriftlichkeit höchstpersönlich am Telefon oder am Bildschirm entgegengenommen hat. So dachten die Poppenbüttler, und es hätte auch seine Ordnung haben können. Einzige Voraussetzung: Die Gäste halten sich an die Poppenbüttler Denkweise. Was sie nicht taten, fast keiner. 98 Prozent von ihnen trieb die Neugier einen Tag früher ans Ziel. Natürlich wäre eine darauffolgende Rückreise nach Hause und erneuter Aufbruch am Montag naheliegend, wenn nicht sogar vernünftig gewesen. Aber wenn man nun schon einmal da war, war es kein Ding der Unmöglichkeit, die Lage zu peilen. Und wenn man schon an der Gartentür stand und sich der Klingelknopf in Sichtweite befand, war es nur menschlich, ein Lebenszeichen auszusenden. Viele Gäste empfanden es sogar als unhöflich, vorbeizuschauen und dann so zu tun, als sei man gar nicht da und als wolle man von seinen Gastgebern erst Montag etwas wissen, auf keinen Fall jedoch schon vorher, beispielsweise am Sonntag. Mit anderen Worten: heute. Keinem Gast war wohl bei dem Gedanken, Montag zu berichten, dass man Sonntag vor der Tür gestanden habe und nur aus einem einzigen Grund kein Lebenszeichen ausgesendet hatte: weil man nicht stören wollte. Jeder Gast wusste, was dann unweigerlich passieren würde: Die peinlich berührten Gastgeber würden jammern und klagen und ausrufen, warum um Gottes willen man denn nicht hereingeschaut habe, wenn man nun schon einmal vor der Tür gestanden habe. Man würde doch nicht beißen, man würde sich doch freuen, man sei doch kein Unmensch.

So dachte die Mehrheit der Gäste. Seien wir ehrlich: Fast alle dachten so. Die Handvoll, die es nicht tat, bestand aus Stieseln, die sowieso auf der falschen Hochzeit landen würden und mit denen man keine Freude haben würde.

Gegen 16 Uhr begann der Rücksturz der Ausflügler Richtung Parkplätze, Bahn und Bus und Heimat im Großraum Hamburg. Gegen 17.30 Uhr waren fast alle verschwunden, ab 18 Uhr konnte nur noch ein Blinder ignorieren, dass sich am Markt mehrere Dutzend alte Menschen herumtrieben, fast alle mit Rollkoffern ausgestattet, einige in Begleitung nicht ganz so alter Menschen ohne Rollkoffer, die ungewöhnlich oft auf ihre Armbanduhren schauten. Es sah aus, als würden sie später am Abend noch eine Verabredung haben, die nicht in Poppenbüttel stattfinden würde.
Das Ehepaar Treitschke und Karina Kranzler kannten sich vom Sehen, privat existierten keine Kontakte. Man hatte einige Sonntagsstunden außerhalb verbracht, beide motiviert vom Wunsch, noch einmal in Ruhe durchzuatmen, bevor die anstrengendste Woche der letzten Jahre beginnen würde. Man näherte sich aus verschiedenen Richtungen dem Markt, alle in gemächlichem Tempo. Man sah die vielen alten Menschen, man sah die vielen Rollkoffer. Im nächsten Moment setzten sich die drei Einheimischen in Bewegung.

Über eine Stunde nahm die Verteilung der Gäste auf ihre Quartiere in Anspruch. Fünf Minuten hatte es gedauert, um ein halbes Dutzend fahrbarer Untersätze heranzupfeifen. In seinen aktiven Zeiten hatte Heinrich Treitschke nichts mehr gefürchtet als erzürnte Kunden. So sah er diese zu Stein geronnenen zornigen Masken selbst dann noch vor sich, als sein Sichtfeld längst von unternehmungslustigen und neugierigen alten Gesichtern ausgefüllt wurde. Ihm am langen Arm lockend entgegengestreckt, hatte er die Wahl zwischen einem Dutzend Flachmännern, alle mit Etiketten, die er noch nie in einem hiesigen Kiosk gesehen hatte. Die meisten allerdings ohne Etikett. Keine einzige Flasche roch nach Fruchtsaft.

Eine Handvoll Medienadressen hatte sich für die komplette bevorstehende Woche angekündigt, ein Magazin und ein Dokumentarfilmer-Duo waren früher angereist und erlebten jetzt die Stunden, die ihnen den Vorsprung verschafften, den die pünktlichen Kollegen nie mehr aufholen würden.

Nicht jeder Poppenbüttler öffnet Sonntagabend die Haustür, wenn er nicht weiß, wer davor steht, was man Sonntagabend nie weiß. Wenn dann ein versteckter Blick aus dem Fenster zeigt, dass der eigene Rasen von einer unübersehbaren Menschenmenge geflutet wurde, ist die Alternative klar: flüchten oder standhalten. Schläge gegen die Haustür geben einem die Richtung vor, speziell eine laute Stimme, die einem bekannt vorkommt und die ruft: »Friedhelm Blödorn, ich weiß, dass du zu Hause bist! Hier sind deine Gäste. Ich zähle jetzt bis drei …«

An diesem Abend kam Treitschke nicht in die Verlegenheit, bis drei zählen zu müssen. Anfängliche Beklommenheit und Beschämung lösten sich in maximal 60 Sekunden in Gelächter, Schulterklopfen, Spott und Fröhlichkeit auf. Mag der durchschnittliche Poppenbüttler auch nicht ganz levantinische Leichtigkeit erreichen, die schreckliche Aussicht, künftig für einen miserablen Gastgeber gehalten zu werden, lässt selbst bei für ihre Erdenschwere und Bräsigkeit bekannten Mitbewohnern Flügel wachsen.

Wer es erlebt hat, wird diesen Abend fortan zu einem der »Großen Zehn« der Lokalgeschichte zählen.

7

Die unerwartete Anreise am Vortag hatte den Vorteil, dass man Montag früh praktisch aus dem vollen Training in die Seminarwoche starten konnte. Alle Befürchtungen – unterm Strich mochten es mehrere Dutzend sein – lösten sich in Windeseile auf, angefeuert durch die Gäste. Getrieben von unfassbarer Neugier und Vorfreude, die selbst lebenserfahrene Bürger noch nicht erlebt hatten, lief alles wie von selbst. Gelenkt von einer unsichtbaren Hand, flog man kollektiv über die Schauplätze, lernte Trainer und Coaches kennen und kniff aufgeregten Schülerinnen und männlichen Ohrfeigengesichtern in die Wangen, die einem als Ansprechpartner und Begleiter zugeteilt worden waren. Um das niedlichste Mädchen und den Jungen mit den im rechten Winkel abstehenden Ohren entwickelten sich wilde Bietergefechte zwischen den Gästen. Jeder kämpfte um seinen Lieblings-Youngster und geizte nicht mit Geld und taktischen Tricks.

Vom Frühstück in den Pensionen über den ersten Kontakt mit den Einparksituationen bis zur Sprengung mehrerer Entspannungsrunden, bei denen ein Senior die Rolle des Profis übernahm, war alles vorhanden. Bis mittags waren zwei Coaches abgereist, einer mit den unsterblichen Worten: »Ich kann so nicht arbeiten.« Der wurde mit Standing Ovations Richtung S-Bahn verabschiedet.

Von 265 angekündigten Teilnehmern waren 261 erschienen. Das beschleunigte den Erkenntnisprozess: Man brauchte mehr Raum für die Parkübungen. Aber am ersten Tag standen alle Senioren vor dem Zelt geduldig Schlange. Diese Einmaligkeit wollte man sich nicht entgehen lassen. Man tat, was man konnte, aber es dauerte bis zum späten Nachmittag, bevor das erste Schaufenster geknackt war und unter dem Jubel von 200 Senioren in die Werkstatt transportiert wurde.

Ein Senior lief die Reihe der verbliebenen sieben Schaufenster ab, schlug dagegen und sagte zu jedem: »So wird es dir ergehen ... Und dir ... Ihr werdet alle eurem Schöpfer gegenübertreten.«

Die Trainer übertrieben es nicht mit den Eingriffen, ließen jedoch durchscheinen, was das Ziel der nächsten Tage sein sollte: Einparken als Beweis für zivilisiertes Verhalten.

Der Montag war der Tag, an dem sich Hunderte Eltern Sorgen um ihre Kinder machten, die nach Schulschluss partout nicht zu Hause auftauchen wollten. Ein Besuch im Ortszentrum hätte ihre Sorgen vertrieben. Kein Schüler wollte sich den ersten Tag entgehen lassen, an dem Poppenbüttel nicht wie eingeschlafene Füße wirkt.

Das Zentrum rauschte und raunte. Wer ein Stündchen investierte, erlebte in dieser Zeit die Ankunft eines halben Dutzends fliegender Händler. Sie kamen mit Dreirad, Eiswagen, Bauchladen, mit Selbstgekochtem, Selbstgebasteltem, mit bemalten Karten, Schmuck, Papierkunst. Aber niemand kam an den Mann in Seemanns-Outfit mit dem Räucherfisch heran. Die Polizei zeigte Präsenz, gab sich jovial und entschied klammheimlich, dass dies nicht die Kommunikationsform der Zukunft sein könne. Der Blick in ein Dutzend lachender Gesichter laugt jeden Cop aus, wenn auch noch nicht am ersten Tag.

Karina Kranzler telefonierte alle Vermieter durch und fragte nach ersten Eindrücken. Fazit: »Sie sind nicht wie wir.«

Aber man hielt die betagten Gäste für beherrsch- und lenkbar, wenn auch nicht durchgehend. Man war mit erwartbaren Sonderwünschen konfrontiert worden, war aber auch ansatzlos umarmt worden und nach der richtigen Schreibweise von Namen und Anschrift gefragt worden, damit das Erbe nach dem Ableben des alten Mieters auch an den Richtigen ausgezahlt werden würde.

Eine Frau war ertappt worden, wie sie in die Garage der Vermieter hineinfuhr, wieder herausfuhr, wieder hereinfuhr und damit nicht aufhören wollte. Vor allem konnte sie keine hinreichende Auskunft über den Golf und seinen Besitzer geben. Er gehörte weder der alten Dame noch den Vermietern.

Unerwarteter Arbeitsanfall entwickelte sich um die täglichen Mahlzeiten. Die Mietverträge schlossen Frühstück und Abendessen ein. Es gab jedoch eine Handvoll Gäste, die gerne ein zweites Frühstück einnahmen, das in fließendem Wechsel in ein kleines Mittagessen hineinlappte, sodass die Zeit bis zu Kaffee und Kuchen keine Probleme bereitete. Immerhin waren bisher keine Alkoholexzesse zu beklagen. Und das Kraut auf dem Nachttisch eines Gasts war mit Sicherheit kein Marihuana, das habe der Enkel der Vermieterin beschworen, nachdem er sich zwei aufeinanderfolgenden Doppel-Blindversuchen unterzogen hatte.

Das Wort »Doppel-Blindversuch« musste die Vermieterin vom Zettel ablesen.

Die von Karina Kranzler insgeheim fest eingeplanten erotischen Eskapaden ließen einstweilen auf sich warten. Sie wollte noch weiter telefonieren, doch der Tonmann von den Dokumentarfilmern lud sie zum Mittagessen ein. Das konnte Karina nicht ablehnen, Treitschke hatte sie beschworen, zu allen freundlich zu sein, besonders zu den Medienmenschen, zu denen im Notfall sogar sehr freundlich. Karina war nicht sicher, was sie sich unter »sehr freundlich« vorstellen musste. Sie wählte für sich eine stubenreine Variante, weil sie sich dabei wohler fühlte.

Nach dem Wegfall der beiden Gruppenleiter-Nervensägen entwickelten sich die Gesprächsrunden mit den Vertretern der diversen Entspannungstechniken zu einem Erfolgsmodell. Der erste Tag verging mit viel Jux und Tollerei. In jeder Runde gab es einen Witzbold, der unbedingt seine Fertigkeiten in Hypnose und Gedankenübertragung vorführen musste.

8

Am Dienstag drehte es sich. Die meisten Senioren kapierten, dass ihnen hier eine Chance geboten wurde. Sie begriffen sogar, was einigen sichtlich schwerfiel: Sensibilität und innere Gelassenheit sind nicht das Vorrecht für Weicheier, sie verschaffen der eigenen Existenz einen Teppich, auf dem man künftig unaufgeregt und zuversichtlich agieren kann.

Die besseren unter den Coaches begriffen auch etwas: dass man nämlich bei Menschen über 60 oder 70 oder noch mehr Jahren aus einem Schatz an Erfahrungswissen schöpfen kann. Wenn es gelang, die Alten ans Reden zu bringen, und wenn es gelang, dass sie sich in der Runde gut aufgehoben und nicht überprüft fühlten, waren Momente großer Ruhe, Konzentration und positiver Überraschungen möglich. Wenn es überdies noch gelang, auch den nervigsten Witzbold in der Runde beiläufig an die Kandare zu nehmen, war man weit gekommen.

Dienstag war auch deshalb ein erfolgreicher Tag, weil zwei Senioren ankündigten, ernsthaft darüber nachzudenken, ob der Abschied vom Autofahren nicht eine bessere Lösung sei als ständige Aufregung und beängstigende Bilder von Blut und herumfliegenden Körperteilen, die sie zuverlässig jedes Mal begleiteten, wenn ihre schweißnassen Hände ein Lenkrad umklammerten.

Aber die große Mehrzahl suchte die Herausforderung. Erst wollten sie nicht glauben, dass sich ein Fremder, der offensichtlich perfekt das Auto beherrschte, ernsthaft für sie und ihre Kümmernisse interessierte. Die Vorstellung, dass jemand sich eine Stunde Zeit nahm, um mit ihnen zu den Wurzeln ihres Verhaltens und ihrer Chaosfahrten vorzudringen, führte bei einigen zu Aufständen.

»Ihr wollt mich doch verscheißern!«, war noch eine der manierlichsten Reaktionen. Eskalationen waren unvermeidlich, Vertagung auf den nächsten Tag die sinnvolle Lösung. Auch dies eine Premiere: In den Familien war es kaum jemals zu Momenten echter Anteilnahme gekommen. Dort holten sich die Senioren einen Anpfiff nach dem anderen ab. Stets ging es darum, dass man von jemandem, der seit 40 Jahren den Führerschein besaß, doch wohl kontrolliertes Ein- und Ausparken erwarten können müsse. In den Streitereien zwischen Chaosparkern und deren Kindern wurde den alten Eltern Vorsatz unterstellt, durchmischt mit Bösartigkeit, noch weiter verschärft durch das Bemühen, sich dümmer zu stellen, als man war.

Insgesamt acht Gruppen verteilten sich über den Ort. Für jede war eine Räumlichkeit vorhanden, aber schon im Verlauf der ersten Viertelstunden zogen zwei Gruppen in die benachbarten Wälder entlang der Alster. Hier fanden sich parkähnliche Areale mit herrlichem Baumbestand. Es mochten nicht mehr als fünf Baumveteranen sein, aber jeder einzelne war ein ästhetischer Solitär. Als nach einigem Hin und Her und dem Wiederauffinden von zwei verlorengegangenen Senioren die organisierten Decken ausgebreitet und die Klappstühle aufgeklappt worden waren, wandte man sich hoch motiviert dem Gespräch über Nervosität, Aufregung, Angst vor Prüfungen und Angst vor Technik sowie Angst vor Seite 1 der Tageszeitungen des auf das letzte Einparken folgenden Tages zu.

Kommen wir zu der Gesprächsrunde, in der die meisten Teilnehmer den Coach für einen Wiedergänger beziehungsweise nahen Verwandten eines populären hundertfachen Fußball-Nationalspielers hielten. Sein Name war nicht Lothar, aber niemand nannte ihn anders. Und der Coach hatte fast ein Leben lang Zeit gehabt, damit seinen Frieden zu machen. Dass er obendrein noch überdurchschnittlich gut jeden Ball annahm, beherrschte und zurückpasste, den man ihm wie einem Seehund hinwarf, rundete die Sache ab.

»Lasst uns über diese ominöse Seite 1 sprechen«, schlug er vor.

»Wozu?«, kam es lustlos zurück. »Das bringt doch nichts, das wird doch sowieso nichts mehr in diesem Leben. Sie unterdrücken uns seit dem ersten Rumms und sie werden uns auch nach dem 100. Rumms ignorieren.«

Lothar engte seinen Verdacht ein und hörte zu, wie sich die Teilnehmer über die blutjungen *YouTube*- und Internet-Stars aufregten. »Einmal die Hose fallen lassen, einmal mit einem Bohlen-Verschnitt in die Kiste springen, und sie sind berühmt. Das Bild ist größer als die Zeitungsseite. Und für was? Haben sie etwas geleistet? Nichts haben sie geleistet. Oder ist das eine Leistung, wenn du dem Fotografen deine Ballons auf die Linse drückst?«

Niemandem blieb verborgen, dass dieser Teil der Diskussion fast ausschließlich von den Männern getragen wurde.

Lothar griff zu dem Kniff, mit dem er gute Erfahrungen gemacht hatte. Zwar galt er dann einige Minuten lang als begriffsstutzig, aber der Vorteil überwog die Geringschätzung. Denn schon sagte ein Senior: »Ich könnte das ja noch verstehen, wenn uns der Kopf abfallen würde. Das will keiner sehen oder nur die mit dem speziellen Humor. Horrorfilm und Menschenfresserei, ihr wisst schon. Aber wir tun uns doch nichts dabei. Bei 20-mal Rumms fließt vielleicht einmal Blut. Vielleicht hast du ein Aua am Handgelenk oder stößt dir die Nase an. Davon stirbt man nicht. Vor allem sieht man dadurch nicht hässlicher und verbeulter aus als vorher. Ihnen würde also kein Zacken aus der Krone fallen, wenn sie das Bild abdrucken. Denn es gibt ja Bilder. Jedes Mal wird fotografiert. Wie die Wilden fotografieren sie. Von Johannes Nebel von der Privatbank, die dann pleiteging, von dem haben Tochter und Schwiegersohn geknipst. Wie die Wilden haben sie draufgehalten. Johannes hat das genau gesehen, er hat auch die Fotos gesehen. Aber haben sie ein Foto abgedruckt? Null. Und deshalb glaube ich, es liegt nicht an den Fotografen. Es liegt an den Zeitungen. Aber bevor in unserer Familie das *Abendblatt* gekündigt wird, muss mehr passieren als die Beleidigung eines armen Unfallopfers.«

Lothar sagte: »Früher hätte man davon Fotos gedruckt.«

»Sag ich ja. Und warum? Weil früher alles besser war und nicht so verkniffen wie heute. Mit Ausnahme dieses Betriebsunfalls, über den wir nicht mehr reden, war es damals nicht halb so schlimm, wie heute alle behaupten.«

»Sie würden sich also nicht ärgern, wenn von Ihnen ein Bild in der Zeitung erscheint?«

»Nicht, wenn es ein Bild vom Unfall ist. Es gibt zwei, drei Lebenslagen, die möchte ich nicht sehen, nicht auf einem Foto. An die möchte ich mich nicht einmal erinnern. Aber das ist doch normal. In 75 Jahren fallen zwangsläufig Situationen an, über die du nicht in Jubel ausbrichst.«

»Der Schutz der Privatsphäre wird bei uns hoch geachtet!«

»Ach, hör doch auf. Privatsphäre! Was ist das Gegenteil von Privatsphäre? Das ist die Waitzstraße ab 11 Uhr vormittags. Wer um diese Zeit die Waitzstraße anläuft, bettelt doch darum, fotografiert zu werden. Es wird ja auch geknipst. Mich haben bestimmt schon 100 Leute geknipst. Habe ich volles Verständnis für. Ein gut aussehender alter Mann ist nichts, was man im Keller verstecken muss. Natürlich mit Ausnahme von Roderich Vormwald.«

Aus dem boshaften Gekecker in der Runde schloss Lothar, dass dieser Roderich offenbar eine prominente Figur im Stadtteil war. Weil Protest ausblieb, saß Roderich offenbar nicht in der Runde und wohl auch kein Verwandter von ihm. An solchen Gedanken des Coaches erkennt man, dass auch erfahrene Gruppenleiter nie auslernen. Der Irrtum ist ihr ständiger Begleiter.

Lothar ließ abstimmen: »Wer würde gegen sein Gesicht in der Zeitung protestieren?«

100-prozentiger Ausfall von Protest, getoppt von einem unscheinbaren Herrn und den Worten: »Ich würde dafür bezahlen. Es heißt doch immer: Mit Geld kannst du bei uns alles kaufen. Das stimmt aber nicht. Ich könnte einige Beispiele nennen.«

Was sich jedoch als leeres Versprechen erwies.

»Seid ihr wirklich so eitel?«

Alle starrten Lothar an. Von jemandem, der aussah wie er, hatte man so eine Frage nicht erwartet.

»Es wäre ein netter Zug«, murmelte jemand. »Ich verlange ja nichts Unmenschliches. Das habe ich mir schon vor langer Zeit abgewöhnt. In meiner Familie gewöhnt man sich mehr ab als an. Aber es schmerzt, wenn dich deine eigenen Leute im Keller verstecken. Früher hat man die Idioten in der Familie auf dem Dachboden untergebracht oder in einem Stall. Heutzutage demütigt man sie durch Verzicht auf Fotos. Dabei wissen wir doch alle, wie in diesen modernen Zeiten der Hase läuft: Wer nicht geknipst wird, der lebt nicht. Den gibt es nicht. Der ist unsichtbar.«

»Sie fühlen sich von Ihrer Familie nicht angenommen?«

»Schön gesagt. So pflaumenweich. Nicht angenommen! Jedes Bild, das von mir nicht in der Zeitung erscheint, ist wie ein Tritt in die Eier.«

Lothar kannte die Logik und Beweisführung mancher Zeitgenossen. Der heutige Tag fügte seinen Erfahrungen eine weitere Facette hinzu.

Eine Frau sagte: »Meine Tochter sagt, wenn ich ihnen weiter Sorgen bereite, kriege ich zum Geburtstag keinen Frankfurter Kranz mehr.«

Die Runde erbebte. »Nein!« war noch die zurückhaltendste Lautäußerung. Eine andere Frau berichtete von einer Freundin, die in ihrer Familie so lange Rabatz gemacht hatte, bis alle einem Bluttest zugestimmt hatten. Seitdem waren sie offiziell eine Familie, zumindest biologisch. Das war besser als nichts, aber weniger als eine glückliche Familie.

Lothar wusste, was ein Frankfurter Kranz ist: die Wiedergeburt eines Kilos Butter in Gestalt eines Kuchens. In der Phase seines Lebens, in der er über 240 Pfund gewogen hatte, war der Frankfurter Kranz nicht selten vorgekommen.

Lothar erkundete die Fotografierpraxis innerhalb der Familien und stieß auf keine Auffälligkeiten. Wenn man unter sich war, durfte fotografiert werden, und es wurde fotografiert. Wenn jemand mit schiefem Gesicht oder unglücklicher Körperhaltung erwischt wurde, ging das Bild rum. Man amüsierte sich, der Pechvogel litt, man drehte ein paarmal den Dolch in der Wunde herum, und danach vertrug man sich wieder. Meistens war das Bild bis dahin durch Verwandtschaft und Freundeskreise gebeamt worden. Aber nie stand es in der Zeitung, nicht einmal in einer kleinen, nicht einmal in der Stadtteilzeitung, nicht einmal in der *Morgenpost*. Und alles, was darunter kam, ging ja kaum noch als Zeitung durch.

Lothar brachte in Erfahrung, dass der Ärger mit den Fotos erst mit dem Aufkommen der Smartphones begonnen hatte, die ja den Umgang mit Fotografien revolutioniert hatten. Auch in den analogen Zeiten waren die heutigen Senioren nicht in Zeitungen aufgetaucht, aber damals hatte sie das nicht geärgert.

Lothar fragte: »Gab es denn damals Bilder, die Sie ungern von sich in der Öffentlichkeit erlebt hätten?« Das wurde bestritten, nicht lebhaft, nicht drakonisch, aber bestritten.

Für Lothar nahm das Problem Gestalt an. Es war nicht das Foto an sich, es war das Bild, das einen Moment der Schwäche und Peinlichkeit festhielt – einen Moment, in dem jeder Mensch gern in Schutz genommen werden will. Wenn das nicht geschieht, fühlt er sich ausgeschlossen und ausgestoßen. Wenn es die eigene Sippe ist, ist der Schmerz am größten.

Er hätte nun endlich Ruhe geben können, denn ihm war klar, dass er im Begriff stand, sich keine Freunde zu machen. Aber er liebte es, reinen Tisch zu machen. Und er träumte von dem Moment, an dem zum ersten Mal in seinem Leben eine komplette Gruppe auf seine Linie einschwenken würde.

So nahm das Schicksal seinen Lauf, als er sagte: »Ich verstehe eure Verbitterung. Aber ich bin sicher, dass eure Kinder euch nur beschützen wollen.«

»Ehrlich?«

»Was haben sie dir dafür bezahlt, dass du uns in die Eier trittst?«

»Ich habe zwei Tage meines Lebens verloren und ich kann mit meiner Zeit nicht mehr umgehen, als hätte ich noch 200 Jahre in Reserve.«

Der Mann, der dazu neigte, zügig seine Genitalien ins Gespräch einzubringen, sagte: »Ich habe ihnen 1000-mal gesagt, dass ich nicht beschützt werden will und dass sie damit aufhören sollen, mich zu entmannen. Aber sie machen immer weiter. Sie glauben, sie wissen besser als ich, was mir guttut.«

»Ganz sicher?«

»Ich müsste das nicht tun, aber du hast ein nettes Gesicht, das mich an bessere Zeiten erinnert. Deshalb frage ich dich, aber ich werde es nur einmal tun: Meinst du im Ernst, dass meine eingebildete und zum Kastratentum neigende Sippschaft ernsthaft so redet, weil sie mir etwas Gutes tun will? Ich weiß, du wirst nicht gleich antworten. Du und deinesgleichen können gut schweigen, weil sie wissen, dass die meisten Amateure so viel Schweigen nicht aushalten. Wer zuerst redet, hat immer verloren. Deshalb hat meine Tochter seit 30 Jahren nicht mehr gewonnen. Aber sie begreift es nicht. Und ihr Angeheirateter begreift es auch nicht. Und die Enkel fangen auch schon damit an. Bei uns wird gesabbelt wie in einer italienischen Sippe. Vielleicht ist das der wahre Grund, warum die Mafia erfunden wurde: damit man eine Option mehr hat, das endlose Gesabbel zu beenden. Und ich meine: richtig zu beenden. Auf eine Weise, dass nichts mehr kommt.«

Lothar sagte: »Also schweigen wir gemeinsam?«

Der Senior sagte: »Ich kann nicht einparken. Das Einzige, was ich noch schlechter kann, ist ausparken. Nach den Tagen, an denen ich sowohl einparken als auch ausparken muss, brauche ich zwei Tage, um mich zu erholen. Weil ich mich schäme. Weil ich mir das nicht erlaube. Weil ich mich schwach fühle. Und alles, was die Kinder tun, macht mir klar: Sie tun das, weil sie mich auch für schwach halten. Sie lieben mich zu Tode.«

Dass neun Personen so still sein können.

9

Ernestine Seide war zeit ihres Lebens optimistisch gewesen. Als Kind ein kleiner Sonnenschein; als Jugendliche eine anstrengende Moralistin; nach dem sechsten Semester zweifache Mutter; juristisches Studium mit Glanz und Gloria; vor ihrer ersten Anstellung überboten sich vier Kanzleien im Rennen um ihre Gunst, Ernestine nahm das schlechteste Angebot, weil der Weg zu Wohnung, Kindergarten und Schule am günstigsten war. Mit 34 war sie geschieden, mit 38 neu verheiratet, mit 44 Witwe. Sie wechselte in die Lehre an der Universität und konnte von ihren Freunden nur mühsam davon abgehalten werden, ein neues Studium zu beginnen. Die Kunde von Ernestines Kraft und unerschöpflicher Energie ging ihr voraus. Viele Menschen wussten darüber Bescheid, obwohl kaum einer von ihnen Ernestine jemals gesehen hatte.

Sie heiratete in die Elbvororte ein, wo sie als strahlender Stern herumgereicht wurde. Ernestine war das Vorbild für jeden, wenn auch nicht für jeden aus denselben Gründen. 20 Jahre wuchs hier kein Kind auf, ohne dass ihm Ernestine, ihre Kraft und ihr Überlebenswille alle paar Wochen – oft in kürzeren Abständen, nicht selten täglich –vorgehalten wurden. Männer warben um ihre Gunst, Frauen um ihre Freundschaft, Vereine und Verbände um ihre Mitgliedschaft.

Ernestine heiratete einen Mann, der bei einem Verkehrsunfall schwere Kopfverletzungen davongetragen hatte. Die erschütterndste Folge war der völlige Verlust seines Kurz- und Langzeitgedächtnisses. Wenn er morgens erwachte, waren die letzten 24 Stunden gelöscht. Sonst war er geistig voll da, er fand jedes Wort, das er brauchte. Und stets fand er Ernestine, wenn er sie brauchte. Aber sie war auch nie weit von ihm entfernt. Körperlich war er fast so belastbar wie ein gesunder Mann. Und Ernestine war so belastbar wie vier Frauen zusammen nicht.

Die Kinder lebten heute in den Elbvororten, ihre Eltern nicht. Ernestine war vor zehn Jahren in die Heide im nördlichen Niedersachsen gezogen, mit Mann und drei weiteren Paaren bewohnte sie ein Gutshaus, dessen landwirtschaftlich genutzte Flächen eine alternativ wirtschaftende Gruppe nach den Regeln des biologischen Wirtschaftens bearbeitete – ohne dabei erwähnenswerte Wirkung oder gar Erfolge zu erzielen. Auf den Wochen- und Bauernmärkten bot man Essbares und Künstlerisches an. Jedes Mal, wenn Ernestine aufgefordert wurde, eine neue Töpferware oder Häkelei zu loben, wurde ihr das Herz schwer beim Anblick von so viel uninspirierter Mittelmäßigkeit, die auch handwerklich schlicht war.

Am Wochenende besuchte sie mit ihrem Mann die Kinder in Hamburg. Ernestine liebte es, Auto zu fahren. Sie fuhr gern schnell und am liebsten hubraumstarke Limousinen. Man wollte bis Dienstag oder Mittwoch bleiben, die Kinder drückten den Alten die beiden Enkel aufs Auge. Der Besuch in der Waitzstraße war obligatorisch oder wie Ernestine es nannte: »Früher hat man auch das Kriegerdenkmal besucht.«

Ihr Mann saß neben ihr, die Kinder genossen die breite Rückbank. Ernestine parkte ein und schnallte sich ab. Vor ihr wurde unerwartet ein Platz frei, Ernestine rollte die paar Meter vorwärts, als ein weiteres Stück vorne noch ein Platz frei wurde. Zu diesem Zeitpunkt dachte Ernestine nicht mehr daran, dass sie nicht angeschnallt war. Sie fuhr an, ein Enkelkind juchzte, und ihr Mann griff ins Lenkrad. Ernestine hätte das bewältigen können, aber da begann er zu schreien. Nicht zu stöhnen, nicht zu sprechen, es war ein furchtbarer Schrei, den sie noch nie gehört hatte und von ihm auch nicht. Der Wagen machte einen Satz und schlug auf, die Körper der Eheleute prallten zusammen, die Köpfe schlugen aufeinander wie im Kampf. Dann war es sehr still, dann wieder der Schrei. Aber der Mann war vollkommen still. Es war Ernestine, die schrie. Sie war bei Bewusstsein und hörte sich beim Schreien zu. Sie spürte keinen Schmerz und keine Furcht. Sie war lediglich erstaunt und stellte keine Zusammenhänge her.

10

Kurz nach 14 Uhr gingen die Ersten stiften. Es war kein Massenaufbruch, der ins Auge fiel. Der Betrieb rund um den Markt wurde lediglich etwas dünner. Da sich um diese Zeit aber auch einige Dutzend Gäste in ihren Quartieren befanden, verlief sich alles. Nur ein Schauplatz blieb gleichmäßig begehrt. Im Zelt wurde pausenlos eingeparkt und ausgeparkt. Man wunderte sich, man hielt es nicht für möglich, man gab sich fünf Versuche, bevor man sich zu einem Wutausbruch hinreißen lassen wollte. Am Ende gab man sich zehn, und der zehnte war schlechter als der erste, neben einem stand einer der Besserwisser und tat so, als habe das nichts zu bedeuten.

»Wirklich nicht?«, entgegnete die Seniorin. Ihr Gesichtsausdruck war so übermotiviert wie ihre Ledermontur. Die Frau hatte sich den Spaß etwas kosten lassen, ihre Schuhe waren professionell. Der Verkäufer hatte behauptet, dass die halbe Formel 1 dieses Modell bevorzugen würde.

»Und?«, fragte die Frau kiebig. »Hat es etwas genutzt? Parken die Rennfahrer jetzt besser ein?«

In den bisher neutralen Gesichtszügen des Verkäufers hatte Wetterleuchten eingesetzt, sanft, aber unübersehbar.

»Es ist das Gesamtpaket«, hatte er dann gesagt. Daran musste die Frau seitdem immer wieder denken, einen Sinn hinter den Worten hatte sie noch nicht gefunden. Aber sie fand die Schuhe geil. Seit einigen Tagen standen sie nachts vor ihrem Bett. Sie wartete darauf, dass ihre bessere Hälfte einen Formel-1-Fahrer als Rivalen um die Gunst seiner Frau wittern würde. Aber der sture Kerl war wohl aus dem Alter raus, in dem er noch über Witterung verfügte.

»Wann sieht man denn endlich einen Fortschritt?«, fragte sie ihren Trainer. Er war nicht so farblos wie der Schuhverkäufer. Aber er war ehrlicher.

»Momentan bin ich ratlos«, sagte er. »Wie lange, sagten Sie, haben Sie schon dieses Problem mit dem Parken?«

»Das wollen Sie nicht wissen.«

Er wollte es wirklich nicht wissen. Ein Mittzwanziger ist auch gar nicht in der Lage, sich einen Zeitraum von 40 Jahren vorzustellen. Natürlich spürte er, wie sehr sie sich ärgerte, und unternahm den Versuch, aus der Krisenerscheinung Nektar zu saugen.

»Solange Sie leiden, ist Hoffnung.«

Er fragte sie weiter aus: Schnellfahren. Abstand schätzen, Ängste.

»Natürlich habe ich Angst!«, rief sie. »Wenn auch weniger um mich. Die anderen sind doch in Gefahr. Die halten das doch nicht für möglich, was sie von mir befürchten müssen. Ich halte es doch selbst nicht für möglich.«

Sie hatte Unfälle verursacht, nichts Dramatisches. Keiner hatte auch nur am Rand mit Parken zu tun gehabt.

Als sie dachte, dass der Kerl sie aufgegeben hatte und nur noch nach einer Formulierung suchte, um sich aus dem Staub zu machen, zuckte er plötzlich, als sei er soeben aus sanftem Schlummer erwacht.

»Wir gehen auf die Straße«, sagte er energisch.

»Und was machen wir da? Ein Transparent schwenken mit der Aufschrift: ›Laufen Sie! Laufen Sie schnell, solange Sie noch zwei gesunde Beine haben!‹«

»Das behalten wir uns für den Schluss vor. Ich will sehen, wie Sie fahren. Ich will Sie auf der Autobahn sehen.«

»Okay. Aber will die Autobahn auch mich sehen?«

»Keine Sorge. Zu zweit packen wir das.«

»Sie greifen mir aber nicht …?«

»Natürlich nicht, was denken Sie denn? Ich könnte Ihr Enkel sein.«

»Ich frage auch nicht, ob Sie vorhaben, mich zu belästigen, sondern ob Sie mir ins Lenkrad greifen wollen.«

»Und mit Lenkrad meinen Sie …?«

»Das Lenkrad. Vorne. Wo es rund wird.«

»Ah so. Nur wenn's richtig kneift.«

»Gibt es eine Telefonnummer, die ich anrufen kann?«

»Eins Eins Null.«

»Ich meine, eine von Ihren privaten Telefonnummern.«

Zum ersten Mal lächelten beide gleichzeitig. Für ihr Verhältnis bedeutete das einen Durchbruch.

Auf der hintersten Kampfposition litt ein Mann. Dass seine Haare wie schockgefrostet zu Berge standen, lag aber am mutigen Gebrauch eines hilfreichen Mittels. Er sagte immer »Konditor«, wenn er »Conditioner« meinte. Bei ihm handelte es sich um *Waitz 14*. Bis heute war noch nicht an die Öffentlichkeit geraten, dass die Unfallfahrer der Waitzstraße sich zu einem Geheimbund auf Grundlage des gemeinsamen Schicksals zusammengeschlossen hatten. Die Treffen fanden in anderen Bezirken und auf dem Land statt, man vermied Namen und redete sich mit der Rumms-Laufnummer an. Eine der regelmäßig teilnehmenden vitalen Damen hieß »4 und 8«. Darauf war sie stolz wie am ersten Tag. »Ich habe Vor- und Nachnamen, das hat sonst niemand.«

Dafür hatte sie nicht mehr tun müssen, als im Abstand weniger Wochen zwei Einpark-Soli hinzulegen, die selbst ausgefuchste Gutachter nicht bis in die Einzelheiten rekonstruieren konnten. *4 und 8* hatte angeboten, es vorzuführen, aber von dem freundlichen Angebot hatte man keinen Gebrauch gemacht. In der Frühzeit der Rumms-Serie hing man noch dem naiven Glauben an, dass es sich um ein vorübergehendes Phänomen handeln würde. Ein Phänomen war es allerdings bis heute geblieben.

Der Mann mit der erigierten Frisur murmelte: »Bis zuletzt ist alles cool.«

»Bis kurz vor zuletzt«, korrigierte die Trainerin. Bei ihr handelte es sich um ein Rallyetalent. Mittlerweile redete sie, wie sie fuhr: immer die kürzeste Strecke. Umweg ist Schwäche. Seit dem zwölften Lebensjahr hatte sie Verträge, genauso lange eigene Trainer. Ihre gesamte Verwandtschaft fuhr Skoda, aber niemand fuhr wie sie. In weiser Voraussicht hatte man diese Karriere nicht an die große Glocke gehängt. Fahrer ohne Angst hätte ihr Vorbild sicher angefeuert. Aber so lief das hier nicht.

Es war absehbar, dass sich die Kameras schnell auf diese Frau konzentrieren würden. Dummerweise geriet damit auch jeweils ihr betagtes Sorgenkind ins Zentrum des Interesses.

Der Erigierte nahm Platz im Miniauto. Er hatte darum gebeten, sich hinaufarbeiten zu dürfen.

»Es liegt daran, dass ich es besonders gut machen will«, murmelte er.

»Daran und an einigen anderen Sachen.«

»Sie haben mit Sicherheit kein Studium auf Lehramt absolviert, habe ich recht?«

»Vielleicht hilft es, wenn Sie sich klarmachen, dass nicht das Schicksal der Erde von Ihnen abhängt. Es geht nur darum, die kleine Kiste von A nach B zu stellen. Wäre das Ding noch kleiner, könnten Sie es sich auf den Rücken klemmen.«

»Nett gemeint.«

»Mal daran gedacht aufzuhören?«

»Habe ich, ja. Aber das erinnert mich immer an Freitod.«

»Das ist schlecht.«

»Sehe ich genauso.«

»Kommt der Wahrheit aber nahe.«

»Vielleicht, dass ich einfach mal einparke wie die Wildsau. Was meinen Sie? Ich weiß, was Sie denken.«

»Mach es!«

»Was?«

»Tun Sie es. Wie die Wildsau.«

»Und wer bezahlt die Reparatur?«

»Das wird dann nicht Ihre Sorge sein. Sie sind dann ja tot.«

»Wie gesagt: nicht auf Lehramt.«

»Für Mümmelmannsberg hätte es bei mir allemal gereicht.«

»Kann ich mir vorstellen. Das bringt den Begriff vom zweisprachigen Lernen auf den Punkt.«

Sie lockte ihn, er zickte, sie lockte und schickte die Kameras weg.

Er sagte: »Eine soll hierbleiben.«

»Sie meinen, weil es sonst keiner glauben wird.«

Dann saßen sie beide im Wagen. Sie forderte ihn auf, seine Hände auf ihre Hände zu legen.

Er sagte: »Nur auf die Hände oder noch woandershin?«

»Was schwebt Ihnen denn vor?«

»Träumen wird man ja wohl noch dürfen.«

»Mach es!«

»Was?«

»Mach schon. Leerer wird es hier nicht mehr.«

»Aber ich kann Ihnen doch nicht auf die ...«

»Gibt es irgendwas, was Sie schon können? Mit über 70? Autofahren geht nicht, Einparken geht gar nicht, Frauen Anmachen ist nichts als ein feuchter Traum.«

Ihre Brüste spürten die Berührung nicht. Sie sah es, aber sie spürte nichts. Das war nicht ihre erste Erfahrung in dieser Richtung. Sie fuhr den Zwerg an die Schaufensterscheibe, es war ein sanfter Schwung und aus.

Sie sagte: »Haben Sie noch Puls?«

»Daran werde ich lange denken.«

»Denken Sie gar nicht erst daran, dass wir künftig an alle Parkplätze Mädels mit Oberweite stellen. Die Zeiten sind vorbei.«

»Gab es denn mal Zeiten, in denen es möglich gewesen wäre?«

»Nachts und ohne Zeugen und gegen Bargeld. Und ein Kerl mit Muckis, der dazwischengeht, wenn es ausufert.«

»Finde ich in Ordnung. Und wenn er schon dabei ist, mich krankenhausreif zu prügeln, kann er bei der Gelegenheit doch gleich den Wagen einparken. Damit wäre allen geholfen.«

Sie legte ihre Hand an seinen Hals, sein Puls war unfassbar hoch.

Gegen 15 Uhr tauchte die Wagenkolonne auf. Es waren nur drei Wagen, aber keiner schwächer als A7. Hamburg hatte Besuch von einem Diktator aus dem mittelasiatischen Raum. Er besaß keine Skrupel, aber Bodenschätze, und wollte den Plan einer ständigen Eisenbahnverbindung vorantreiben. Das war nicht Hamburgs größtes Interesse, aber seitdem man dabei war, den Hafen scheibchenweise an die Chinesen zu übergeben, hatten sich einige frühere moralische Bedenken sowieso erledigt.

Der Mann sah aus wie ein Bauer, aber nicht wie ein Diktator. Seine Dolmetscherin sprach ein Deutsch, das 90 Prozent aller Deutschen neidisch macht. Zwei dünne Kerle waren für das Schreiben und Filmen und Nichtvergessen zuständig. Für den Gastgeber von der Wirtschaftsbehörde lief der Besuch unter »Nähe der Generationen«.

Zuerst staunte der Machthaber nur, der Anblick des Riesenzelts verwandelte ihn in einen Fan. Die Galerie der acht Einparkzonen erinnerte ihn angeblich an die Corona-Impfaktionen in seiner Heimat.

Danach passierte vieles gleichzeitig. Der Diktator konzentrierte sich auf die Einpark-Stationen und sah zehn Minuten zu, wie geduldige Trainer auf Senioren einwirkten, die vor Nervosität flatterten. Natürlich musste der Diktator zeigen, was er draufhatte. Er blamierte sich nicht und bedankte sich mit Handschlag und ohne Jovialität bei Trainern und Senioren.

Im Hintergrund lernten sich die Rallyefahrerin und die Dolmetscherin näher kennen. Es sah aus, als würden sie alle Schritte einer Beziehung, die mit der Hochzeit endet, in zehn Minuten komprimieren. Beide verließen das Zelt, alle folgten den beiden. Draußen stand der Skoda, mit dem die Profifahrerin zwei WM-Läufe in Skandinavien gewonnen hatte. Der Diktator nahm Platz und verwandelte sich im Verlauf weniger Atemzüge vom Funktionsträger in einen Fan.

Der Hamburger Wirtschaftsbürokrat heuerte spontan die anwesenden Kamerateams an, und eine fast private Anmutung verwandelte sich im Handumdrehen in eine international wirkende Szenerie. Und ständig stand der Skoda im Bild.

Danach lief der Diktator einer Frau in die Arme, die mit ausgebreiteten Armen auf ihn wartete. Sie wirkte, als wolle sie ihn einfangen. Es handelte sich um diejenige Studienrätin des benachbarten Heinrich-Heine-Gymnasiums, die mit den großen mittelasiatischen Sprachen auf einschüchternde Weise vertraut war. Die junge Dolmetscherin hatte frei und widmete sich der Rallyefahrerin.

Als die kleine Armada eine Stunde später aufbrach, standen zwei neue Termine auf ihrer Liste: Besuch im Einkaufszentrum fast in Sichtweite, danach blieb noch Zeit für zwölf Löcher am *Golfhotel*.

Man winkte der Delegation hinterher und kehrte in die ernüchternde Gegenwart einparkresistenter Senioren zurück.

11

Wer um 19 Uhr, auf oder neben dem Markt stehend, in die Runde blickte, stieß in keinem Moment und in keiner Richtung auf weniger als 20 Menschen. Der Bewohner einer großen Stadt mag das für nicht weiter erwähnenswert halten, selbst Mittelstädter treffen dann nichts, was ihnen nicht schon bekannt wäre. In Poppenbüttel wurden die Karten anders gemischt, seit langer Zeit hatten nicht mehr so viele Einwohner um diese Zeit gleichzeitig ihr Zuhause verlassen, um sich unter freiem Himmel aufzuhalten. Nicht um Besorgungen in letzter Minute zu erledigen, nicht um zum Jahrmarkt zu pilgern, nicht um den Nachwuchs einzusammeln oder um den Aufenthalt beim Training auf dem Sportplatz über Gebühr auszudehnen.

Heute musste man aus einem anderen Grund in die frische Luft: um die ungeheure Menschenmenge zu betrachten. Man traf nicht so viele, dass sie nicht noch allesamt in ein kleines Stadion gepasst hätten. Aber es war so ungewöhnlich, so friedlich und so freundlich. Man rannte nicht nach draußen, um einer Scheune beim Abbrennen zuzusehen und der Feuerwehr beim Versuch, diesmal keinen Knoten in den Schlauch zu fummeln. Nirgends fand Sachbeschädigung statt, kein Halbwüchsiger benahm sich nach dem Konsum einer Flasche Mischgetränk daneben, kein Vorgarten geriet in Gefahr, in einem Tsunami aus Kotze unterzugehen. Der einzige Grund, sich wohlzufühlen, war, dass sich da, wo man sich selbst am liebsten aufhalten mochte, gleichzeitig viele andere Menschen befanden, von denen sich offensichtlich alle in diesem Moment ebenfalls wohlfühlten.

Das Programmangebot des öffentlich-rechtlichen Fernsehens, seit Jahrzehnten fest verankert im Gedächtnis aller Poppenbüttler der Generation 60 plus, war seit zwei Jahrzehnten nicht mehr so wenig konsumiert worden wie heute. Das lag nicht nur an der sich langsam durchsetzenden Kenntnis der geheimnisvollen Streaming-Angebote, die jedermann aus der Kerkerhaft der Stundenplan-Diktatur entließen – nicht zuletzt auch erwachsene Menschen, deren Kinder das Elternhaus längst verlassen hatten, um in ihren eigenen Familien gegenüber ihren nachwachsenden Kindern die undankbaren Rollen als alte Säcke ausfüllen zu müssen. Zwischen 18 und 22.30 Uhr hätte man an diesem Montagabend sämtliche Poppenbüttler Fernsehgeräte abbauen können – bei der Polizei wäre kein einziger Anruf eingegangen. Und wenn doch, wäre der Anruf mit hoher Wahrscheinlichkeit nicht entgegengenommen worden, denn im Ortszentrum wimmelte es an diesem Abend von Polizisten, gekleidet in zurückhaltende Uniformierung. Mehr schlendernd als witternd trieben sie sich im Ortsbild herum, vielleicht gab es keinen zweiten Berufsstand mit einem so hohen Anteil an Eistütenkonsumenten.

Die aus allen Himmelsrichtungen eingefallenen Händler fürchteten seit dem Nachmittag nicht mehr, nach ihrer Legitimation gefragt zu werden. Hätte die Ordnungsmacht einen Bürger aus dem Verkehr gezogen, hätte sie alle Bürger aus dem Verkehr ziehen müssen. Was gleichbedeutend mit einem Sturm in den papiernen und digitalen Medien gewesen wäre, in dem die Polizei untergegangen wäre. Niemand war scharf darauf – erst recht nicht in den höheren Ebenen der Cop-Hierarchie –, sich die Bilder eines vom Mob belagerten Polizeikommissariats 35 neben dem S-Bahnhof vorzustellen. Zumal die hohe Zahl von Eigenheimbesitzern zu einer einschüchternd hohen Ausstattung mit Werkzeug, Knüppeln und allem Möglichen geführt hatte, womit man schlagen, werfen und Schaden anrichten kann. Man wollte nicht das erste Revier des Jahrhunderts sein, das von Aufsitz-Rasenmähern in Fünferreihen angegriffen wird. Dass sich die Bewohner besser im Gewirr der kleinen Straßen und Verbindungsgassen auskannten als die meist nicht im Ort wohnhaften Cops, würde alles noch verschlimmern. Mittlerweile verfügte jeder dritte Einheimische über eine Drohne, die stets über eine Kamera verfügte.

Kein Zweifel: Die Bereitschaft zu öffentlichem Frieden war auch heute die sicherste Methode, von den Medien nicht gegrillt zu werden.

Natürlich war jeder Zweite ein Gast des Sicherheits- und Beruhigungstrainings. Man erkannte ihn mit großer Sicherheit daran, dass man ihn nicht kannte. Der Poppenbüttler kennt den anderen Poppenbüttler. Jeden Tag lernt er einen weiteren Poppenbüttler kennen, bis er irgendwann alle kennt. Dann gehört er dazu, dann will er nicht mehr weg. Und zum jährlichen Urlaub muss man ihn zwangsweise in ein Taxi setzen und zum Flughafen schaffen, wo Flugzeuge darauf warten, ihn in einen Ort zu fliegen, in dem er niemanden kennt und alles wieder von vorne anfängt. Dann zählt man die Stunden bis zum Rückflug und isst von morgens bis abends, weil die Zeit dann schneller vergeht.

In kaum einem zweiten Ort Europas ist die Verbreitung von geklauten Speisekarten so flächendeckend wie in Poppenbüttel.

Der Grund für die Flutung mit überwiegend betagten Gästen hatte sich herumgesprochen. Wer jetzt noch nachfragen musste, blickte in überraschte und gönnerhafte Gesichter. Stellvertretend dafür war Gretchen Dormann, Gattin von Wolf-Dieter. Die beiden hielten im Ort die Rekorde für Schlafmützigkeit und verzögerte Ankunft weltbewegender Ereignisse. Ob Fußball-Weltmeisterschaft, Marslandung, Bundestagswahl oder Corona – die Ergebnisse und Ereignisse hatten erst in dem Moment flächendeckend die Runde gemacht, wenn Gretchen zu ihrem Wolf-Dieter gesagt hatte: »Ich habe dir gleich gesagt, das ist keine Karnevalsmaske. Aber du wolltest ja nicht auf mich hören. So lange dauert kein Karneval, nicht mal in Rio. Und da dauert er am längsten.«

Natürlich kamen Häme und Schadenfreude auch in Poppenbüttel vor. Man fährt nicht 40 Jahre Auto, um danach so zu tun, als würde es einen überraschen, dass man nicht jeden Monat einen Baum, wahlweise ein Mäuerchen, umnietet. Es gibt bessere Fahrer und schlechtere. In erstaunlich vielen Haushalten hielt sich ein Mitglied für den besten Fahrzeuglenker und ein anderes Mitglied hasste ihn dafür und bestritt lebhaft den Wahrheitsgehalt der Behauptung – in Einzelfällen jahrzehntelang.

Dennoch kann kein Zweifel bestehen, dass man weniger versierten Chauffeuren nachsichtig gegenüberstand. Wäre die Welt ein perfekter Ort, wären viel mehr Menschen arbeitslos, was letztlich mehr Probleme aufwirft als die Reparatur ordinärer Blechschäden und die Auswechslung zersplitterter Fensterscheiben.

Außerdem waren die Bruchpiloten aus dem Westen ja nun geschlossen angetreten, um etwas gegen ihr Manko zu tun. Das rechnete man ihnen an. Und dass sie es in Poppenbüttel taten, rechnete man ihnen hoch an. Dass die Idee für das Training von Mitbürgern stammte, rechnete man denen extrem hoch an. Manchmal sind die einfachsten Einfälle die besten. Wenn es nun noch gelingen würde, den schwachen Punkt der Aktion in den Griff zu kriegen, stand einer blühenden Zukunft der Gemeinde nichts mehr im Weg.

Der schwache Punkt lässt sich mit dem Begriff »Lernfähigkeit« vollständig beschreiben. Im besten und gleichzeitig heikelsten Fall würden die Bruchpiloten Ende der Woche freudestrahlend nach Hause zurückkehren und dort ihre neu erworbenen Fähigkeiten vorführen. Das mochte im Einzelfall rührend sein, unterm Strich kostete es Arbeitsplätze, und Poppenbüttel kostete es die Zukunft.

An diesem ersten Abend wurde diese Gefahr nicht tiefgründelnd erörtert. Man wollte sich nicht die Stimmung vermiesen, so oft hatte man in Poppenbüttel nicht die Gelegenheit, kollektiv fröhlich zu sein. Nicht, dass man die kollektive Fröhlichkeit bisher vermisst hatte, aber es fühlte sich überraschend warm an, manchen erinnerte es an den Besuch beim Chinesen oder Vietnamesen, den man seinerzeit im Bewusstsein angetreten hatte, dass sich ein Häftling auf dem Weg zum Galgen nicht viel schlechter fühlen könnte. Aber dann schmeckte alles überraschend gut. Fremd zwar, aber damit musst du bei Chinesen eben rechnen. Auch der Chinese spielte nicht verrückt, und am nächsten Tag erwachte man nicht mit dem Gedanken: nie wieder!

Manch ein Poppenbüttler hatte an diesem Tag verbalen Kontakt mit einem Gast, abgesehen von denen, die man unter dem eigenen Dach beherbergte.

Oft lautete die erste Frage: »Wo kann man denn hier etwas erleben?«

Seltsamerweise verstanden die ortsansässigen Männer die Frage meistens anders als ihre Partnerinnen. Einen Nachtklub hatte man hier schon lange nicht mehr gesehen, aber niemand bedauerte das. Denn Nachtklubs im Ort zeichnen sich durch einen prinzipiellen Fehler aus: Sie liegen im Ort, die Chance auf Anonymität geht gegen null, und die im Klub Beschäftigten lassen sich ihre Bereitschaft, aus dem Nähkästchen zu plaudern, teuer bezahlen.

Es stellte sich dann aber heraus, dass Nachtklubs kein Thema waren, auch der Wunsch nach historischen Gebäuden kam selten vor. Damit waren die Poppenbüttler einer Peinlichkeit enthoben. Denn die Zahl der vorzeigbaren Gebäude im Ort schwankte je nach persönlicher Überzeugung zwischen null und zwei. Damit machst du einen auswärtigen Besucher nicht froh.

Die aktuellen auswärtigen Gäste sehnten sich nach Natur. Sie wollten einen Spaziergang unternehmen, zur Ruhe kommen, neue Wege abschreiten und das, ohne zuvor eine Stunde Anfahrt investieren zu müssen. Offenbar wurden sie in ihrer Heimat nicht recht fröhlich. Der kilometerbreite Elbstrom, die fehlende Brücke, die fehlende Fähre – alles schnitt sie vom Süden hermetisch ab. Hier in Poppenbüttel konntest du hingehen, wo du wolltest. Du kamst immer irgendwo an, wenn auch nicht zwangsläufig dort, wo du ursprünglich hinwolltest. Aber du musstest nicht befürchten, vor dem Elbkanal oder vor einer Autobahn zu landen. Es gab den Flughafen, aber der war weit entfernt. Außerdem hasste niemand Flughäfen. Sie fliegen einen in jede Richtung, auf jeden Erdteil, was will man mehr? Meistens will man sehr viel weniger.

Man empfahl ihnen die Alster. Danach brauchte man fünf Minuten, um das Missverständnis auszuräumen. Die meisten Gäste dachten an den großen See in der Mitte der Stadt, aber man meinte den Fluss. Die Alster ist ein Nebenfluss der Elbe, mehr ein Rinnsal, kümmerliche 50 Kilometer lang, sehr schmal, mit einer Fließgeschwindigkeit, die an manchen Tagen bei null liegt. Dafür kann man sie auf Wegen am Rand abwandern, auf denen einem kein Auto begegnet, wenn auch Fahrräder und Familien, die aber nur am Wochenende. Dann jedoch flächendeckend und nie mit weniger als drei Generationen in Blockformation.

Sehr selten behinderten private Grundstücke den Zugang, oft hatte man sogar die Wahl, auf welcher Wasserseite man entlangspazieren wollte. Zugegeben, ein Hineinfallen war möglich. Doch dies ist eine theoretische Gefahr, weil die Alster flach ist, im Sommer noch flacher als im Winter. Das Ertrinken ist daher mit viel Aufwand verbunden: hineinfallen, ausrutschen, noch einmal ausrutschen, in Panik geraten, wahlweise sich die Stirn an einem Stein im Wasser anschlagen und sich auch sonst ungewöhnlich dumm anstellen. Kein Poppenbüttler konnte sich daran erinnern, wann in der Alster letztmals ein Ertrinken stattgefunden hatte. Jeder Poppenbüttler erwähnte die lauschige Lage des Flüsschens. Meist war sie an beiden Seiten von Bäumen umgeben. »Du denkst, du gehst durch eine Allee.« Wo keine Allee war, befand sich eine Wiese, das verschafft den Augen Abwechslung, und manchmal kommt man an einem Kinderspielplatz vorbei oder an Hockeyplätzen. Und manchmal glaubt man, man würde sich in einem Urwald befinden oder im amerikanischen Süden.

In diesem Stadium der Informationsvermittlung hatten die Gäste nur noch eine Frage: Wie weit war es von hier, wo man in diesem Moment stand, bis zur Alster? Es war ein Kilometer, eher weniger. Stets befanden sich Häuser in Reichweite, wenn auch nicht in Sichtweite, was aber mehr Vor- als Nachteile hatte.

Ruhe? Ja, Ruhe hat man an der Alster. Entspannung? Zentnerweise. Langeweile? Ja, wenn Sie wunderschöne Natur für langweilig halten.

Fast jedes Eigenheim verfügt über einen Rasen. Alle Seniorenresidenzen legen Wert auf grüne Inseln. An jeder Straße stehen Bäume. Gäste haben hier die Auswahl, alles ist überschaubar, nicht aristokratisch, nie imponierend groß. Die wenigen Grundstücke, die in dieser Liga spielen, schützen sich mit Büschen, die teilweise Haushöhe erreichen, vor Beobachtern. Die Zahl der Restaurants könnte größer sein. Aber wenn man weiß, wohin man sich wenden muss und welchen Weg man sich ersparen kann, geht der Frust-Faktor gegen null.

An diesem Abend drehte sich alles um den Markt. Man sehnte sich nicht nach mehrgängigen Menus, sondern man genoss es, von Imbissstand zu Imbissstand zu schlendern und sich von Kleinigkeit zu Kleinigkeit vorwärtszuarbeiten.

Nun betraten auch Einheimische das Zelt. Man fragte die Trainer nach ihrem beruflichen Hintergrund aus und war erstaunt, auf wie viele bekannte Gesichter man traf.

Im Zentrum des Interesses stand Heinrich Treitschke. Ohne seine Ruth, aber umzingelt von Kameras und Mikrofonen, zog er eine Spur an den Brennpunkten vorbei. Wo immer er die Möglichkeit sah, einen Mitarbeiter ins Spiel zu bringen, winkte er ihn herbei. Auch die Coaches waren nicht unsichtbar. Bis auf eine Gruppe, die angeblich bis tief in den Abend hinein miteinander kommunizieren wollte, tauchte jeder irgendwann am Markt auf.

Zu den Erkenntnissen, die sich nun langsam durchsetzten, gehörte vor allem die, dass man sich im Durchschnittsalter der Gäste geirrt hatte. Es gab durchaus jüngere Semester von 50 Jahren. Einige blieben noch darunter, bei denen handelte es sich ausnahmslos um Frauen. Außerdem tauchten auf den Anmeldungen Anschriften auf, die nichts mit den Elbvororten zu tun hatten, auch nichts mit anderen Hamburger Adressen.

Heinrich Treitschke sprach in die Mikrofone: »Das Interesse an unserem Projekt sprengt unsere Vorstellungen. Das hört sich vielleicht etwas dramatisch an, aber es ist nichts, was man bedauern müsste.«

»Wollen Sie sagen, Sie wundern sich, dass auch Leute von außerhalb anreisen?«

Treitschke fixierte den Mikrofonhalter und sagte: »Bad Oldesloe und Itzehoe und zur Not Lübeck, das habe ich für möglich gehalten.«

»Wir freuen uns auf Ihr Aber.«

»Bremen, das halbe Ruhrgebiet. Und zwei Gäste aus der Hauptstadt.«

»Sie treffen also keinen lokalen Nerv, sondern einen deutschlandweiten Nerv.«

»Könnte man so sagen. Aber was würde das bedeuten?«

»Ist doch klar: Deutschland steckt voller nicht ganz junger Führerscheinbesitzer, die Tag für Tag um ihr Leben und um das Leben aller Menschen fürchten, denen sie begegnen, während sie am Steuer sitzen. Es ist viel Angst auf Deutschlands Straßen unterwegs.«

Treitschke sagte: »Ich habe eine Schwester, sie hat den Führerschein mit Anfang 20 gemacht. Und ein zweites Mal, als sie Mitte 30 war. Ganz von vorn. Sie hat bestanden, sie ist losgefahren, kam eine halbe Stunde später zurück und hat sich nie mehr ans Steuer gesetzt.«

»War das ein Motiv für Sie, die Aktion zu starten? Ihre eigene Familie?«

»Daran habe ich gar nicht mehr gedacht. Das fiel mir erst wieder ein, als die Vorbereitungen schon auf vollen Touren liefen.«

Treitschke und der Reporter waren von einem Dutzend Menschen eingekreist. Zwei meldeten sich und berichteten über Vorfälle aus ihrem Bekanntenkreis.

Der Reporter sagte: »Ich weiß nicht, ob darüber Statistiken geführt werden. Wahrscheinlich nur, wenn jemand seinen Führerschein zurückgibt. Hat Ihre Schwester …?«

»Sie hat ihn in ihren Kleiderschrank gesteckt. Unter einen Wäschehaufen, ganz nach unten. Einer von den Haufen, die jeder in seinem Schrank und seit Langem nicht mehr angefasst hat.«

»Warum ist Ihre Schwester heute nicht hier? Oder ist sie …? Verstehe.«

Treitschke sagte: »Vor mehreren Jahren schon. Die Chance ist verpasst. Aber es war kein Verkehrsunfall.«

12

»Dunkler geht's nicht.«

»So ist das Land. Da wird nachts sogar der Mond aus-geknipst.«

»Da hinten, da ist was.«

»Ein oder zwei Lampen brennen nachts. Aber das sind Funzeln. Man glaubt, es ist heller, aber sie tun nur so als ob.«

Vor dem Wagen stehend, der an der Einfahrt zur Kies-kuhle stand, gönnten sie sich die ersten Zigaretten des Tages ohne Zuschauer.

Sie sagte: »Mir ist das alles zu öffentlich. Wie ein Volks-fest.«

Er sagte: »Meine Familie denkt, ich bin auf dem Jubi-läum. Mein letzter Arbeitgeber feiert 75stes.«

»Du willst nicht hin?«

»Hätten sie mich eingeladen, wäre ich nachdenklich geworden. Das ist mir nun erspart geblieben.«

»Hat es dich verletzt? Du warst doch am Aufbau betei-ligt, nicht wahr?«

»Wesentlich beteiligt. Meine beiden Patente haben die Maschinen nicht nur ans Laufen gebracht, sie haben sie auch unkaputtbar gemacht. Das hat uns viel Geld gespart. Und eingeschnappt? Müsste es eigentlich. Aber das wäre naiv. In den letzten Jahrzehnten hat sich der Ton in den Unternehmen geändert. Einiges ist sogar besser geworden. Aber das sind die großen Adressen. Die, die ständig im Fernsehen sind. Und die kleinen natürlich, die bodenständigen. Die im Dorf sitzen, jedenfalls in der Provinz. Stichwort Familie. Klingt wie Kitsch und ist oft erstaunlich zutreffend. Mein Laden war einer aus der Mitte. Starker Mittelstand, der immer internationaler wird. Irgendwann wusstest du nicht mehr, welche Fraktion gerade das Sagen hatte: die Italiener oder die Briten? Die italienischen Weihnachtsfeiern waren nicht zu toppen.«

»Hast du mal wieder was von ihr gehört? Von Gloria?«

»Null. Wir haben ja auch nie viel geredet. Immer nur geliebt. Oder wie sagt man dazu?«

»Sex kommt gut. Ist kurz, und jeder weiß, was gemeint ist.«

»Siehst du, das ist der Grund, warum ich nicht gern alt werde. Sie tun so, als ob du kein eigenes Leben gelebt hast. Sie interessieren sich nur dafür, was mit der Familie zu tun hat. Und am Rand die Firma. Aber wenn du dann mit 60 oder knapp davor oder knapp danach hinschmeißt, bist du schlagartig der Opa in der Familie. Es sei denn, du hast Glück und irgendwo wackelt noch ein Original-Greis durch die Kulissen. Sonst bist du der Pflegefall in spe. Du darfst abends noch lange aufbleiben und Filme mit Gewalt und Horror sehen. Aber das Bemuttern geht schon los. Ganz sanft, aber unaufhaltsam. Jedes Mal, wenn du ihnen mit einem Thema kommst, das mit Reisen und Abenteuer und Herausforderung und Neugier zu tun hat, kriegen sie dieses Alarmierte im Blick. Opa kriegt die zweite Luft! Dann fürchten sie um deine Gesundheit, um dein Leben. Dann haben sie Angst, dass du doch nicht so pflegeleicht und idiotisch wirst, wie sie sich das vorgestellt haben. Du kannst froh sein, wenn sie dich noch allein über die Straße gehen lassen.«

»Wenn du übertreibst, dann aber richtig.«

»Es gibt kein Dazwischen. Entweder du stehst im vollen Saft, bist in der Firma ganz oben oder wenigstens weit oben. Oder du sitzt zu Hause auf der Küchenbank und blätterst den Herbstkatalog für Rollatoren durch. Bei jeder Seite leckst du den Finger an. Das finden sie eklig, aber sie sagen nichts. Sie gucken nur vielsagend, was 100-mal so schlimm ist, als wenn sie sich übergeben würden.«

»Wir dürfen nicht mehr in Ruhe älter werden. Wir müssen gleich alt sein.«

»Ich weiß nicht, wie es bei deinen Leuten ist. Ich werde von morgens bis abends befummelt. Von den Zwergen lasse ich mir das ja noch gefallen, aber wie lange sind sie schon Zwerge? Die Kinder von heute schießen wie eine Rakete durch ihre kleinen Jahre. Gerade geboren, schon im Förderkurs der Grundschule, damit du dich ordentlich entscheiden kannst, ob du in den Chinesisch- oder Computersprachen-Leistungskurs gehst.«

»Heißt das so? Computersprachen-Leistungskurs?«

»Es heißt nicht so, aber ich nenne es so, weil sie sich dann ärgern. Sie glauben dann, jetzt hat Opa endgültig den Kontakt zur Gegenwart verloren. Wir müssen bei den Jungen vortanzen wie die Bären im Zirkus. Immerhin habe ich noch kein Röckchen an und muss nicht auf dem Kinderrad im Kreis fahren.«

»Willst du damit andeuten, dass du gut einparken könntest?«

»Mädchen, wenn ich einparke, fallen empfindliche Gemüter auf die Knie und wollen ein Autogramm von mir.«

»Ich habe dich gesehen.«

»Hast dich hoffentlich gegraust dabei.«

»Ich hatte Angst um dich.«

»Musst du nicht. Meine Reflexe sind 1A.«

»Sagt wer?«

»Sagt Doktor Brandenburg.«

»Gefälligkeits-Attest?«

»Privat. Bar auf die feuchte Hand. Du darfst keine Spuren hinterlassen, sonst nageln sie dich gnadenlos fest. Sie interessieren sich zwar nicht für dich, aber sie lassen sich nicht gern hinters Licht führen. Habe ich sogar Verständnis für. Würde mich auch ärgern. Aber mich führt auch niemand hinters Licht.«

»Warum tust du das bloß?«

»Ich will wissen, wie weit ich gehen kann. Was ich noch draufhabe.«

»Du schauspielerst.«

»Aber hallo. Sie kriegen das wieder, was sie sich redlich verdient haben.«

»Könntest du sie nicht einfach ignorieren und vielleicht noch ein wenig verachten?«

»Könnte ich machen. Aber ich hätte dann immer das Gefühl, dass ich nicht alles versucht habe. Mein Leben lang bin ich Auto gefahren wie ein junger Gott. Jetzt fahre ich Auto wie ein leicht angeschimmelter Gott. Aber *ich* bestimme die Richtung und das Tempo. Es ist die Show, weißt du. Das Gesamtpaket. Wenn ich weiß, dass ich's noch draufhabe, erspart mir das eine Packung Medizin.«

»Was nimmst du denn alles?«

»Ich? Ich nehme doch nichts.«

»Wir haben keine Zeugen.«

»Kann man nicht wissen, es ist dunkel. Eine am Tag für den Blutdruck oder gegen den Blutdruck. Such dir das Passende aus. Ein Löffelchen Vitamine und Mineralstoffe. Aber vor allem das Training.«

»Das Einparktraining.«

»Für die Reflexe, genau. Schlecht einparken kann jeder Lappen. Aber gut schlecht einparken, das ist hohe Kunst. Sie müssen beim Zugucken einen halben Herzkaspar kriegen, dann hat sich die Mühe gelohnt.«

»Das geht doch mit der Zeit ins Geld.«

»Trifft ja keinen Armen.«

»Du lässt die Kinder bezahlen?«

»Ich kann doch nicht mein Programm einstudieren und das auch noch selbst bezahlen. Irgendwo ist eine Grenze.«

»Und wenn eines Tages doch etwas passiert?«

»Was soll schon passieren? Dann fällt die Rechnung etwas höher aus. Wie gesagt: trifft keine Armen.«

»Du bestrafst sie dafür, dass sie dich bemuttern.«

»Wir meinen jetzt nicht haargenau das Gleiche. Aber du bist eine Frau, dir kommt beim Verstehenwollen immer noch deine Biologie in die Quere.«

»Na hör mal. Das ist Jahrzehnte her, das war im letzten Jahrtausend.«

»Das verliert sich nicht. Deshalb seid ihr ja auch die Freundlicheren von uns. Männer sind Dussel, und wenn sie alt werden, werden sie nicht weiser, sondern alte Dussel. Junger Dussel – alter Dussel. Wir bleiben uns treu, zu mehr reicht es bei uns nicht.«

»Jetzt kokettierst du.«

»Du hast es erkannt, ja? Das freut mich. Du hättest mich in meiner Anfangszeit als Kokettierer erleben sollen. Das war kein schöner Anblick. Und jetzt zeigst du mir den Kurs?«

»Unseren Rennkurs etwa? Wo wir damals die aus dem wilden Westen besiegt haben?«

»Was für Kurse hast du denn noch anzubieten?«

»Das kann ich nicht. Das ist vorbei. Es ist spät. Und dunkel.«

»Ja, ja, ja. Aber wir sind allein, uns gehört die ganze Breite der Piste. Zur Not bohrst du uns in den Sand. Ich stelle dich hiermit von allen versicherungstechnischen Ansprüchen frei. Willst du es schriftlich? Ich mach das. Warte, das haben wir gleich.«

»Hör auf.«

»Du tust es, ich hab's gewusst.«

»Wie hast du das rausbekommen?«

»Die größte Kunst, die du als Mann erlernen kannst, ist, die Unterschiede von Nein und Ja bei einer Frau zu lesen.«

»Du manipulierst!«

»Ein wenig Spaß muss sein.«

»Schnall dich an.«

»Das vergesse ich dir nie.«

»Warten wir's ab.«

»Wenn ich es vergessen sollte, dann weiß ich, dass ich nun endgültig alt bin. Dann gehen wir beide auf eine lange Reise.«

»Die für dich mit Sicherheit steil abwärts gehen wird.«

»Besser in die heiße Höllen-Disco als sich die ganze Ewigkeit im Paradiesgarten langweilen. Da ist doch nichts los, da vergeht ja nicht mal mehr die Zeit.«

»Ich suche mir eine Aufgabe. Vielleicht gibt's im Paradies auch was einzuparken. Das übernehme ich.«

»Du meinst, wenn der alte Gott sternhagelvoll einschwebt und dir den Schlüssel zuwirft.«

»Angeschnallt?«

»Lass knallen, Lauda.«

13

Um 8.30 Uhr machte die Nachricht von Ernestines Unfall die Runde. Es begann mit einer Handvoll Anrufe auf verschiedenen Handys, jedes Mal waren es Kinder, die ihre Eltern in Kenntnis setzten. Zwar deckte Ernestines Bekanntheitsgrad beide Generationen ab, aber vielen Senioren stand das Bild von Ernestine leibhaftiger vor dem geistigen Auge. Die Wirkung der Nachricht war stets aufrüttelnd. Nicht nur, dass die Frau für Jede und Jeden starke Präsenz besaß, es war der Unfall, der alles vertiefte und gleichzeitig verwirrte. Wie konnte ausgerechnet Ernestine einen Autounfall erleiden? Nicht auf der Autobahn, nicht beim Überholen auf einer viel befahrenen Bundesstraße. Sie war nicht von einem Proll ausgebremst worden und nicht unversehens in eine dieser irren Wettfahrten verwickelt worden. Nein, es war in der Waitzstraße passiert, und Ernestine war im Begriff gewesen, ihren Wagen einzuparken, vielleicht auch auszuparken. Dieser Unterschied macht den Kohl nicht fett, speziell in der Waitzstraße nicht.

Die Gäste strömten auf dem Markt zusammen – einige ließen sogar die Zahnpflege und andere Phänomene aus dem hygienischen Formenkreis ausfallen – und setzten die letzten Unwissenden in Kenntnis. Vor allem aber die Einheimischen. Ernestines Ruf gehörte in manchen Regionen der Stadt zum Allgemeinwissen, so wie über 90 Prozent der Deutschen die Namen von Bundeskanzler, Bundestrainer und des Moderators von *Spaß muss sein* sowie der Bösewichte aller Daily Soaps auswendig aufsagen können. Doch bis an den Stadtrand war Ernestines Ruf noch nicht vorgedrungen. Das änderte sich nun für alle Bewohner Poppenbüttels radikal und nachhaltig. Man war betroffen, man wollte Näheres wissen, erkundigte sich nach Angehörigen. Handys arbeiteten, Informationen flossen, Ernestine lag in dem unübersehbaren Altonaer Krankenhaus, wo sich jeder, der jemals das Pech gehabt hatte, es betreten zu müssen, beim ersten Besuch angesichts der Aufzüge, Stockwerke und kryptischen Namen von 1000 Abteilungen verlaufen hatte. Mehr als ein Patientenbesucher war im Verlauf seiner traumatischen Orientierungstour Menschen begegnet, die ebenfalls herumirrten. Am Ende hatte man sich wieder eingefunden, aber die unerwarteten Besuche in der Großwäscherei und in weitläufigen Küchen blieben im Gedächtnis haften. Auch der Anblick menschenleerer Operationssäle und ihrer mit Plastikabdeckungen überzogenen Gerätschaften, die man aus den Krankenhausserien kennt, hinterließ bleibende Eindrücke. Dass es in diesem Krankenhaus die seltsame Übung gab, Schränke in der Form von Särgen zu benutzen, sorgte mehr für Verblüffung als für Annäherung an die Wahrheit – zumal diese Form von Schränken nur in den Kellergeschossen vorkam, von denen es sogar mehrere gab. Oder wie es eine beeindruckte und belesene Besucherin schaudernd nannte: »Ich war auf dem Weg zum Mittelpunkt der Erde.«

Alle hofften, dass Ernestine gesundheitlich nicht imstande sein würde, vergleichbare Ausflüge in die unendlichen Weiten und Tiefen des Krankenhauses zu unternehmen.

Offenbar hatte Ernestine einen Infarkt erlitten – leicht, aber Infarkt. Vielleicht auch einen Schlaganfall, es kursierten mehrere Diagnosen. Kein Zweifel bestand, dass ihr Mann unverletzt geblieben war – laut, aber unverletzt. Ebenso die Enkelkinder auf dem Rücksitz. Das Mädchen hatte man befreit, den Jungen musste man in den Tiefen des Innenraums suchen. Angeblich war er seit dem Vorfall Bettnässer. Alle hielten das für das geringste Problem, mit Ausnahme des Enkels, der sich entsetzlich genierte.

In den nächsten Stunden wurden Telefonate geführt. Inhaltlich ging es drunter und drüber, aber kein einziger Anruf behauptete, dass es Ernestine besser gehen würde. Mithilfe der Sensibilität alter Menschen, die mit Kindern geschlagen sind, die schlechte Informationen von ihnen fernhalten wollen, fischten die Senioren aus den Zwischentönen die Befürchtung heraus, dass Ernestines Zustand von Stunde zu Stunde dramatischer wurde. Offenbar boten Organe, die noch nie Anlass zur Klage gegeben hatten, Anlass für Sorgen. Mehr als einmal waren es am Ende des Gesprächs Mutter oder Vater, die ihr Kind trösteten.

Der Schlagerklassiker »Davon geht die Welt nicht unter« stieg im Verlauf des Vormittags von null auf Platz 2 der Zitate-Hitparade. Gegen Helene Fischers neues Album kam er natürlich nicht an. Aber der Rap-Oldie »Impf dich ins Knie« verlor einen Platz nach dem anderen.

Mühsam konzentrierte man sich auf den Grund der Anwesenheit in Poppenbüttel. Das Training begann schleppend und verlief uninspiriert. Die Gesprächsrunden hatten ein einziges Thema. Eine Handvoll protestantischer Geistlicher pilgerte durch das Zentrum, bot Hilfe, Handauflegen und Gebete an, um sich zeitnah in die unvermeidliche Gemengelage aus Furcht, Prüfung und Hoffnung zu verlieren.

Die Mittagspause fand statt. Aber man suchte Gesellschaft und Gemeinschaft, die örtlichen Restaurants und Bäckereien registrierten Schlangen wie sonst nur an den seltenen verkaufsoffenen Sonntagen.

Der Bio-Verkaufsstand am Markt hielt es für eine gute Idee, spontan einen Ernestine-Salat zu kreieren. Aber diese Einschätzung hatte man exklusiv.

Es war nicht der Unfall, der die Menschen umtrieb, es war die Verletzung. Man musste es nicht aussprechen, Jeder und Jedem aus den westlichen Vororten war bekannt, dass Ernestines Rumms in der Waitzstraße zur ersten ernsthaften Verletzung nach 30 Versuchen geführt hatte. Darauf kam man immer wieder zu sprechen.

»Ich dachte schon, wir sind kugelfest. Ich hab's nie laut gesagt, weil sonst ja alle gleich behaupten, dass man einen Vogel unterm Pony hat. Oder wie heißt das?«

»Es heißt: gaga. Du bist gaga. Es war eine Frage der Zeit. Es musste passieren.«

»Und dann Ernestine. Auf Ernestine würde man doch zuletzt kommen. Ich könnte dir 50 Namen nennen, bei denen ich mich seit Jahren wundere, dass sie noch am Leben sind.«

»Das Schicksal kackt immer auf den größten Haufen.«

»Und wenn sie wirklich einen Schlag gekriegt hat? Dann war es gar kein Unfall, sondern eine Krankheit bei laufendem Motor.«

Vor allem war es aber Ernestine: Die Stärkste und Klügste und Cleverste. Diejenige, die über den Wassern schwebte, ein Leben lang. Aber nicht lange genug.

»Wenn es Ernestine erwischt, kann es uns alle treffen. Ernestine war meine Lebensversicherung. Jetzt wird nichts mehr so sein, wie es war.«

Die Optimistischen und Weitblickenden, oft in Personalunion mit den Trainern und Coaches, popelten das Positive unter der Betroffenheit heraus. »Jeden von uns macht der Unfall betroffen. Aber wisst ihr, was noch schlimmer gewesen wäre: wenn der Unfall vor einer Woche stattgefunden hätte. Dann würden wir jetzt vielleicht auch zusammensitzen, aber dann wäre alles nur Schadensbegrenzung. Dann hätte uns erst der Unfall die Augen geöffnet, und vorher wären wir alle blind gewesen. Aber wir sind schon alle hier, und erst danach oder parallel dazu hat Ernestine ihre schwere Prüfung erlebt. Ernestine schickt euch allen eine Nachricht. Die Nachricht lautet: Ihr habt richtig gehandelt. Richtig für euch und für eure Lieben zu Hause. Ihr wollt mit eurem Leben kein Schindluder treiben, ihr wollt nicht, dass eure Lieben um euch weinen und um euch trauern müssen. Ihr habt das Leben gewählt.«

Der redselige Coach dachte: Noch zwei solcher Schoten und ich mach mich nass vor Freude. Die Frau in der ersten Reihe blickte ihn die ganze Zeit an, sie hatte er als Erste gehabt. Das ist wichtig: Den Ersten musst du schnell kriegen und dann darauf aufbauen. Wenn alle heulen und du bist immer noch in den ersten zehn Minuten, dann hast du den Tag nicht umsonst gelebt. Du hast es drauf. Los, ihr alten Recken, lasst euch nicht weiter bitten. Ein wenig mehr Gefühl, wenn ich bitten darf. Ihr könnt es doch, ihr habt es doch drauf. Und dann stand die Frau aus der ersten Reihe auf, ihre kleine Tasche nahm sie mit. Sie drückte und knetete, wandte sich ihrer Nachbarin zu, neben der die Plastiktüte stand, fischte die kleine Plastikflasche aus der Tüte. Verdutzt sah der Coach zu, wie sie die gefüllte Flasche in ihre eigene Tasche steckte. Der Verschluss rastete hörbar ein, die Frau trat nach vorne. Der Coach dachte noch: Blase wie eine Schülerin, sie werden nie erwachsen. Dann schlug die Tasche in seinem Gesicht ein, von rechts kommend traf die Tasche seine ungeschützte Wange, sein Kopf wurde nach links geschleudert, aber von links kam schon wieder die Tasche und traf wie beim ersten Mal.

Zwei oder drei oder vier Arme zogen die Frau zurück, aber sie ließ ihnen die Tasche ohne Gegenwehr, blickte den Coach an, der stöhnend mit beiden Händen sein Gesicht hielt, und sagte in ruhigem Ton: »Wenn ich dich in fünf Minuten hier noch sehe, bist du fällig.«

14

Dass es ein Korso werden muss, stand eine halbe Stunde später fest. Aber sie hatten zu wenige Autos. Viele Senioren waren von ihren Kindern abgeliefert worden, und bisher hatten sie keine Sekunde den eigenen Wagen vermisst. Nun lief die Maschinerie an. Alle Gastgeber und Vermieter, die greifbar waren, wurden um den Gefallen gebeten. Die Einpark-Wagen aus dem Zelt standen zu diesem Zeitpunkt bereits in langer Reihe bereit. Alle Imbisse, die sich bewegen ließen, ohne dabei glühende Kohlen zu verlieren, waren bereit. Heinrich Treitschke öffnete sein legendäres Buch, das ihn durch sein Berufsleben begleitet hatte. Wieder einmal wurde ihm bewusst, dass man sich die alten Telefonnummern leichter merken kann. Die meisten Kollegen und Kumpel von einst veranstalteten einen Aufstand und wollten ihre Schätze nur inklusive eines erfahrenen Fahrers hergeben. Dass Treitschke ihnen auch ihre eigenen Leute abschwatzen könnte, war ihnen nicht gleich klar. Dabei hätten sie es wissen können, Treitschke hatte in seinen aktiven Zeiten den Ruf besessen, einen Hecht durch die Kraft seiner Stimme zum Anbeißen zu überreden. Dabei stimmte das gar nicht, es war ein Karpfen gewesen.

Danach kamen die Autohäuser der näheren Umgebung an die Reihe. Jedes Autohaus hat hinten auf dem Hof ein Tor, das ohne Not niemand mehr öffnet. Tut man es doch, reicht meistens ein wenig Leerlauf, damit sich der Motor freihustet.

Den Rest erledigten die jugendlichen Telefonketten und *WhatsApp*. Seien wir ehrlich: Die Telefonketten stanken total ab.

54 Wagen fuhren ab, acht gingen unterwegs verloren. Das waren weniger, als Kenner der Materie erwartet hatten. Sie umfuhren die Innenstadt weiträumig und hatten den Vorteil, dass die Rushhour noch nicht begonnen hatte.

Die Verteilung auf die Wagen hatte sich als logistische Herausforderung erwiesen. Pro Wagen sollte wenigstens ein Kenner der Verhältnisse vorhanden sein. Man hatte versäumt, sich über die letzte persönliche Erfahrung der Verhältnisse schlau zu machen. So gingen Senioren an den Start, die die große Stadt in diesem Jahrtausend nur sehr oberflächlich abgefahren hatten und schon damals nur in Ausnahmefällen Orte erreicht hatten, die sie dann zum angeblich von Anfang an angepeilten Ziel umlogen.

Gegen 14.30 Uhr fand nordöstlich der Waitzstraße das große Sammeln statt. Die Polizei, bei Demonstrationen per Auto, Fahrrad oder per pedes auf ein äußeres Erscheinungsbild fixiert, das politischer oder querulatorischer Vorbildung entspricht, stocherte im Nebel. Im Vorfeld waren Signale empfangen worden, die eine Staatskrise ankündigten, sollte nur ein einziger Scheibenwischer Schaden nehmen. Der Absender des Signals war von der Art, die man in der Hansestadt traditionell nicht ignoriert.

Heinrich Treitschke saß im zweiten Wagen und fühlte sich 50 Jahre jünger als gestern. Die Straße war ihm nicht fremd, ohne Präsenz auf der Straße gibt es keinen gesellschaftlichen Fortschritt. Aber so eine Armee hatte die Stadt lange nicht gesehen, gegen diese Charaktere waren alle CSD-Umzüge wirklich so albern, wie sie aussehen.

Zwischen den Wagen bestand Telefonkontakt. Es gab auch Walkie-Talkies, entwendet aus Kinderzimmern und bisweilen ohne Batterien. Aber das ernüchterte die Sprecher nicht, denn sie schwammen in Adrenalin.

Treitschke entging nicht, wie zurückhaltend und gleichzeitig wirksam die Anfahrt zur Waitzstraße freigesperrt worden war. Am Straßenrand fanden erregte Dialoge zwischen an der Weiterfahrt gehinderten Bewohnern und geduldigen Cops statt. Auf einen Cop, der sich nicht provozieren lassen will, kannst du mit einem Hammer einschlagen, und er wird dich immer weiter anlächeln. Vielleicht wird sein Blick etwas starrer, aber er bildet eine staatliche Mauer und du bist nichts weiter als ein empörter Bürger.

Die Durchfahrt begann. Treitschke, der am Steuer saß, entging nicht, dass der Bürgersteig menschenleer war, auf beiden Seiten der Waitzstraße hielt sich kein Mensch auf. Dann und wann kam ein Schaufenster, in dem er einen Kopf zu entdecken meinte. Einige Fenster waren verbarrikadiert, falls man Jalousien als Barrikade bezeichnen will, was Treitschke tat. Sein Nebenmann drehte das Fenster herunter, streckte einen Arm mit geballter Faust heraus und rief: »Für Ernestine!«

Das wiederholte er mehrere Male, zuletzt endlos.

Im Rückspiegel sah Treitschke zahlreiche Arme mit Fäusten. Er kannte sich in der lokalen Geschichte aus. Lange hatte man westlich von Altona nicht so viele geballte

Fäuste gesehen. Viele Bewohner entlang der Elbe wissen angeblich gar nicht, wie man eine Hand zur Faust ballt. Sie hatten es nie nötig gehabt.

Treitschke riss die Tür auf, lehnte sich nach hinten: »Nicht einparken! Um Gottes willen nicht einparken!«

»Wieso nicht?«, rief die fidele Seniorin hinter ihm. »Ich kann das, ich habe das trainiert. Wir alle haben es trainiert. Wir sind fit. Wir parken sie in Grund und Boden. Ich zeige es ihnen, wir parken jetzt alle ein. Das werden sie nie mehr vergessen.«

Er sah, wie sie in etwas sprach, das sie in der Hand hielt. Selten hatte ein schon von Weitem als defekt erkennbares Walkie-Talkie eine dermaßen friedensstiftende Wirkung entfaltet.

»Für Ernestine!« Dafür war keine technische Unterstützung nötig. Die Waitzstraße rief: »Für Ernestine! – Unsere Ernestine! – Ernestine, mach keinen Scheiß! – Wir sind alt, wir sind die Zukunft. – Altenrepublik Deutschland!«

Jetzt sah man Menschen auf dem Bürgersteig. Menschen am Rand ihrer Nervenkraft. Frauen, die die Hände vor den Mund pressten. Männer, die sichtlich Mühe hatten, so zu tun, als würden sie über einen Rest an Selbstbeherrschung verfügen. Sanitäter, vor denen Notfallkoffer standen. Und Fotografen, so viele Fotografen. Wo kein Fotograf stand, war Platz für Frauen und Männer, die filmten. Aus den oberen Etagen der Häuser wurde fotografiert und gefilmt. Nicht ein Filmer, nicht zwei, sondern zehn oder 15, wahrscheinlich 20. Wie hatten sie so schnell so viel Öffentlichkeit auf die Beine gebracht?

Hinter Treitschke wurde gewinkt. Da die Zeit nicht gereicht hatte, um Transparente zu malen, wurde mit allen textilen Erzeugnissen gewinkt, die man auftreiben kann, wenn der Kleiderschrank nicht zur Verfügung steht. Treitschke sah alles: vom Mantel über das Jackett bis zum Schal, Handtuch, Hemd. Bei einigen Erzeugnissen wollte er gar nicht wissen, welche Körperteile damit bedeckt werden.

Die Bürgersteige waren gespickt mit Erwachsenen, die ihre Eltern suchten, die gleichzeitig hofften und fürchteten, dass sie sie im nächsten Moment entdecken würden.

Zweimal sah er ein Paar, das sich umarmt hielt. Bestimmt war jemand der beschützende Teil und der andere brauchte die Hilfe.

Dann stürzten die Kinder aus den Hauseingängen, sie waren zehn oder elf, die ältesten 14 oder 16. Sie hatten Tüten in der Hand, die sie in die Wagen reichten. Sie warfen Handküsse hinterher, schlugen mit der flachen Hand auf die Autoscheiben, feuerten die Insassen mit allem an, was einem blutjungen Menschen zur Verfügung steht.

Im Vorbeifahren hörte Treitschke, wie eine Frauenstimme rief: »Niklas, ich habe dir doch verbo...«

Später am Tag und an mehr als an einem der nächsten Tage würden die Drohnenbilder in den Medien die Runde machen. Wer diesen kleinen Teufelsmaschinen bisher nichts abgewonnen hatte, wurde nun vor eine Gewissensprobe gestellt. Eine lange gerade Straße, auf der Straße aufgereiht wie auf der berühmten Perlenschnur Autos jeder Größe, jedes Baujahrs, von Limousinen über Lieferwagen bis zu Nutzfahrzeugen, selbst ein Bagger war dabei. Drei betagte Frauen mit wehenden Schals, erhobenen Armen und strahlenden Gesichtern auf dem Quad –

Das Bild des Tages, das Motiv, das ein Dutzend Zeitschriften auf dem Titel haben würden. Eine Ikone schon in den ersten Stunden ihrer Existenz.

»Nicht parken! Bitte bitte, nicht parken!« Treitschke flüsterte es unentwegt. Die erste Beule würde alles kaputt machen, 100-mal so viel, wie zehn betagte Einpark-Anarchos mit jeweils zehn Versuchen beschädigen können, und das ist nicht wenig.

Die Waitzstraße ist 900 Meter lang, aber wie jede Wurst hat sie zwei Enden. In eins waren sie hineingefahren, aus dem anderen wurden sie von Menschen in Warnwesten hinausgeleitet, die keine Polizisten waren und keine Soldaten. Sie hatten überhaupt nichts Martialisches an sich. Jeder Parkplatz am Wochenmarkt wird von härteren Zeitgenossen bewacht. Treitschke grüßte beim Vorbeifahren. Der, dem er gewinkt hatte, lachte und rief: »Jetzt seid ihr berühmt. Kann ich ein Autogramm haben?«

Abends dachte Treitschke lange darüber nach, ob der Kerl seinen Autogrammwunsch ernst gemeint haben könnte.

Die Letzten, die Versprengten und die, die geheimnisvoll taten, kehrten erst gegen 23 Uhr nach Poppenbüttel zurück. So spät war nicht mehr an flächendeckendes Durchzählen zu denken. Aber es gab keinen Hinweis darauf, dass auch nur ein einziger Senior verloren gegangen war. Dabei hatten energisch zupackende Kinder eine reelle Chance, den Senior ihres Herzens aus dem langsamen Tross herauszupicken, ihn einzukesseln, den Schlüssel abzuziehen und ihn mit Süßigkeiten, Zigaretten und weiteren schwachen Punkten in seinem Charakter und seiner

Lebensführung abzulenken, zu locken, zu bestechen und nach Hause abzuführen. Im Westen kann man Dienstleistungen mieten, von denen sich anständige Menschen keine Vorstellung machen. Das Einsammeln stiften gegangener Senioren gehört nicht zu den zehn anstößigsten.

Treitschke und die Poppenbüttler Veranstalter hatten nicht damit gerechnet, dass ihr Einpark-Festival den zeitweiligen Aderlass überleben würde. Gerührt durchstreiften sie nun das Poppenbüttler Ortszentrum und badeten in einem Meer aufgeregt summender Erzählungen und Erlebnisberichte. Es hörte sich an, als würde man alle Abenteuer einer mehrwöchigen Expedition zusammentragen. Dabei war nichts weiter passiert, als mit 50 Fahrzeugen durch die Stadt zu fahren, um in einer bestimmten Straße ein starkes Zeichen zu setzen, bevor man kehrtmachte und zurückfuhr.

Zu diesem Zeitpunkt wusste man noch nicht, dass das Rätsel der zwei dann doch noch vermissten Fahrzeuge erst eine Woche später restlos aufgeklärt werden würde. Die Insassen der beiden Fahrzeuge glaubten selbst noch in den Kasseler Bergen, dass sie sich auf dem Rückweg nach Poppenbüttel befinden würden.

15

Am Mittwoch begannen die Übungen im Trainingszelt eine Stunde später. In den Minuten, um die sich die Abläufe nach hinten verschoben, verspürte halb Poppenbüttel ein banges Gefühl – je nach Veranlagung und Temperament im Magen, am Herzen, in den Schweiß produzierenden Drüsen und beim bangen Blick auf die erwarteten Einnahmen dieser Woche. Wie schnell sich fest beschlossene familiäre Investitionen und Konsumwünsche in Luft auflösen konnten! In jedem zweiten Gebäude der Vermieter-Fraktion wurden Ohren an die Zimmertüren gelegt, hinter denen die zahlenden Gäste ruhten – wenn auch nur im besten Fall. Vielleicht waren sie im Schutz der Nacht ausgezogen. Vielleicht war doch der eine oder die andere gar nicht zurückgekehrt. In der Unübersichtlichkeit der spätabendlichen Stunden wäre vieles möglich gewesen, was einen Tag zuvor noch rabenschwarze Utopie gewesen wäre.

Aber dann löste sich alles im Verlauf weniger Viertelstunden zur allgemeinen Erleichterung auf. Sie waren noch da, sie waren noch am Leben. Sie stellten ihre gepackten Taschen nicht in den Flur. Stattdessen machten sie sich über das Frühstück her, entwickelten den mittlerweile einschlägig bekannten gesunden Appetit, der in Einzelfällen nicht anders als Verfressenheit genannt werden kann.

Die Toilettenspülungen sangen ihre befreienden Choräle. Klamottenwechsel hatte stattgefunden, jedenfalls in der

Mehrheit der Fälle. Wenngleich den aufmerksamen Gastgeber-Augen nicht entging, dass die Frisuren nicht mehr mit der gleichen Sorgfalt behandelt wurden, die am Ankunftstag wohltuend ins aufmerksame Gastgeber-Auge gefallen war. Natürlich schrieb man das der Aufregung über Ernestines Unfall zu. Aber weil die Gedanken frei sind und der Mensch kein Tier ist, bereitete es vielen Vermietern keine unüberwindbaren Probleme, sich vorzustellen, dass auch Schicksalsschläge im unmittelbaren Umfeld nicht zwangsläufig zum Nachlassen auf den Feldern von Akkuratesse in Körperpflege und Erscheinungsbild führen müssen.

Eine Stunde später als gewöhnlich füllte sich das Zelt. Die Trainer registrierten eine Verkürzung der Warteschlange. Nur wenige Minuten später war nicht mehr zu verleugnen, dass auch der Besuch in den Gesprächsrunden schon bessere Tage gesehen hatte.

Zwei Besucher, die Sonntag als Einzelpersonen angereist waren und seit Montag als Paar auftraten, brachten es auf den Punkt: »Uns ist heute nicht danach.«

Bevor ihr Umfeld begann, sich insgeheim die Frage zu stellen, wonach ihnen wohl Montag und Dienstag gewesen sein mochte, lieferten sie die Lösung freimütig nach: »Nach so einem Schock brauchen wir eine Auszeit.«

Endlich fand das kollektive Befinden der vielen Dutzend Besucher seinen eindeutigen Ausdruck: Die Bewegung Richtung Osten war unübersehbar und nicht misszuverstehen. Es zog sie an die Alster, man wollte sich einen Tag in der freien Natur gönnen. Man wollte das Erlebte sacken lassen und dem Bedürfnis nach ein wenig Abstand nachgeben. Offensichtlich hatten die Erlebnisberichte derjenigen Besucher, die bereits am lauschigen Flüsschen gewesen waren, ihren Eindruck nicht verfehlt.

Niemand ging allein, man fand sich zu Paaren, Trios und größeren Formationen. Aber nach Schulausflug sah es nie aus. Gott sei Dank auch nicht nach einer dieser Wandergruppen, die durch forcierte halb professionelle Kleidung mit alpiner Anmutung, Neid erregendem Schuhwerk, Feldstecher, Kartenwerk und vor den Bauch geschnallten Taschen jeden zivil gekleideten Passanten an die Mickrigkeit seiner Existenz erinnern. Und ständig läuft bei den Normalbürgern die Angst mit, dass die Profis im nächsten Moment anfangen könnten zu singen.

»Wenn ich gewusst hätte, dass ich wandern gehe, hätte ich mich doch ganz anders angezogen.« Solche Meinungsäußerungen, halblaut ausgesprochen, deuteten an, was im schlimmsten Fall möglich gewesen wäre. Aber man war in den äußersten Nordosten der großen Stadt gekommen, um das gestörte Verhältnis zu Automobilen zu zivilisieren und nicht, um sich Eichelhäher-Federn an den Filzhut zu stecken.

Es mochten insgesamt 50 Herrschaften sein, die sich auf den Weg machten. Natürlich konnte es nicht ausbleiben, dass doch die eine oder andere Karte sichtbar wurde. Natürlich war es nur eine Frage weniger Minuten, bis die Ausschilderung des Alsterwegs akustisch gemaßregelt wurde. Natürlich bekam solche Buchhalter-Mentalität unverzüglich Contra: »Wie willst du dich denn hier verlaufen? Rechts oder links, mehr Möglichkeiten hast du nicht. Solange du Wasser siehst, bist du nördlich der Wüste.«

So lästerte man sich freundlich Meter um Meter voran. Gegen 10 Uhr vormittags hatte man in der Woche den Weg für sich allein. Die vereinzelten Läufer würden bedauern, dass sie nicht ein Stündchen früher auf die Strecke gegangen waren. Freizeitsportler sind hartgesotten, aber nicht jedem ist es gegeben, sich von alten Leuten anfeuern zu lassen – zumal einige Meter weiter bereits die nächste Seniorengruppe wartet. Und damit hatte man es immer noch nicht hinter sich.

Ein Rudel Kleinkinder aus einem Kindergarten der Umgebung kam den Marschierern entgegen. Die Kinder wirkten nicht so, als würde der heutige Tag für sie die historische Wende hin zu einem neuen Naturverständnis bedeuten. Lustlos schleppte man sich voran. Auf den Vorschlag der Senioren, mit einem Lied die Vogelwelt zu erfreuen, reagierte man verdutzt. Als eine der beiden Begleitpersonen aus dem pädagogischen Formenkreis ihre Schutzbefohlenen motivieren wollte, fiel ihr nichts Besseres ein als die Worte: »Na, was sagen wir denn dazu! Das kriegen wir doch locker hin oder nicht?«

Aus 20 Kehlen tönte ihr das erkennbar vielfach eingeübte Echo »Oder nicht« entgegen.

»Das geht besser«, entgegnete ein Mann aus den westlichen Vororten mit mehrfacher Enkel-Erfahrung. Er hatte den Arm mit den Schokoriegeln noch gar nicht in die maximal mögliche Höhe gehalten, als der Gesangschor schon losbrach.

Einige Sekunden irritierte die Pädagogische mit Dirigier-Bewegungen, die jedoch hörbar unnötig waren, was sie selbst als Letzte erkannte.

Die Kinder erkannten die Situation sehr viel schneller, vor allem, als es so aussah, als würde der Schokoriegel-Besitzer nicht daran denken, sich von seinen Schätzen zu trennen. Kauend sagte er: »Nett von euch. Fleißig weiter üben. Die Natur wird es euch danken.«

Das fanden seine Begleiter herzlos. Man legte zusammen. Und während die Pädagogische in erneuter Verkennung der Lage behauptete: »Das ist nicht schlimm. Wir haben ja auch gar keine Zahnbürsten dabei«, ergab ein erstes Durchzählen die unfassbare Zahl von 42 Riegeln, Tafeln und exotischeren Formen aus dem Süßigkeiten-Formenkreis.

»Es war schon am Anfang schön. Aber es wird immer noch schöner. Wer findet, dass ich recht habe, hat jetzt Gelegenheit, mir das mitzuteilen.«

Zu diesem Zeitpunkt hatte man die erste Stunde fast schon absolviert. Man befand sich in einem grünen Meer, kein Haus drängte sich in den Blick, still floss die Alster. An beiden Ufern Büsche, Bäume, natürliches Durcheinander. Hier hatte keine bürokratische Hand ordnend, begrenzend oder rückschneidend und hässlich machend eingegriffen. Ab und zu eine Sitzbank. Und viel Seelenruhe.

»Ist so klein hier alles«, sagte jemand. »Kommt nur mir das so vor?«

»Ich stelle mir auch gerade vor, welches von unseren Booten hier reinpasst.«

»Ab 1000 BRT würde alles zu Totalzerstörung führen.«

»Das ist Puppenstube hier. Damit kannst du doch kein Geld verdienen.«

Man bot dem Schlaumeier umgehende Alster-Taufe an, er verzichtete dankend.

»Ich kenne die Alster doch. In meiner Erinnerung ist sie breiter.«

»So ist das Leben. Alles schrumpft. Zuerst ist alles riesig, und du musst dich wegducken, um nicht erschlagen zu werden. Am Ende passt es in eine Hand.«

»Dumm nur, wenn auch die Hand schrumpft.«

»Es gibt nicht nur eine Hand im Leben. Auch nicht nur zwei. Wenn du verstehst, worauf ich anspiele.«

Dafür bekam er eine Alster-Taufe, unbemerkt herangetragen in einer Plastikflasche, die zuvor für den guten Zweck ausgetrunken worden war.

Aber nichts konnte die Einigkeit unter den Marschierern erschüttern. Die Landschaft, in der sie unterwegs waren, wirkte wie eigens von sensiblen Bühnenbildnern angefertigt. Sie war perfekt, um die Aufregungen der letzten Stunden abzufedern und die Sorge um Ernestine ein wenig in den Hintergrund zu rücken. Niemand konnte sie vergessen, niemand wollte das tun. Niemand bezweifelte, dass es genauso zugehen kann im Leben: die aufregende Reise an den Ort, an dem vieles besser werden sollte, und die Erinnerung daran, dass wir alle nur einen Herzschlag vom letzten Herzschlag entfernt sind. Das ist nicht viel. Wenn du jung bist, denkst du: Der Abstand beträgt ein Leben. Wenn du das andere Ende fast erreicht hast, bist du demütig geworden. Und falls du den Beginn der Demut noch ein paar Jährchen hinausschieben willst, muss es nur ein einziges Mal vernehmlich knallen – und du bist alt. Weil du daran gewöhnt warst, dein Leben in Jahren zu zählen, tust du es möglicherweise aus Gewohnheit weiterhin. Aber richtig ist das nicht. Ab jetzt tickt die Uhr schneller. Du musst nicht in Panik geraten, weil man nicht in Panik leben darf. Aber du weißt jetzt mehr als vorher. Das ist noch nicht das Ende, aber es ist schlimm genug. Die Jungen und all die anderen Dummköpfe verlangen von uns Alten eine Vernünftigkeit, die sie selbst keinen Tag durchhalten würden – wie man an unseren Kindern und an unserer Politik und an unserem Fernsehprogramm ablesen kann.

»Hey!«, rief Erika. »Was wird das, wenn es fertig ist?«

Aber Roderich ließ sie nicht aus der Umarmung frei und sagte mit dieser Stimme, der sie seit vier Jahren, zwei Monaten und 18 Stunden nicht widerstehen konnte: »Sorry, Mam. Ist gleich vorbei. Es überkam mich gerade.«

»Du hast hoffentlich Wäsche zum Wechseln eingepackt.«

»Ich bin gerade sehr gerührt.« Sie hatte den Mann in den letzten Minuten nicht berührt. Das war ihr nicht leichtgefallen, aber etwas Distanz tat ihnen beiden gut. Distanz härtet ab. Distanz erhöht die Vorfreude. Distanz ... »Was hast du gerade gesagt?«

»Dass ich es schön finde, das mit dir zu erleben.«

»Was denn bloß?«

»Das hier. Um uns herum. Diese Friedlichkeit. Dass es das gibt in unserer lauten Stadt, die ständig auf Hochtouren läuft. In der wir an unserem 100 Meter tiefen Kanal entlanggehen und manchmal umarmen wir uns und glauben, dass wir in diesem Moment allein für uns sind. Und ein paar Meter von uns entfernt rauschen gerade 20.000 Container vorbei. Wir wissen das, wir sehen sie, und trotzdem haben wir das Gefühl, in diesem Moment ganz allein für uns zu sein. Ist das nicht ein schreckliches Missverständnis?«

Erika blickte ihn an und dachte: Der Mann ist zu sensibel für mich. Er hätte Künstler werden sollen. Und ich nicht alle paar Jahre Witwe.

Sie hielt es aus, umarmt zu werden. Dabei war sie zeit ihres Lebens vor zu viel Nähe weggelaufen – aber immer nur bis zu dem Mann, mit dem sie gerade Nähe am ehesten ertragen konnte.

»Geht's wieder?«, fragte der einstige Schokoriegel-

Besitzer. »Ich springe gerne ein, wenn sich einer überfordert fühlt.«

Aber er wusste, wie es den beiden ging, dem einen mehr, der anderen weniger. Auch er war froh, dass sie sich heute den Stress mit den neunmalklugen EinparkHelfern erspart hatten. Das hier war ein anderer Schnack, hier konntest du zu dir selbst kommen. Hier herrschte eine Ruhe, an der nichts langweilig und einfallslos war. Er hatte es sonst nicht so sehr mit Ruhe. Stille hatte für ihn zu viel Ähnlichkeit mit diesem bekannten anderen Aggregatzustand, wo auf einmal alles um dich herum ruhig wird. Diese Ruhe, die nichts mehr mit dem zu tun hat, was wir meinen, wenn wir als lebende Menschen »Ruhe« sagen und denken. Diese andere Ruhe, die nach dem letzten Abwinken, nach dem keine Verlängerung mehr kommen wird.

Es gibt eine Ruhe, vor der man sich fürchten darf. Und es gibt eine Ruhe, die dich stark macht. Und ein Stückchen jünger. Und insgesamt spannkräftig. Und manchmal kriegst du von dieser Ruhe Hunger auf einen Schokoriegel, aber du musst ihn zügig wegfuttern, bevor er in die gierigen Hände verfressener kleiner Gören fallen kann.

Es wurde Zeit für einen Beitrag des Geistes, der stets verneint: »Werden wir gerade alle ein wenig kitschig?«

»Mach einfach mit«, sagte Roderich, »dann fühlst du dich nicht mehr so ausgeschlossen.«

Drei Marschierer schlossen auf und zogen zügig vorbei. Aber für eine neunmalkluge Bemerkung reichte die Zeit noch: »Wir haben unser Tempo gefunden. Jetzt müssen wir mit. Man sieht sich.«

Einmal mussten sie über den Fluss wechseln. Rechts sah es aus wie da, woher sie am Sonntag gekommen waren. Ein Grundstück von einer Ausdehnung, auf der man jahrhun dertelang komplette Dörfer errichtet hatte. Aber keine Bausünde, kein unkontrollierter gärtnerischer Firlefanz, alles war nach dem Geschmack der Natur eingerichtet. Rasen, der sogar gemäht wurde und als Teil des Ensembles eine gute Figur machte. Groß genug, um mehrere Klein-Turniere nebeneinander zu veranstalten. Man brauchte mehrere Minuten, um das Grundstück zu absolvieren, zeitweise entstand der Eindruck, es würde mit einem mitwandern.

Dann blieb Roderich stehen. Zwei Marschierer schafften es, auf ihn aufzulaufen. »Geht's noch?«

Aber alle sahen es längst. Bestimmt befand sich unter ihnen jemand, der in diesem Moment dachte: Ist doch nur ein Kanu. Zu klein für einen halben Container.

Das Kanu kam ihnen nicht entgegen, es war gleich bei ihnen, wie hatten sie es so lange übersehen können? Die Arme der Frau arbeiteten in diesem erschreckenden Gleichmaß, das manchen Frauen eigen ist – vor allem denen, vor denen sich Männer insgeheim fürchten. Als Musik wäre ihr Anblick »getragen« gewesen. Das kleine Boot kam schnell voran, das Gesicht der Frau war freundlich. Einer von denen an Land rief: »Gute Reise.«

»Mit Sicherheit.«

»Vorsicht im Straßenverkehr. Es sollen viele Chaoten in Poppenbüttel unterwegs sein.«

Das Gesicht lachte und sagte: »Nördlich von Barmbek seid ihr bekannt wie bunte Hunde.«

Sie blickten der Ruderin hinterher.

»Schade«, sagte einer von ihnen. »An ihren Komplimenten müssen die Hiesigen noch arbeiten.«

»Falls es ein Kompliment war.«

»Sie ist doch in Sicherheit. Im Wasser würde ich auch einparken wie eine Eins.«

»Ach! Und wieso?«

»Weil im Wasser alles geschmeidiger ist. Im Wasser geht alles von allein. Wasser ist auf Kompromiss angelegt.«

»Mir fallen auf Anhieb mehrere Beschäftigungen ein, die im Wasser zur Katastrophe führen würden.«

»Das Einparken, stupid. Das Einparken.«

Der Erste mahnte zur Umkehr. Ironischerweise handelte es sich um einen Theologen. Kein Pastor, sondern ein Theoretiker. Aber fromm. Fromm und klug. Das sind die, bei denen du noch mehr aufpassen musst als beim Rest.

Sie passten einen Kenner der Topografie ab und ließen sich die Entfernungen erklären. Er trug einen Blaumann und eine Werkzeugkiste.

Ein Marschierer sagte: »Was willst du hier denn reparieren? Hier ist doch alles heil.«

Der Handwerker lachte und deutete in die Ferne: »Ein Eigenheim neben dem anderen. Die Arbeit geht nie aus.« Er blickte die kleine Gruppe an und sagte: »Und dann natürlich alles, was ihr bis Freitag noch plattfahren werdet.«

»Du klingst ja so, als würden wir der heimischen Wirtschaft aufhelfen.«

»Genau so.«

»Auch du wirst alt werden, mein Sohn.«

»Aber ich kann Auto fahren wie eine Eins.«

»Wie viele Punkte?«

»Fünf. Ich lass sie gerade in Ruhe abkühlen.«

»Und dann?«

Lächelnd ging der Handwerker ab. Aber vorher informierte er sie noch, dass auf der linken Seite das große Einkaufszentrum liegen würde. Rechts der alte Ort.

Vor ihnen verbreiterte sich der Fluss von unter zehn Metern auf Teichformat, den sie auf einer Art Höhenweg umrundeten.

»Halt!« Sie wurden nicht müde aufzulaufen. Vor ihnen lag auf der rechten Seite das Lokal, von dem sie schon gehört hatten. Davor hauchte der Teich sein kurzes Leben mit einem zierlichen Wasserfall aus. Dahinter lagen die Boote.

»Los, Genossen der Tat! Das schaffen wir noch. Danach Rücksturz zur Erde.«

16

Der Bootsverleih hatte auch Fahrräder im Angebot. Die zeigte er aber nicht im Schaufenster, nach denen musste man fragen. Der Verleiher hatte ein Gesicht, das seinen Umsatz um ein Drittel minimierte. Genaue Zahlen existierten nicht, und abgesehen vom Gesicht war er freundlich. Für die Fußlahmen rief er ein Taxi, nachdem er den Anstieg ins Ortszentrum so vehement und mit der Bereitschaft zu Übertreibungen geschildert hatte, dass man geneigt war, eine Bergsteigerausrüstung zu erwerben.

Erika, Roderich und den Theologen hielt er für fit genug, ihnen eins seiner Räder anzuvertrauen. Als Scherz wäre das durchgegangen, aber er meinte es ernst. Die Männer mussten ihm die Herrenmodelle auf den Knien abbetteln, sonst wären sie ohne Stange auf die Strecke gegangen.

Die ersten zwei Kilometer gingen leicht vom Fuß, danach fielen sie innerhalb weniger Minuten vom Glauben ab – besonders vom Glauben an ihre Belastbarkeit.

»Es ist die Stange«, lästerte Erika. »Ihre eineinhalb Pfund ziehen euch die Energie aus dem Altmännerleib.«

Roderich blieb die Doppeldeutigkeit nicht verborgen. Aber er hätte auch den Mund gehalten, wenn der Theologe nicht dabei gewesen wäre.

Auf der Bank besprachen sie die Perspektive.

»Morgen sitze ich im Boot, das ist todsicher.«

Vom Verleiher kannten sie die Wassertiefe – nicht die

im Teich, sondern im Fluss. Erstaunlich, dass es so flache Flüsse gibt. Roderich war in Pfützen getreten, die tiefer waren. Natürlich übertrieb er, aber fest stand, dass ein Kentern nicht automatisch den fließenden Übergang zur Wasserleiche bedeuten würde. Sie waren jetzt auch im Besitz einer Karte, sie zeigte den Verlauf der Alster auf der gesamten befahrbaren Länge.

Der Verleiher hatte keinen Zweifel daran gelassen, dass Senioren nicht zu seiner Zielgruppe gehörten. Der Theologe hatte in der beiläufigen Art, die ihn auszeichnete, das Thema Bestechungsgeld ins Spiel gebracht. Lange wähnte er sich auf der sicheren Seite, bis sich herausstellte, dass er für den an geradeaus Denken gewohnten Verleiher zu sehr herumgeschwurbelt hatte.

»Ohne Weste geht nichts.«

An dem ersten und einzigen Gebot der Firma arbeitete man sich kollektiv ab. Der Verleiher zeigte eine Weste vor, legte sie sich an. Er besaß einen Körper, der so leicht nicht zu entstellen war.

Also fürs Erste die Räder.

Erika sagte: »Das lassen wir schön sein. Morgen und überhaupt. Alte Leute auf Rädern, das ist mehr als nur ein erster Schritt Richtung Todesfall. Die Hälfte von uns ist ungeübt, aber keiner wird es zugeben. Der Weg ist schmal, es gibt Gegenverkehr, Fußgänger, kleine Kinder, Hunde oder alles auf einmal. Ich sage nur: Auffahrunfall.«

Der Theologe sagte: »Man glaubt gar nicht, dass dich ein halbes Dutzend Kerle vor den Altar gekriegt hat. Ich meine, die waren doch alle lebendig und fit, jedenfalls am Anfang.«

»Da waren wir einige Jahre jünger«, stellte Erika klar. Ihre Stimme besaß feine Abstufungen in der Disziplin

Eisigkeit. Unsensible Ohren konnten das leicht überhören.

Roderich: »Vorschlag zur Güte: Wir akzeptieren die
Westen und ziehen sie hinter der ersten Biegung aus.«

»Du willst, dass jemand, der noch nie im Leben in so
einem Miniboot saß, aufsteht und sich eine Weste auszieht?
Da sind wir im Handumdrehen ein Fall für die Samstag-
abend-Unterhaltung im Fernsehen.«

Roderich wehrte sich: »Na hör mal, wir kommen alle
aus einer Wassersport-Region, schon vergessen?«

»Ins Wasser fallen ist nicht das gleiche wie Wassersport.«

»Aber jeder von uns segelt. Oder hat gesegelt.«

»Sag, wie es ist: Oder er hat anderen Leuten beim Segeln
zugesehen, weil sein Tisch im Lokal so günstig stand.«

»Das ist schon mal ein guter Anfang.«

»Aber hier willst du hoffentlich nicht segeln.«

»Was spräche dagegen?«

»Außer den 1000 Bäumen, unter denen wir vorbeimüs-
sen, meinst du? Guter Mann, dieser Fluss ist eine Allee,
wenigstens streckenweise. Weiter südlich am Fluss soll
man sich angeblich fühlen, als würde man durch einen
Blättertunnel fahren. Über mehrere Kilometer.«

»Also haben wir die Chance, die Ersten zu sein, die
diese Passage segelnd überwinden. Das ist eine historische Premiere. Asmussen, zieh dich warm an! Wir sind
im Anmarsch.«

»Ich fand Seeleute, die ertrinken, immer etwas lächer-
lich. Es ist so naheliegend. Das ist nur noch mit einer See-
bestattung zu toppen.«

Jeder der beiden Männer betastete in einem unbeobachteten Moment seine Beinmuskulatur. Es ging noch. Nicht
gut, aber es ging.

Ihre Räder lieferten sie dann aber doch ziemlich steif-beinig ab. Das Gesicht des Verleihers gefiel ihnen noch weniger als vorhin.

Die Schlange im Trainingszelt hatte wieder ihre alten Aus-maße angenommen.

Fotografen trieben sich im Ortszentrum herum und fast so viele Kamerateams. Der Lokalsender konnte sein Glück kaum fassen. Aufgeregte Mädels schafften es mit traum-wandlerischer Sicherheit, fünf Einheimische anzusprechen, bevor sie den ersten authentischen Einpark-Lehrling zu packen bekamen. Die Mikrohalterin witterte ihre Chance, doch noch berühmt zu werden, und meldete sich für ein Training an. Zuerst würgte sie den Motor ab, dann parkte sie ein wie eine Eins. Man wusste nicht, was langweiliger war: der Anfang oder das Ende. Sie interviewte den smar-testen Einpark-Profi und rückte ihm mit dem Mikro bis aufs gestreifte Hemd. Während der Kameramann – von seiner Kollegin unbemerkt – an einem technischen Defekt seiner Maschine arbeitete, verfranzten sich Fragerin und Antwortgeber in ein kokettes Spiel ohne Sinn und Ziel. Sie schäkerten und verbrauchten ihren Lachvorrat der kom-menden Tage innerhalb von fünf Minuten. Als sie außer Atem kamen, gab der Kameramann sein Okay-Zeichen, und alles begann von vorne.

17

An diesem Abend erreichte der Kontakt zwischen Vermietern und Gästen eine noch nicht dagewesene Intensität. 15 Gäste, fast ausnahmslos Männer, entwickelten große Neugier auf Namen und Adressen von ortsansässigen Bootsbesitzern. Natürlich gab es die, in Poppenbüttel verwies man Gäste, die das Wassersport-Fieber packte, traditionell an die professionellen Verleiher. In der Vergangenheit war es zu Übertreibungen gekommen, die nur durch den Einsatz der Freiwilligen Feuerwehr und beherzter Augenzeugen vor dem Umkippen in eine Krisensituation bewahrt worden waren. Im Verlauf der Bergung erkannten die meisten Havaristen – wenn auch nicht alle –, wie flach die Alster war. Bei den meisten führte das zu Scham. Der einzige Trost waren die beiden Nichtschwimmer, die wie besessen um ihr Leben kämpften und mit Armen und Beinen strampelten, während ihr Rücken auf dem Grund des Flusses lag, dessen Wasserspiegel Bauch und Brust kaum bedeckte.

Derjenige, der sich noch mehr genierte als sein Leidensgenosse, prozessierte in den folgenden Monaten gegen die Gemeinde und alle Behörden bis hinauf zum angeblichen »Wasser-Ministerium« wegen Verletzung der Sorgfaltspflicht. Unterstützt von der Lokalpresse, forderte er die sofortige Aufstellung von Warnschildern und zwar im Abstand von maximal 50 Metern auf der kompletten

Flusslänge. Natürlich an beiden Ufer, egal ob dort Fußverkehr möglich war oder wildes Pflanzenwachstum jeden Zugang verhinderte, erst recht den Zugang in Begleitung eines Kanus.

Der Nichtschwimmer ließ nicht locker und erreichte immerhin, dass ein einziges Warnschild aufgestellt wurde – versuchsweise und mit zeitlicher Begrenzung von 14 Tagen. Diese Frist musste jedoch nicht ausgereizt werden, weil bereits im Verlauf des ersten Wochenendes 18 Passanten gegen das Schild fuhren oder stießen: bevorzugt mit dem Fahrrad, aber auch mit Skateboards, Rollstühlen und Kinderwagen. Vier Familien stellten Anzeige gegen die Gemeinde wegen versuchten Totschlags. Unvergessen die durch Mitleid motivierte Aktion des Bürgermeister-Vorzimmers, in deren Verlauf dem verunfallten Dreijährigen zum Trost eine Schokoladenspeise geschenkt wurde, die gerade im Fernsehen beworben wurde. Das war nett gemeint, aber die 1000-Gramm-Packung wurde unverzüglich verzehrt, was zu einem Durchfall führte, den der örtliche Kinderarzt – bekannt und beliebt wegen seiner robusten Redeweise – als »größte Scheißerei des Jahrhunderts« bezeichnete, woraufhin er den Verlust mehrerer Patienten zu verzeichnen hatte, die sich von seiner angeblich rüden, wenn auch sachlich zutreffenden Redeweise abgestoßen fühlten.

Die Poppenbüttler Supermärkte und ein Discounter, der auch Markenware anbot, verbannten die Schokoladenspeise aus den Regalen und verkauften sie fortan nur auf Nachfrage an Kunden ab zwölf Jahren. Es kam zum Eklat, als die Frau an der Kasse einen Fehlgriff tat und statt der Schokospeise an den Kunden eine Stange Schmuggelzigaretten weiterreichte, die aus dem Baltikum über einen deutschen Ostseehafen ins Land kamen und ihre Wege an die Endabnehmer fanden. Der Skandal nahm an Intensität zu, weil es sich bei dem Kunden um einen sehr jungen – praktisch noch kindlichen – Jugendlichen handelte, der freudestrahlend mit der Stange von zehn Packungen nach Hause kam und seiner Mutter eine Zigarette anbot. Ihr Mann hatte seine Gattin bis zu diesem Tag für eine Nichtraucherin gehalten, eins führte zum anderen, und was in dem Orkan unterging, war das Warnschild am Alsterweg. Seitdem wurde es nie mehr erwähnt, und die überschaubar intensive Suche nach den Dieben des Schildes war im Sand verlaufen.

Bis zum späten Mittwochabend hatte ein Dutzend örtlicher Bootsbesitzer Anrufe, Mails und leibhaftige Besuche erhalten. Unbekannte Namen und Gesichter rückten mit ungewöhnlichen Bitten heraus. Im Grunde handelte es sich jedes Mal um dieselbe Bitte, was die Einheimischen zu diesem Zeitpunkt aber noch nicht wissen konnten. Man wunderte sich, aber drei starke Argumente führten ausnahmslos zur Überlassung der erbetenen Kanus. Die Bittsteller besaßen ein fortgeschrittenes Alter, man musste also keinen jugendlichen Unfug befürchten. Die Bittsteller gehörten zu den Teilnehmern am aktuellen *Ein- und Auspark-Festival* – dieser Kosename hatte sich im Ort schnell durchgesetzt. Vor allem jedoch: Die Bittsteller waren bereit zu zahlen. Sie mussten dazu nicht einmal aufgefordert werden, denn sie boten von sich aus Summen an, die man nicht ausschlagen konnte. Ein Bittsteller wollte sogar eine Kaution hinterlegen. Das ging dem Bootsbesitzer zu weit, aber der Mieter sagte: »Sie würden mir einen Gefallen tun.«

Geldscheine wurden getauscht, Kontonummern übergeben – nicht zuletzt einigte man sich über die Beförderung der Boote an den Fluss. Nur eine Minderheit der Bootsbesitzer stellte die Frage aller Fragen: »Sie haben Erfahrung mit Booten?«

So oft wie an diesem späten Mittwochabend wurde in Poppenbüttel sonst nur in den beiden Tagen des örtlichen Karnevals geflunkert.

18

Am nächsten Morgen war alles anders als sonst. Noch nie hatten sich Teilnehmer des Park-Festivals vor 7 Uhr im Ortsbild sehen lassen. Noch nie waren in Poppenbüttel so viele Kanus gleichzeitig unterwegs gewesen – und kein einziges auf dem Wasser, denn dorthin mussten sie erst einmal gebracht werden, was mit Hilfe von Anhängern geschah, die mit Körperkraft gezogen oder geschoben wurden. Wer dafür zu faul oder davon überfordert war, überredete einen Bekannten oder Einparkpartner als Helfer.

Im Fernsehen sieht es einfach aus, im richtigen Leben kann der Weg eines Kanus vom Weg neben dem Wasser bis ins Wasser sehr lang sein – zumal acht von 13 Booten an derselben Stelle zu Wasser gelassen werden sollten. Im Idealfall musste also jemand der Erste sein und einer der Letzte, und dazwischen musste sich alles sinnvoll hintereinander aufreihen. Das hört sich leicht an, in der Praxis konnte man froh sein, dass niemand Messer oder Pfefferspray bei sich hatte, weil es nämlich mit großer Wahrscheinlichkeit eingesetzt worden wäre.

In Erwartung einer Begegnung mit dem nassen Element zeigten die frischgebackenen Bootsbesitzer verschiedene Stufen der Souveränität. Sie reichten vom flotten Freizeitlook über Trainingsanzüge und Jogging-Outfits bis zur Ganzkörper-Taucherausrüstung, bei der nur die Sauerstoffflasche fehlte. Gefragt, ob das nicht den professionellen Gesamteindruck verwässern würde, entgegnete der Gummimann: »Der Fisch hat auch keine Flasche.«

Bereits in dieser sehr frühen Phase der Boots-Historie war unübersehbar, dass sechs von 13 Teilnehmern aus der Runde hervorstachen. Roderich, der sensible Lebensgefährte der nicht ganz so sensiblen Erika, erkannte messerscharf den Grund: »Sie kommen aus dem Westen. Wir müssen sie im Auge behalten.«

Nicht direkt neidisch, keineswegs pampig, aber doch mit großer Aufmerksamkeit behielt Roderich die sechs Kandidaten von nun an im Auge. Er konnte kaum glauben, was er sah: ihre provozierende Leichtigkeit im Umgang mit dem Boot, ihre Trittsicherheit, kein Funken Respekt vor den Elementen. Mochte der Fluss auch nicht tief sein, so handelte es sich immerhin um Wasser, das im Flussbett ein Heimspiel hatte, während Roderich sich erst langsam – das gewohnte Landleben hinter sich lassend – herantasten musste. Er achtete darauf, dass seine Behutsamkeit nicht als Zögern missverstanden werden konnte. Als er wegrutschte, fiel er nicht hin. Das war wichtig. Er wollte in seinem Alter kein neues Leben anfangen müssen – in einer Gegend, die er nicht kannte und deren Sprache er weder sprach noch verstand.

Ihm entging nicht, dass die aus dem Westen ihre Kenntnisse weitergaben. Zwar verhielten sie sich dabei höflich und boten ihre Hilfe erst an, anstatt gleich zuzugreifen und den Amateur zum Stehplatz-Zuschauer seines biografischen Abstiegs zu degradieren. Alles, was sie taten, hatte Sinn und geschah mit Schwung, aber ohne Überschwang. Zwar setzt es kein langjähriges Studium voraus, sich mit einem Fuß vom Ufer abzustoßen, während das andere Bein bereits im Boot steht und beide Hände sich am Rand festhalten. Aber sie hatten frühzeitig erkannt, dass es sich bei ihrem Boot nicht um ein Kanu handelte, sondern um ein Kajak, wie es die Indianer benutzt hatten. In den Filmen und vielleicht sogar im richtigen Leben.

Roderich war von den Bewegungsabläufen der Westler beeindruckt. Dass sie offensichtlich gut gelaunt waren, wäre gar nicht nötig gewesen. Aber durch Frohsinn kam ihre Routine besser zur Geltung. Kaum im Wasser, hielten sie das Paddel in beiden Händen und stakten das Boot ans Ufer zurück, wo ihr Partner flink wie ein Wiesel und sanft wie eine Feder einstieg. Sie hatten es einfach drauf. Wie lange mochten sie schon das Rudern kennen? Wie viele Jahre sind nötig, um diesen Gleichklang zu erreichen? Zwar behaupteten sie, in verschiedenen Stadtteilen zu wohnen. Aber Rissen und Nienstedten mögen zwar unterschiedliche Quartiere sein, sie gehören doch zur selben Welt, wo die Kinderbetten die Form von Schiffen haben und nicht von Autos wie in Roderichs Welt.

Jauchzen, Fluchen, Anordnungen, Drohungen und Gelächter – niemals hatte man rund um das Trainingszelt im Ortszentrum so viel Ausgelassenheit erlebt wie an dieser Anlegestelle. Natürlich blieb ein Kandidat übrig, weil er sich nicht traute, weil er ein wackliges Fußgelenk vortäuschte und seinen spontanen Rückzug ankündigte. Kollektiv lockte man ihn an, zuletzt lenkte man sein Kajak so einfühlsam ans Ufer, dass derjenige Profi, der bis zuletzt auf dem Trockenen blieb, ihn nur noch mit einer Hand zum Einstieg dirigieren musste, während er ihn mit dem anderen Arm am Weglaufen hinderte.

Dann war es vollbracht. Die Alster war gespickt mit Kajaks und Kanus, sie standen kreuz, sie standen quer, aber alle Gesichter waren in Dur gestimmt. Als die Profifrau ohne Herablassung fragte: »War das nun so schwer?«, stieg das Selbstbewusstsein in astronomische Höhen. Das Entwirren des Boot-Knäuels war ein Spaß, sogar Roderichs Partner begriff, dass hier mit roher Körpergewalt nichts zu gewinnen war. Einer der ältesten Kerle gab sich dafür her, den Letzten in der Reihe zu machen, indem er das Fehlen von Erfahrung, Gefühl und Kennerschaft eingestand. So jemanden brauchte die Gruppe. Man konnte sich um den Welpen kümmern, und die, die nicht wussten, was sie sich zumuten konnten, hatten nicht mehr das Gefühl, dass alle Scheinwerfer auf sie gerichtet waren. Jeder stakte und probierte, brach ab, schwenkte den Oberkörper sanft hin und sanft her, um zu begreifen, ob und wie heftig das Boot darauf reagierte und wie dramatisch es reagierte. Vielleicht waren Boote ja wie Pferde. Eines ist lammfromm, eines wartet nur auf die Gelegenheit, dich abzuwerfen.

Roderich dachte: Wir werden nie ein Rennen fahren. Verdutzt blickte er nach vorne. Niemand hatte bisher von einem Rennen gesprochen, schon gar nicht auf dem Wasser. Dies war das *Ein- und Auspark-Festival.* Vorhin hatte er im Vorbeigehen mitgekriegt, dass der *ADAC* heute vorbeischauen wollte. Nicht der gesamte Verein, das waren mehrere Millionen. Nur eine Delegation seiner Sicherheits-Abteilung. Roderich hatte sich gefreut. Man war dabei, berühmt zu werden. Noch besser: ein Vorbild zu werden. Man hatte keine Schnapsidee ausgebrütet, die man jetzt irgendwie mit Anstand über die Runden bringen musste. Wenn das aber so war, was hatte er dann in diesem Boot zu suchen, das erkennbar kein Interesse daran zeigte, mit ihm befreundet zu sein? Natürlich wusste er, dass die ersten Tage die Hölle sein würden, bevor es beginnen würde, besser zu werden. Aber die Zeit hatte er nicht. Er hatte ein Leben, das sich nicht an der Alster abspielte. Er war einer der wenigen, die weder im Westen noch im Nordosten lebten. Er wohnte da, wo er die Miete bezahlen konnte. Den Namen erwähnte er nach Möglichkeit nie. Außer Erika kannte ihn kaum jemand. Das Leben an der Elbe war Vergangenheit. Wie das Leben so spielt: Es geht aufwärts und es geht abwärts. Wenn es geradeaus geht, ist das der Anlauf zum Abstieg. Nur solange du aufsteigst, bist du auf der sicheren Seite. Alles, was danach folgt, ist Schadensbegrenzung. In jedem Leben geht es irgendwann aufwärts. Wenn du Pech hast, dauert das nicht lange. Bevor du dich daran gewöhnt hast und es wagst, deine Situation zu genießen, bremst dich das Schicksal schon aus, wirft dir Knüppel zwischen die Beine, lässt deinen Vordermann überraschend bremsen, oder dein Verdauungssystem kriegt einen Kaspar und was bisher einfach war, ist plötzlich schwierig. Du kannst froh sein, wenn du heil und mit Bewusstsein vom Topf kommst. Das ist das Schlimmste: ein Leiden, von dem man nicht erzählen kann. Wie oft hatte er Krankengeschichten gehört, während er in einer gemütlichen Runde saß oder an einem Tisch, an dem alle aßen. Hätte Roderich den Mund aufgemacht, wäre das Essen drei Sätze später beendet gewesen.

Mal wieder ein Erfolgserlebnis, das wäre es doch gewesen! Mal wieder vorne sein, den Ton angeben. Und wenn du es nur zum einfachen Mitglied eines Teams bringst, soll dein Team wenigstens von deinem Einsatz profitieren, von deinen zwei bis drei guten Einfällen. Ein überraschter Blick, ein anerkennendes Kopfnicken, ein in die

Höhe gestreckter Daumen: Der Mensch wird bescheiden. Und das Leben ist beschissen.

Das Knäuel entwirrte sich. Erst gewannen die Äußeren Abstand, dann stach einer aus der Mitte, wo die Profis dominierten, wie ein Pfeil ins Freie. Dann kapierte der Kanumann, warum er plötzlich mutterseelenallein war. Er fuhr in die falsche Richtung und weil er schon dabei war, fuhr er noch ein Stück weiter und wartete darauf, dass sich wieder diese verfluchte innere Stimme mit ihren endlosen Warnungen melden würde, die ihm seit Langem jeden Spaß vermieste. Aber die Stimme blieb ruhig. Hatte sie den Einstieg verpasst? War sie abgesoffen? Konnte ein Tag schöner werden?

»Ferdinand Hornung! Wenn du Kontakt mit den beiden dicken Röhren spürst, bist du zu weit gefahren! Dann bist du auf der Ostsee und unterbrichst gerade unsere Gas-Versorgung. Gute Fahrt.«

Er brauchte einige Sekunden, um zu begreifen. Das war sein Name gewesen. Er war nicht allein. Sie hatten ihn im Auge, aber sie machten sich keine Sorgen um ihn. Er durfte es wagen! Paddel rein, das andere Paddel rein, das eine Paddel rein, das andere ... Nun musste er nur noch verstehen, warum das Leben an Land angeblich so viel leichter als das Leben auf dem Wasser sein sollte.

Zwei Boote fuhren nebeneinander, einmal verhakten sie sich, danach verhakten sie sich noch einmal, dann hatten sie den Bogen raus. Die anderen fuhren im Gänsemarsch. Wer seine Jungfernfahrt erlebte, tat das, was der Mensch in solchen Momenten tut, egal ob er Eskimo ist, Regenwaldbewohner oder ein Chinese mit dem Kontrabass: Er probiert aus, er kriegt ein Gefühl, er und sein Körper rücken dichter zusammen. Und die Sorge vor der Katastrophe wird erst immer kleiner, bis sie verschwunden ist und man sich nicht mehr an sie erinnert. Es ist nur ein Kajak oder ein Kanu. Du musst nicht deine Segeljolle kennenlernen, nicht den Motorboot-Führerschein machen. Du fährst unter dem Radar und musst niemandem etwas beweisen. Das Schlimmste, was du anstellen kannst, ist, deinem Nebenmann in die Seite zu fahren. Aber wenn er im Wasser liegt, hilfst du ihm, holst ihn raus, sprichst ihm beruhigend zu, du bist ein guter Mensch. Damit kommt man auf dem Wasser weit. Und wenn du eine Pause brauchst, machst du eben eine Pause. Und wenn du in den Himmel blickst, siehst du einen Himmel, in dem ein Baum wächst. Und links vor dir siehst du das Feuchtgebiet, das du schon als Fußgänger gesehen hast. Mangroven, ich komme! Und die schlimmste Schlange, die dir begegnen kann, ist eine harmlose Natter. So was binde ich mir doch um den Hals. Den Knoten nicht vergessen.

Nach zwei Stunden waren sie urlaubsreif, einige früher. In zwei Stunden hatten sie so viel gelernt wie in den letzten zehn Jahren nicht mehr. Einige hatten vor allem gelernt, nicht so schnell zu vergessen. Sie hatten versucht herauszufinden, ob man sich einmal Vergessenes wieder bewusst machen kann – so wie man ein Stück in der Speiseröhre wieder hinauf- und hinaushusten kann. In seltenen Fällen war es gelungen, in häufigeren Fällen hatte man einen hohen Preis bezahlt. Man kann Gesichter vergessen, Namen sowieso. Man kann Telefonnummern, die man seit 20 Jahren nicht mehr braucht, 50 Jahre in der Erinnerung behalten. Im Lauf eines Lebens nimmt der Ballast zu, den man mit sich herumschleppt. Viel zu spät kommst du auf die Idee, auf die du auch schon viel früher hättest kommen können: Wie wäre es, das vergessene Gesicht eines der wichtigsten Menschen deines Lebens gegen ein neues Gesicht auszutauschen? Nicht gegen das Gesicht eines dir bekannten Menschen, sondern eines wildfremden, aus dem Fernsehen, aus der Werbung, von der Straße, egal woher. Du weißt: Das ist ein Ersatz. Aber mit jedem Tag wird der Ersatz ein Stück mehr zur Realität. Vor allem nimmt er dir endlich diese bohrende Unzufriedenheit. Aus dem Gefühl des Mangels und deiner Schwäche wächst neue Stärke. Der Ersatz wird immer wahrer, am Ende ist das Ersatz-Bild das wahre Bild. Ein anderes hat es nie gegeben. Auf diese Weise klebst du neue Bilder in das Album deiner Erinnerung, die ein anderes Wort für Leben ist.

Sie mussten zehn Minuten warten, dann tauchten die beiden Räder auf. Sie fuhren wie die Henker, sie sangen ein Lied, das niemand kannte, der auch nur zehn Jahre älter als sie war. Sie sahen aus wie Oberschüler. Nur die Kurierfahrer in amerikanischen Filmen sehen aus, wie man sich einen globalen Kurierfahrer vorstellt. Die sieben Pizzen waren schnell verteilt, wenn auch nicht gerecht. Als das Gedrängel der Boote kein Ende finden wollte, ging Darboven ins Wasser. Der Mann, der alles über Kaffee wusste, übernahm die Wege zwischen den Besatzungsmitgliedern aller Boote. Er sah aus wie ein begossener Pudel, nur dass Pudel mehr Haare am Kopf haben.

Kein Spaziergänger kam an ihnen vorbei, ohne zu stoppen. Das wollte jeder sehen, das wollte jeder weitererzählen. Keine dumme Bemerkung, kein verrutschter Scherz. Ein nasser Pudel als Kellner im Wasser. Man war positiv wie selten.

Ein alter Mann wurde von seinem Hund ausgeführt. Für den Köter war im nächsten Moment Weihnachten. Erst starrte er die Pizza vor sich an, dann die Boote. Hätte er sich jetzt nachdenklich hinter dem Schlappohr gekratzt, hätte das niemanden gewundert.

Eine Kajakbesatzung meldete sich zu einem Schläfchen ab. Ein paar aufmerksame Blicke, sicherheitshalber ein Griff ans Handgelenk, ein Zählen, und gut war's. Das Leben ist schön.

19

Der Fußmarsch vom Fluss zurück ins Ortszentrum war für fast alle eine Herausforderung zu viel. Zwei Wassersportler verabschiedeten sich auf den letzten Metern Richtung Pension. Neidisch blickte man ihnen hinterher und verachtete sich insgeheim, weil einem der Mut gefehlt hatte, laut zuzugeben, dass man fix und fertig war.

Ein Ruderlehrling kehrte auf den letzten Metern den Kavalier heraus, indem er einer einheimischen Mutter das leere Lastenrad abschwatzen wollte, um seine Frau darin zu verstauen. Es wäre ihm lieb gewesen, die Leihaktion diskret einfädeln zu können. Doch dann fand er sich im Zentrum eines Rudels neugieriger Ohrenzeugen. Sie warteten nicht darauf, ob der Handel abgeschlossen werden würde. Sie waren schon einen Schritt weiter und fieberten dem Moment entgegen, in dem die bis jetzt noch arglose Ehefrau kapieren würde, dass sie als Befüllung des Ladekastens vorgesehen war. Nun musste der Ehemann Führungsstärke zeigen. Da dies jedoch sein schwacher Punkt war – im Leben so sehr wie in der Ehe und wie in den 30 Jahren im Betrieb –, verfluchte er sich bereits zu einem Zeitpunkt für seine kurzsichtige Idee, als ihr Scheitern noch gar nicht feststand. Die Lastenrad-Besitzerin ging auf den Handel ein, verwahrte sich jedoch gegen Bezahlung und Geld und verstieg sich zu diesem Spruch, den sich manche Menschen partout nicht ausreden lassen wollen: »Das Lächeln eines glücklichen alten Menschen ist für mich der schönste Lohn.«

Die alte Dame erwies sich als bereitwillige Last und jauchzte vor Vergnügen. Ihr zu diesem Zeitpunkt längst panischer Mann hielt für Zeichen eines Schlaganfalls, was nichts anderes war als Lebensfreude.

Zuletzt übertrieb die vergnügte Lastenrad-Befüllung ihre frischgebackene passive Lebensweise und weigerte sich, wieder auszusteigen. Man parkte sie neben einem Tisch vor dem Café, wo sie sich tränken und füttern ließ. Die zurückkehrenden Wassersportler belegten alle freien Plätze, verlangten nach kalten Getränken und Kuchenkunst aus der Region. Dann wurde kollektiv Bilanz gezogen, von Minute zu Minute fielen die Erinnerungen angeberischer und übertriebener aus. Zuletzt hörte es sich an, als werde hier die erfolgreiche Überquerung des Ärmelkanals diskutiert.

Die vorüberschlendernden Gäste vom *ADAC* registrierten den Frohsinn mit Erstaunen. Bei den Seminaren, in denen sie beruflich zu Hause waren, ging es nie vor 22 Uhr so lustig zu.

Nach den *ADAC*-Leuten passierte einer der schneidigsten Senioren das Café. Tochter und Schwiegersohn waren überraschend aufgetaucht und schafften es nicht, ihren Besuch als Freundlichkeit auszugeben anstatt als den Kontrollzwang, um den es sich in Wirklichkeit handelte. Der Senior – im vollen Bewusstsein seiner Attraktivität und Hahn-Qualität in der Altersgruppe 80 plus – gab hemmungslos an, erfand aus dem Stegreif Verabredungen und einen Tanzabend sowie ein Pensionszimmer neben seinem Pensionszimmer, das von einer alleinstehenden Dame belegt war. Zwar sei sie kürzlich verwitwet, aber nicht so kürzlich, um nicht schon wieder für akustische und optische Signale ihres Umfeldes erreichbar zu sein. Der Senior gab richtig Gas und trampelte hingebungsvoll auf der Spießigkeit und den Ängsten seiner Kinder herum. Die Aussicht, Abend und Nacht außerhalb ihrer Reichweite verleben zu dürfen, törnte ihn an. Zu diesem Zeitpunkt bedauerte er nicht mehr, dass er die bewusste Witwe erfunden hatte.

Leider bestand der Schwiegersohn dann darauf, ein Einparken vorgeführt zu bekommen. Einen Moment wusste der Senior nicht, worauf er anspielte. Dann pilgerte man zum Trainingszelt. Rechts außen mühten sich Ann und Annie ab. Sie hatten sich auf dem Festival kennengelernt und sofort trotz oder wegen fehlender Ähnlichkeit in einem einzigen Detail des äußeren Erscheinungsbildes Freundschaft geschlossen. Bei einer halben Flasche Rosé – Gipfel der für beide vorstellbaren Verwerflichkeit – hatten sie sich versprochen, als norddeutsche Meisterin im Millimeter-Einparken abzureisen. Was sich wie Überschwang angeschickerter alter Mädchen anhörte, erwies sich als Schwur von Blutsfreundinnen. Sie betrieben ihr Training mit solcher Hingabe, dass ihre Trainer sich alle zwei Stunden abwechselten. Nicht etwa, weil es Ann und Annie an Talent fehlte, sondern an Leichtigkeit und Lockerheit. Sie waren mit einschüchternder Ernsthaftigkeit bei der Sache, kümmerten sich zwischendurch um die Tragödien an den benachbarten Trainingsboxen und mussten von ihrem Lieblingstrainer zu einem schnellen Mittags-Snack regelrecht abgeführt werden. Der redliche junge Hockeyspieler fürchtete um die Stabilität ihrer Kreisläufe, aber er konnte nicht ahnen, welche Tabletten sich Ann und Annie morgens reinpfiffen, bevor sie sich auf den Weg zum Training machten. Zwar erkannte einer der anwesenden Mediziner an ihrem Verhalten, den Bewegungsabläufen und Gesichtszügen mehrere Erscheinungen, die auch Hinweise auf künstlich stabilisierte Kreisläufe darstellen konnten. Aber ihm fehlte die Fantasie, sich die betagten Frauen als praktizierende Doperinnen vorzustellen. Woran man erkennt: Der Mensch lernt nicht aus.

Am späten Nachmittag konnte in der Halle trainiert werden, aber zu diesem Zeitpunkt stand nicht mehr in jedem Fall ein Trainer zur Verfügung. Das hatte schnell dazu geführt, dass sich stark motivierte und auch hoffnungslose Naturen bevorzugt auf dieses Zeitfenster stürzten, um dort dermaßen unnachgiebig mit Gas, Kupplung und Bremse umzugehen, dass die Autos das wurden, was im Tierreich das Schlachtvieh ist.

Der Schwiegersohn des schneidigen Seniors fand die Atmosphäre in der Halle ansprechend. Er hatte sie zum ersten Mal betreten und auch im Vorfeld keine Einzelheiten erfahren. Nun nahm er alles in Augenschein, setzte zwischendurch auch einen Wagen in Bewegung. Die Schlüssel steckten in jedem Fall. Dem Vater war bewusst, dass er nicht ohne Demonstration davonkommen würde. Er fand das auch gar nicht diskriminierend, hielt er sich doch in aller Bescheidenheit für nicht untalentiert. Seine Kinder sahen das nicht exakt so wie er. Die Tochter presste eine Faust auf den Mund und hielt mit der freien Hand die Faust auf dem Mund fest – ein Verhalten, mit dem sie jedem in der Familie auf die Nerven ging. Sie nannte das »authentischer und elementarer Schreck«. Andere nannten es »Bauerntheater«.

Der Testfahrer las in den Gesichtern und sagte hoffnungsfroh: »Immerhin nicht abgewürgt.«

Der Schwiegersohn sagte: »Zugegeben. Aber 20 Stundenkilometer zu schnell.«

»Das ist langsamer als damals.«

»Wäre es schneller, wärst du jetzt tot.«

Und die Tochter: »So wie du damals um ein Haar tot gewesen wärst. Was sagt denn dein Trainer? Besteht Hoffnung?«

»Er redet nicht viel. Er redet auch nicht gern. Er fühlt sich wohler, wenn er schweigen kann.«

»Könnte das der Schock sein, unter dem er jedes Mal steht?«

Der Senior betrachtete seine Brut und dachte: Es wird Zeit, dass ihr beiden euch bei einem Wie-erbe-ich-richtig-Lehrgang anmeldet.

Vier Versuche später strich der Schwiegersohn über die Frontpartie des Fiesta. Natürlich gab es keine Beulen, dafür waren die sogenannten Zielfenster der Einparkbox dick mit einem Material ausgefüllt, das den Wiederverkaufswert der Einparkautos erhalten sollte. Angeblich warf täglich ein Monteur einen Blick auf die Frontmotoren. Der Satz, mit dem er Lacher abholte, lautete: »Sobald Blut fließt, brechen wir ab.«

Weil niemand den Scherz beim ersten Versuch kapierte, ging es weiter mit: »Ein Motor kann nämlich Schmerz fühlen.«

Einen Moment lag beginnende Lockerheit in der Luft. Wie ein Schlag in den Magen wirkte es deshalb, als der Schwiegersohn sagte: »Wenn wir schon die Gelegenheit haben ...«

»Wage es nicht!« Drei Worte wie das Fauchen einer Katze. »Fang gar nicht damit an.«

»Ich meine doch nur ...«

»Du meinst nicht nur. Du fängst immer wieder damit an. Du kannst einfach keine Ruhe geben.«

»Ich meine es nur gut.«

»Ach, hör doch auf. Weißt du, wie man Männer nennt, die es ständig gut meinen?«

»Fürsorglich?«

»Ha!«

»Besorgt?«

»Erzähl noch einen!«

»Du würdest mir eine Last abnehmen. Und deinem Vater auch.«

Diesen Spielzug kannte der Senior zur Genüge. Man konnte seine Uhr danach stellen. Im Fußball mochte es eine gute Taktik sein, den im eigenen Trikot anzuspielen. Aber im Fußball tritt man auch nicht gegen Furien an.

»Nur einmal«, bettelte der Schwiegersohn.

»Vergiss es. Das hier ist kein Sex.«

Der Senior hörte zum ersten Mal, dass man beim Sex schon um das erste Mal betteln kann. Er hatte sich das immer für Wiederholungsfälle aufgespart. Zweimal, dreimal, diese Richtung.

»Tu ihm doch den Gefallen«, sagte er und bereute es sofort.

»Weißt du, wie viele Gefallen ich diesem Mann schon getan habe?«

»Viele? Sehr viele? Einen entscheidenden zu viel?«

»Welchen entscheidenden denn?«

»Betrachte meine letzten Worte als nie gesagt.«

In diesem Moment ging der Mann hinter ihnen vorbei. Er hatte mit ihnen nichts zu tun. Vielleicht wäre alles anders gelaufen, hätte es sich um eine Frau gehandelt. Aber er war ein Mann, er war in dem Alter, wo Männer unra-

siert noch gut aussehen. Er hätte den Mund halten können, aber er sagte: »Er sagt das eine und denkt das andere.«

Die Tochter fuhr zu ihm herum, in Momenten der Wut
entwickelte ihr Körper eine Geschmeidigkeit, die sich ihr
Mann insgeheim häufiger gewünscht hatte, nur nicht in Verbindung mit Mut. Aber diese Bewegungen waren nur mit
Wut zu haben. Das war ihm mittlerweile bewusst.

Der freche Zwischenrufer sprang lachend davon, der
Schwiegersohn beneidete ihn. Er konnte sich Dinge erlauben,
auf die in anderen Kulturkreisen die Höchststrafe stand. Na
gut, fast die Höchststrafe. Denn es geht immer noch höher.

Dann sagte der Senior: »Von irgendwem musst du es ja
haben. Und da deine Mutter nie den Führerschein gemacht
hat ...«

Der Schwiegersohn schloss die Augen, wenn auch nur
kurz. Er durfte jetzt nicht unaufmerksam sein, er musste
anfliegende Gegenstände rechtzeitig sehen, um ihre Flug-
bahn und Auftreffgeschwindigkeit abzuschätzen.

»Willst du damit andeuten ...?«, fragte sie. Sie hatte
Mühe, die Handvoll Worte im Verlauf eines einzigen Atem-
zugs auszusprechen.

»›Andeuten‹ ist gut«, entgegnete der Senior frohgemut. Er
tat so, als sei er unverletzbar. »Wie viele Familien kennst du,
wo Vater und Kind gleichermaßen miserable Fahrer sind?«

Er hätte sich nicht gewundert, hätte sie jetzt mit den
Armen gefuchtelt und wäre abgehoben zu einem Flug, von
dem sie nicht mehr zurückkehren würde.

»Ich fahre anständig«, behauptete sie. Dass ein Mund
so schmal werden kann. Wie ein Strich, wie ein dünner
Strich. Strichbreite 0,4 Millimeter maximal.

»Du fährst wie der Bauer auf dem Feld«, entgegnete ihr
Vater. »Wenn viel Platz ist, kommst du klar. Auf einem

Flugfeld wärst du gut aufgehoben. Aber wenn du mehr als einen Wagen siehst, geht es los.«

»Womit, Vater? Möchtest du mir freundlicherweise sagen, was losgeht?«

»Kann ich machen. Soll ich?«

»Ich bitte darum.«

Der Schwiegersohn unternahm mehrere Versuche, sich zu Wort zu melden. Aber er konnte nicht mehr sprechen. Er war ganz allein, und die beiden waren zu zweit.

Der Senior informierte seine Tochter über die Qualität ihres Fahrstils. Der Amoklauf eines Irren wirkte dagegen manierlich und sortiert. Er brauchte so viele Worte, um seine Überzeugung mitzuteilen. Er hätte sagen können »Schlecht« oder »Du fährst schlecht«. Aber er musste ja eine komplette Buchseite heraustexten. Danach war es still. Nicht nur ruhiger als bis eben, sondern still. Totenstill. Die Tochter atmete, ihre Nasenflügel verrieten sie.

Sie drehte sich nach links und verließ das Zelt. Die Männer verfolgten sie mit den Augen, bis sie verschwunden war.

Der Schwiegersohn sagte: »Uff.«

Und der Ältere: »War leichter als gedacht. Merk dir das für später: Wenn du zehn Jahre über ein Thema nachdenkst, bilden sich die Worte von alleine.«

»Sie wird uns töten.«

»Red nicht so einen Unsinn. Und wenn, dann dich.«

»Warum sollte sie *mich* töten?«

»Weil du sie 10.000-mal häufiger enttäuscht hast als ich.«

»10.000-mal ist viel.«

»Kommt darauf an, mit welcher Zahl du das vergleichst.«

»Du meinst …?«

Der Senior nickte, der Schwiegersohn sagte: »Vielleicht sehen wir uns in Zukunft nicht mehr so oft.«

»Sag etwas, das richtig traurig ist.«

Man sah nicht, wie sich der Wagen von draußen dem Eingang näherte. Im nächsten Augenblick befand er sich bereits in der Halle. Es handelte sich um einen Kleinwagen, er war überraschend schnell. Und in diesem Tempo raste er den langen Hauptgang entlang, 35 Meter oder 40 oder mehr. Sie musste gegen die gegenüberliegende Wand fahren, das war unvermeidlich. Und sie würde es nicht schaffen, diese Wand zu durchbrechen, davon war an den vorigen Tagen mehrfach die Rede gewesen. Die Männer und alle anderen in der Zelthalle sahen zu, wie der Wagen auf das Ende zusteuerte. Dann wurde er brutal abgebremst, wurde brutal nach links gerissen, schoss in die letzte Parkbox, das Bremsgeräusch hörte man bis in den letzten Winkel. Dann rauchte es, der Wagen stand, der freche junge Mann von vorhin setzte sich als Erster in Bewegung. Die Frau kam ihm aus der Parkbox entgegen. Im ersten Moment war jedem klar, dass sie sich nur mit Mühe auf den Beinen halten konnte. Dann setzte sich die Realität durch: Die Frau ging vollkommen beherrscht, immer ein Bein vor das andere, wie es sich gehört. Sie ging den Weg, den sie gerade durchrast hatte, zu Fuß zurück. Sie kam auf ihre Familienmitglieder zu. Die Männer rührten sich nicht. Dann war sie da.

Ihr Mann fiel vor ihr auf die Knie und sagte: »Ich bin so scharf auf dich, du machst dir keine Vorstellung.«

Und sie: »Stell dich hinten an.«

Der freche Mann war bei ihnen: »Kann mir jemand erklären, was das eben war?«

Der Senior sagte: »Ich könnte, aber du würdest es nicht kapieren.«

20

Die Nacht zum Donnerstag verbrachten die Boote im Trainingszelt. Hier gab es genug Platz, hier hatte man jederzeit Zutritt. Die bisherige Securitykraft bekam eine Partnerin – »nur für den Fall«, sagte Roderich. Er war schon fast draußen, kehrte noch einmal um und sagte: »Damit keine tragischen Missverständnisse entstehen: Wir zahlen keine Alimente.«

»Warum sagen Sie uns das?«, fragte der weibliche Teil der Security verdutzt und ein wenig gereizt.

»Wenn's passiert ist, wirst du es wissen.«

Lächelnd ging Roderich Richtung Ausgang. Bis zum letzten Schritt suchte er nach einer weiteren Frechheit, die er auf die beiden tumben Säcke abfeuern konnte. Aber ihm fiel partout nichts ein, und die beiden sagten nichts mehr.

Der Tag begann mit einer Versammlung aller Teilnehmer. Weil es nieselte, wurde sie ins Zelt verlegt. Fragen nach Schleudertrainings auf nassem Untergrund waren unvermeidlich, aber unerwünscht.

Niemand wusste, ob es sich um den Cheftrainer handelte und ob so ein Amt überhaupt existierte. Aber er machte sich gut, viele respektierten ihn. Die wenigen, die es nicht taten, fühlten sich von ihm hinreichend eingeschüchtert, um mit Kritik einstweilen vorsichtig zu sein.

»Freundinnen und Freunde der Bremsfront und Feinmotorik! Wir befinden uns in der zweiten Halbzeit unserer Versammlung, die in den künftigen Geschichtsbüchern
als historisch bezeichnet werden wird. Ich möchte euch
über den Stand der bisher gezeigten Fähigkeiten in Kenntnis setzen. Einige dürfen das, was sie uns bisher präsen-
tiert haben, ja durchaus als Fähigkeit betrachten. Anderen
werde ich empfehlen, die Trainingseinheiten zu intensi-
vieren. Manchmal fehlt noch eine Winzigkeit. Ihr wisst
schon: dieses gewisse Etwas, von dem man oft hört und
das tatsächlich existiert. Bei dieser und jenem wird der Weg
etwas länger sein. Es ist reiner Zufall, dass ich in diesen
Sekunden über die Köpfe meiner Lieben schaue. Augen-
kontakt ist in vielen Lebenslagen nützlich. Aber bevor ich
zum Äußersten greife, müssen wir eine Frage klären: Wie
halten wir es mit den Bewertungen? Was ist gewünscht?
Wollen wir unter vier Augen sprechen? Oder kann das in
der großen Runde stattfinden – mit allen Einzelheiten?«

Unruhe entstand, die Versammlung verlor zwei Teil-
nehmende. Die Frau rief: »Die Blase! Nur die Blase!« Der
Mann schwieg und wurde nie mehr gesehen. Der Redner
dachte: Danke, Gott. Aber nicht jede Schöpfung kann
gelingen.

Vier von fünf plädierten für Vollversammlung. Die Minderheit gab ihr Okay. Die Redebeiträge machten deutlich,
was von vielen als größter Segen dieser Tage empfunden
wurde. »Wir sind nicht allein. Wir sind nicht die Einzigen und Letzten, sondern Teil einer Herde, die größer ist,
als ich dachte. Außerdem haben sich unsere Trainer bisher tadellos benommen. Warum sollten wir also auf einmal mit Geheimbesprechungen anfangen?«

Zuletzt blieben zwei übrig, die um Vorzugsbehandlung baten. Das wurde selbstverständlich akzeptiert, jedes weitere Wort hätte der Sache eine Bedeutung verliehen, die ihr nicht zukam.

Man begann unverzüglich, aber vorher fand die Beschaffung von Sitzgelegenheiten statt. Offenbar halfen die Geschäfte der Umgebung bereitwillig aus, wenn auch nicht ohne Ausnahme. Eine Modefrau zankte sich noch im großen Zelt mit dem Paar, das sie angeblich beraubt hatte und ausplündern wollte. Man stellte der Aufgeregten späteren Umsatz in Aussicht, aber nur unter der Bedingung, dass sie sich augenblicklich unsichtbar machen würde. Was geschah, auch dies widerwillig. Die Widerwilligkeit war bei dieser Person offenbar fest eingenäht.

Zwei Kameras liefen mit und hielten die Vielschichtigkeit der Einpark- und Auspark-Rowdys für die Nachwelt fest. Einig waren sich alle in einem Punkt, den eine der ältesten Teilnehmerinnen benannte: »Zuerst war das Problem vorhanden, aber nicht viel größer als ich. Es begann erst zu wachsen, als mir der Erste sagte, dass ich ein Problem habe. Und als die Zweite sagte, dass sich alle um mich sorgen würden. Und immer so weiter: ich müsste mich sofort ändern; man würde mich im Auge behalten; ich sei überfordert; ich sei eine Gefahr – für mich und die Allgemeinheit. Nein: für mich, für die Familie und für den Rest der Menschheit. Ich bin also eine Gefahr für alle Chinesen und Argentinier und für die Eskimos sowieso. Aber der Papst hat noch nicht angerufen.«

Danach sprach der Mann, dem sie die ganze Zeit in den Nacken gesprochen hatte: »Jeder kann einparken, wenn das Problem wirklich das Einparken wäre. Nur das Einparken, nichts drum herum. So ist das aber nicht. Am schlimmsten ist, dass wir alt sind. Ich habe nie ein Problem mit meinem Alter gehabt, ich habe auch nichts besonders Schlimmes angestellt. Die paar Erdbeeren auf dem Wochenmarkt ... Ich denke, die Welt, wie sie gerade ist, das ist das, was uns fertigmacht. Nicht Gas und Kupplung und die Frage: Habe ich noch fünf Meter Platz oder eine Handbreit? In unserer Zeit wird um jeden Furz ein Bohei gemacht. Es gibt keine kleinen Probleme mehr. Entweder Paradies oder Weltuntergang, der Platz dazwischen wird immer kleiner – so wie manchmal der Platz beim Parken kleiner wird. Oder oft. Oder immer. Sagen wir immer, dann sind alle zufrieden. Besonders die Menschen, die sich um mich sorgen. Das ist die wahre Pest: diese Besorgten. Ich denke, der Platz kann genauso schrumpfen wie die Soße beim Einkochen. Oder der Pralinenvorrat, wenn mich Elise und Annegret besuchen. Ich denke beim Parken immer: Das passt schon. Manchmal passt es dann auch, manchmal nicht. Und das ist dann ein anderes Wort für Weltuntergang. Nie sagt einer zu mir: Ich hatte Angst, dass du dir eine Beule holst. Er hatte immer Angst, dass ich sterbe, dass ich verstümmelt werde. Arm ab, Bein ab, das Gesicht sitzt auf dem Rücken. Es gibt keine banalen Beulen mehr und Schürfwunden auch nicht. Wenn ich morgens aus dem Bett steige, bin ich für den Rest des Tages ein Todeskandidat. Wenn ich im Bett liegen bleibe, bin ich unheilbar krank. Wie soll man dabei entspannt bleiben? Kann mir das jemand verraten?«

»Kurze Meldung von mir: Ich habe hier meinen Lappen. Ist nicht mehr jung und nicht mehr schön. Sieht im Grunde aus wie ich. Will den jemand haben, ich brauche ihn nicht mehr?«

»Ich finde die Tage hier 1A. Alle sehen aus, als kommen sie aus demselben Nest wie ich. Ich musste mich seit mehreren Tagen nicht mehr entschuldigen – für nichts. Das ist Rekord in den letzten zehn Jahren. Ich werde diese Tage nie vergessen. Na ja, nie – ihr wisst schon: nie bis zum Beweis des Gegenteils.

Aber das hier ist nicht die Welt, dies ist ein Freizeitpark. Das Paradies als Probierpackung. Wenn wir Richtung Heimat fahren, ist es, als würden wir an die Front zurückkehren. Ab dann weht wieder ein anderer Wind, davor fürchte ich mich schon. Denn diese zwei Welten wirken sich unmittelbar auf meinen Körper aus oder wie ihr dieses zunehmend klappriger werdende Gestell nennen wollt. Es ist mein Umfeld, das entscheidet, wie gut ich parken kann. Im Paradies gibt es keinen Druck. An der Front schießen sie mit echten Patronen: Jede Patrone ist aus Liebe und Fürsorge gebrannt. Damit schießen sie uns mürbe. Und nervös. Ich werde schon nervös, wenn ich nur daran denke. Man sieht ihren Gesichtern an, woran sie gerade denken. Wenn sie mich sehen, denken sie immer daran, was ich alles nicht kann. Nie an das, worin ich gut bin.

Und die schlimmste Nachricht: Wenn ich im Paradies ordentlich parke, heißt das für die Front überhaupt nichts. An der Front geht der ganze Schlamassel wieder von vorne los. Da parke ich wie die Wildsau. Und warum? Weil ich es richtig machen will und weil aufmerksame Augen Löcher in meine Haut brennen – die Augen von denen, die mich lieben und sich um mich sorgen. Ich glaube, ich habe eigentlich keine Chance, sie machen mich fertig mit ihrer Liebe. Erst machen sie mich klein, dann machen sie mich fertig.«

Im Anschluss fasste der Cheftrainer seine Eindrücke und diejenigen seiner Mitarbeitenden zusammen. Zeitweise wurde es nun psychologisch und biologisch. Nur das Laufrad fehlte noch, in dem die Laborratten ihre Rennen laufen. Es ging um Angst, um unbewusste Spannungen: der Psyche, der Muskeln, der Sehschärfe. »Und ihr denkt zu viel.«

Das Publikum murrte, eine Stimme rief: »Das hätte ich gerne schriftlich. Notariell beglaubigt. Sonst brauche ich das gar nicht erst vorzuzeigen. Ich sage nur: Juristenfamilie. Die drehen dir das Wort im Mund um. Wenn du Pech hast, schicken sie dir eine Rechnung und tun hinterher so, als würde es sich um eine Panne im Kanzlei-Ablauf handeln. Das tun sie sehr ausführlich und so lange, dass ich mich wochenlang davor fürchte, wann die nächste Rechnung im Briefkasten liegt. Wahrscheinlich ist das längst passiert, und sie haben die Rechnung abgefangen, bevor ich zum Briefkasten gehe. Seitdem wechsle ich regelmäßig meine Briefkastenzeiten. Sie sollen sich nicht mehr sicher sein. Ich war bisher viel zu leicht auszurechnen. Wie beim Parken.«

Der Cheftrainer hatte sich die Zeit damit vertrieben, seine Muskeln in den Oberschenkeln, im Nacken und Rücken in diesem speziellen Rhythmus anzuspannen und wieder zu lockern, den er sich so lange angewöhnt hatte, bis die Zwangshandlung perfekt ausgebildet war. Jetzt rief er zwei Senioren nach vorne und überreichte ihnen ein Zeugnis, das ihnen schriftlich gab, vorbildliche und unübertreffliche Vertreter im Autofahrersektor zu sein – in den Disziplinen Einparken und Ausparken. Was sich anhörte wie eine poplige Urkunde auf dem Niveau von Bundesjugendspielen, erwies sich als Aquarell aus der Hand der Inhaberin der örtlichen Kunstbedarfshandlung, die zwei Drittel ihres Umsatzes mit Bilderrahmen und dem Verkauf klassischer Gemälde machte, die sie so lange verkleckst hatte – sie nannte es »verfremden« –, bis ihre Angst vor Anzeigen wegen Urheberrechtsverletzung in ruhigeres Fahrwasser eingemündet war. Als »Lady Klecks« genoss sie in Poppenbüttel einerseits einen respektvollen Ruf. Den nicht unübersehbaren Rest an Kopfschütteln und hingemurmelten Äußerungen wie »Was stimmt mit der Frau denn nicht?« hatte sie sich angewöhnt zu überhören. Es tat ihr gut, sich als Mitglied der unübersehbaren Menge verkannter und diskriminierter Künstler der letzten 500 Jahre zu fühlen. Obgleich von denen wohl niemand Bilderrahmen produziert hatte, sondern das, was in den Rahmen stattfindet.

Die Urkunden jedenfalls hatte sie ordentlich hingekriegt. Kaum ein Klecks, kein naseweiser Kalenderspruch, Orthografie ohne Schwächen. Und eine gerade noch akzeptable Zahl an Schnörkeln.

Die beiden Ausgezeichneten freuten sich aufrichtig, er sagte: »Das hänge ich neben die Urkunde ›Treuer Ehemann des Jahres 1979‹.« Und die Frau sagte: »Ich habe noch nie eine Urkunde bekommen. Gibt es auch eine, wenn ich in den Weltraum fliege?«

»Was wollen Sie im Weltraum?«, fragte der Cheftrainer.

»Da gibt es keine Parkplätze.«

Der Ruf des Cheftrainers als Vertrauensperson und Ansprechpartner war wiederhergestellt, als ihn der Senior mit der Urkunde fragte: »Muss ich jetzt nach Hause fahren?«

»Ja, natürlich. Ist das nicht schön? Ihre Leute werden Sie hochleben lassen.«

»Ich muss also wirklich nach Hause?«

Der Cheftrainer bewies, wie schnell er einen Wechsel der Verkehrssituation registrierte. »Sie kommen mir vor, als würden Sie sich nicht freuen.«

»Die Urkunde ist nett, das ist es nicht.«

»Aber ...?«

»Aber dass ich jetzt wieder nach Hause muss ... Dass ich nicht mehr hierbleiben darf. Bei euch, bei euch allen.«

Es war nicht schwer, zwei freie Stühle aufzutreiben. Der eine war schon frei, vom anderen musste man nur noch jemanden verjagen.

Dann sagte der Trainer in seiner einfühlsamsten Tonlage: »Ich höre.«

Es begann holprig, zwischendurch sah es so aus, als würde der Senior gleich fliehen. Aber dann: »Es ist so schön hier. Alle befinden sich in der gleichen Lage. Und ... und ...«

»Ja?«

»Und es sind keine Kinder da.«

»Sie meinen: Ihre Kinder.«

»Ja, natürlich, gibt es denn noch andere Kinder? Einige kommen auch hier manchmal vorbei, aber sie verschwinden wieder. Das kommt zu Hause nie vor. Da kommen sie immer nur an. Wenn sie abends von der Arbeit zurückkommen, habe ich immer das Gefühl, sie sind gar nicht weggewesen. Weil die Zeit so kurz war. Die Zeit, in der ich frei war. Die Zeit, in der mich keiner gefragt hat, ob es mir gut geht, ob ich die Tabletten genommen habe, ob ich ein Stündchen geschlafen habe. Und immer sagen sie ›Stündchen‹. Sie sind besessen von diesem ›Stündchen‹. Ich frage Sie: Warum sagen sie nicht Stunde? Was ist falsch an dem Wort Stunde? Es sind doch immer 60 Minuten. Oder verstehe ich seit 50 Jahren etwas falsch?«

»Nein, nein. 60 Minuten. Das ist korrekt.«

»Warum sprechen meine eigenen Kinder dann mit mir, als wäre ich dement? Wie werden sie mit mir sprechen, wenn es mir wirklich nicht mehr gut geht? Kriege ich dann den Gnadenschuss? Gibt es im Haus eine verschlossene Schublade, in der das Bolzenschussgerät bereitliegt?«

»Jetzt übertreiben Sie. Ihre Kinder machen sich einfach Sorgen.«

»Ich finde es völlig in Ordnung, wenn man sich um jemanden Sorgen macht. Aber geht das nicht auch, ohne das Sorgenkind wie einen Idioten dastehen zu lassen?«

»Ich habe das Gefühl, Sie wollen mir die ganze Zeit etwas sagen.«

Es waren zwei Punkte, die ihm in der Seele brannten. Er wollte nicht nach Hause, er wollte hierbleiben, bis der letzte und mieseste Parker den Bogen raushatte. So lange wollte er seine Rückkehr auf den harten familiären Eisberg hinauszögern. »Und dann … und dann … Können Sie eigentlich noch was anderes?«

»Wie darf ich das verstehen?«, fragte der Trainer verdutzt.

»Ich meine, Sie sind gut mit Autos und mit alten Leuten. Sie schreien nicht rum und fassen uns nicht an, als wären wir aus Papier. Sie muten uns was zu. Aber Sie trauen uns auch was zu.«

»Aber das kennen Sie doch bestimmt von zu Hause?«

Der Blick! Dieser Blick! Dem Trainer wurde klar, dass er gerade in einen Teich eintauchte, von dessen Tiefe er bis eben nichts gewusst hatte.

Dann sagte der Mann mit der Urkunde: »Können Sie nicht so ein Trainingscamp mit den Kindern machen? Mit meinen Kindern und denen der anderen? Streng genommen sind sie ja schon erwachsen. Ich sage nur Kinder, weil ...«

»Ich weiß, warum Sie Kinder sagen.«

»Das ist gut. Für die ein Trainingscamp.«

»Es geht nicht ums Parken, richtig?«

»Korrekt. Es geht darum, menschlich zu sein. Trauen Sie sich das zu? Finden Sie dafür auch die richtigen Worte? Sie dürfen sie gerne hart rannehmen. Anschreien und schubsen. Meinen Segen haben Sie, ich gebe Ihnen das schriftlich, wenn Sie wollen. Und lassen Sie sich nicht auf Diskussionen ein. Darauf warten sie nur. Dann reden sie Ihnen den Mund fusselig. Die holen den Mond vom Himmel, wenn es ihnen weiterhilft.«

»Ich weiß nicht, ich weiß nicht.«

»Sie sollen es nicht umsonst machen. Natürlich bezahlen wir Sie. Nennen Sie Ihren Preis, wir werden uns einig. Sind ja keine armen Leute. Es darf richtig teuer werden. Es muss sogar teuer werden. Wenn es nicht teuer ist, ist es auch nichts wert – so denken sie. Aber keine Diskussionen! Das halten Sie nicht aus. Die reden stundenlang auf Sie ein, wenn es sein muss.«

»Haben Sie das wirklich schon erlebt? Stundenlang?«

»Junge, ich bin seit Jahrzehnten der Gefangene meiner Kinder. Nicht nur die Geisel. Geiseln kann man freikaufen. Ich habe lebenslänglich ohne Möglichkeit der vorzeitigen Entlassung. Ich werde da nie mehr rauskommen. Deshalb kann ich auch nicht mehr warten. Jetzt oder nie. Dann lieber jetzt. Nennen Sie einen Preis. Und nicht an so einem schönen Ort wie Poppenbüttel. Das haben sie gar nicht verdient. Irgendwo, wo es grässlich ist. Wie sieht es denn im Osten aus?«

»Sie haben aufgeholt in den letzten Jahren.«

»Ach ja? Das ist schade. Und in den katholischen Vierteln? Beziehungsweise Gegenden?«

»Sehr aufgeräumt alles. Viele Kreuze, aber nicht die an den Bahngleisen.«

»Erstaunlich eigentlich. Sollte man gar nicht denken. Da stehen doch bestimmt massenhaft Kreuze im Schuppen, die keiner mehr braucht. Die könnten sie doch an die Bahnübergänge ...«

»Ihre Kinder werden den Braten riechen.«

»Das ist möglich. Aber das macht nichts. Das ist sogar gut. Dann werden sie nämlich erst recht zusagen. Dann rücken alle an. Die machen jeden Saal voll. Und wie gesagt: Je höher der Preis, desto lieber werden sie ihn zahlen. Weil sie sich darauf freuen, recht zu behalten. Dafür gehen sie lange Wege.«

»Aber ich habe das nicht studiert.«

»Das macht nichts. Unsere Kinder haben ja auch nicht studiert, wie man seine Eltern gut behandelt. Sie werden Ihnen das abkaufen. In jeder Familie, die ich kenne, sind sie mehr als einmal auf Schlawiner und Schwindler reingefallen. Anlageschwindler. Coaches für Lebensglück und endlose Orgasmen.«

»Das ist nicht Ihr Ernst.«

»Meiner nicht. Aber ihrer. Also der von denen. Sie machen sich keine Vorstellungen, wie leichtgläubig die Kinder sind. Deshalb passen sie ja wie die Schießhunde auf uns auf. Sie befürchten wohl, dass sie ihre Leichtgläubigkeit von uns geerbt haben. Das zahlen sie uns jetzt heim. Deshalb entmündigen sie uns. Im Grunde hassen sie uns.«

»Das glaube ich nicht.«

»Verstehe ich. Ich habe auch lange gebraucht. Aber jetzt weiß ich Bescheid. Ich meine: Jeder hat mal einen schlechten Tag. Da redest du einen unfassbaren Stuss zusammen und am nächsten Tag glaubst du das selbst nicht mehr. Aber eine Entschuldigung? Nicht von den Kindern, nicht von solchen Kindern. Das wäre ja Schwäche. Sie haben Angst, dass wir dann den Respekt vor ihnen verlieren. Dabei würden wir sie mehr respektieren. Ein wenig mehr. Denn im Grunde fährt von diesem Bahnsteig schon lange kein Zug mehr ab.«

»Und was stellen Sie sich genau vor?«

»Sie meinen den Fahrplan? Die Seminare?«

Fassungslos sah der Trainer zu, wie der alte Herr in seine Jackentasche griff und gefaltete A4-Blätter in der Hand hielt. Nicht zwei oder drei Blätter, sondern einen Packen, der richtig was hermachte.

»Hier habe ich einige Notizen. In aller Eile aufs Papier geworfen, nur Stichworte.«

»Wofür?«

»Für die Seminare. Natürlich ist Teilnahme Pflicht. Sie müssen dafür sorgen, dass alle antreten. Wenn Sie erlauben, dass sich einer drückt, laufen sie Ihnen in alle Himmelsrichtungen auseinander. Wie die Kakerlaken, wenn sie nachts auf dem Rückweg vom Pullern an den Kühlschrank wollen und in der Küche Licht anmachen. Dann sehen sie die Biester in alle Richtungen davonwetzen, in jede Ritze kriechen sie. Sie passen in Ritzen, das glauben Sie nicht.«

Der Trainer blätterte die Seiten durch. Von wegen Stichworte! Er fand mehrere Absätze, die aussahen, als habe jemand sorgfältig nachgedacht.

Vorsichtig sagte er: »Was schwebt Ihnen denn vor? Als Ziel, meine ich? Als Endzustand?«

»Zuerst habe ich gedacht: Furcht und Schrecken, aber richtig und ohne Gnade. Dann haben wir das in der Runde diskutiert. Einige meinten, wir dürften nicht vergessen, dass weiterhin ein Zusammenleben unter einem Dach gewährleistet ist. Was ich in aller Zurückhaltung für feige und verlogen halte. Auf Seite elf und zwölf finden Sie dazu Näheres.«

Es stellte sich heraus, dass eine räumliche Trennung nach Besuch eines Beziehungstrainings keineswegs für eine Niederlage oder auch nur ein Risiko gehalten wurde.

»Sie sprachen gerade von einer Runde«, sagte der Trainer. Er wusste nicht, wie lange es ihm noch gelingen würde, die Tatsache unkommentiert zu lassen, dass sie mittlerweile von einem Dutzend alter Herrschaften umgeben waren, die hingebungsvoll zuhörten. Mit Ausnahme einer Dame, die offensichtlich schlief, aber nicht hinfällig oder krank wirkte. Auch von weiter im Hintergrund hatte man die Gesprächsrunde erkennbar im Blick. Man hielt Abstand, aber der Trainer kam nicht mehr um die Erkenntnis herum, dass er in dieser großen Gruppe derjenige war, der als Einziger auf den Stand gebracht werden musste. Alle anderen wussten mehr als er.

Mit jeder weiteren Frage kam sich der Trainer immer dümmer vor. Begriffsstutzig. Ihm wurde bewusst, dass er mit jeder Frage seinen bis vor 20 Minuten unangefochtenen Ruf als Experte verkleinerte. Eben noch der Star beim Parken, im nächsten Moment der limitierte Lehrling, der nicht bis drei zählen kann.

»Es ist alles geplant«, murmelte er, überrascht bis schockiert von seinen Gedanken. »Das ist von langer Hand vorbereitet. Unser Park-Festival ist nur ein Stein von mehreren. Euch schwebt etwas anderes vor. Etwas Größeres. Etwas Umfassendes.«

»Na endlich«, sagte der Mann erleichtert, der neben der schlafenden Frau saß. »Spät, aber immerhin.«

»Warum denn bloß«, fragte der Trainer unwohl. »Warum reicht euch das Parken denn nicht? Das ist doch eine wichtige Sache. Wenn ihr in Zukunft nicht mehr herumaast, sondern elegant in die Lücke flutscht oder aus der Lücke heraus, habt ihr damit eure Stellung in der Familie doch deutlich verbessert. Vor allem natürlich diejenigen unter euch, die Waitzstraßen-Erfahrung besitzen. Parken und Waitzstraße, das verhält sich ja zueinander wie Barsch und Hai beim Angeln. Das sind zwei Welten.«

Der Mann mit der Urkunde blickte die Frau mit der Urkunde an. Sie hielt seinem Blick problemlos stand und dachte nicht daran, ihm zur Seite zu springen.

»Es ist diese Sache mit der Lebenserwartung«, fuhr er dann fort. »Lebenserwartung kennen Sie bestimmt. Jünger und älter und immer älter, und am Ende läufst du auf das helle Licht zu, und nur mit viel Glück ist es das Rücklicht deines Vordermanns, auf den du etwas dichter aufgefahren bist, als du gedacht hast. Eines Morgens wachst du auf, und vor deinem geistigen Auge steht diese große Plakatwand mit den Worten: ›Du hast nicht mehr lange. Was also willst du tun?‹

In diesem Moment wird dir bewusst, dass das Leben keine Veranstaltung ist, die ewig dauert. Du hast eine gewisse Zeit spendiert gekriegt – vom Schicksal, vom Zeitgeist, Gott oder was sonst dein Lieblingsverein ist. Die Zeit tickt, jede Sekunde vergeht und dauert haargenau eine Sekunde. Woher stammen diese Sekunden? Von deinem Sekunden-Vorrat. Alles, was passiert, geht auf deine Kappe und wird von deinem Konto abgebucht. Entweder du machst was draus oder du verdaddelst deine Sekunden, und am Ende fehlen sie dir dann und niemand spendiert dir einen Satz neue.

Wir haben in der Runde darüber gesprochen und haben herausgefunden, dass es uns lieber wäre, wenn wir sagen können: War nicht schlecht insgesamt. Gab bessere und schlechtere Sekunden. Aber insgesamt kann man zufrieden sein. Manche Leute haben schlechtere Bilanzen gezogen. In meinem Fall und im Fall der Kadetten, die Sie hier sehen, heißt das: Einparken und Ausparken schön und gut. Wer es kann, der hat es besser. Wer es nicht kann, der kriegt Stress. Deshalb tun wir was dagegen, und das ist eine gute Sache. Wie die Impfung eine gute Sache ist. Aber das eine wie das andere ist eben immer nur ein Stück von der großen Torte. Es liegt an uns, ob wir die Gelegenheit nutzen, auch gleich noch die anderen Fragen zu beantworten, die uns nicht erst seit gestern auf den Sack gehen. Oder auf die Nerven. Sagen wir Nerven. Klingt besser als Sack. Sitzen ja Frauen in der Runde. Obwohl: Wenn die jetzt noch nicht wissen, wie sich das mit dem Sack verhält, haben sie mehr als einmal in der Schule des Lebens nicht aufgepasst. Oder es war zu dunkel. Manchmal liegt es nur an der Beleuchtung.«

Einen Moment blickten alle die schlafende Dame an, die möglicherweise gerade von Säcken träumte.

Der Redner blickte den Trainer an, der wusste, wann er ein Blickduell todsicher verlieren würde. Deshalb sagte er: »Ihr wollt die Gelegenheit nutzen und die großen Baustellen abarbeiten.«

»Das hast du schön gesagt. Nicht besonders poetisch, aber klar und deutlich.«

»Die Kinder müssten mitspielen, sonst wird das nichts.«

»Ja und nein. Das Allerwichtigste ist, dass wir es versuchen. Denn das haben wir in der Hand, den Erfolg können wir nicht mit Sicherheit vorhersagen. Aber wenn wir

unsere Schutztruppe in so ein Seminar gelotst kriegen ...
ich schlage vor, wir nennen es Festival. Festival passt besser
in die Zeit. Ist haargenau das Gleiche, aber kommt besser
rüber. Eine Festivalwoche zum Thema Kinder und Eltern.
Oder auch: ›Unsere Eltern sind alt. Es wird Zeit, sie endlich zu begreifen.‹ Oder noch eindringlicher? Ich kann
noch eindringlicher. Soll ich? Okay, ist vielleicht auch besser so, wenn wir zart anfangen. Die Kinder sind ja keinen
Widerspruch gewöhnt und könnten kiebig reagieren. In
dem Exposé, das unser Trainer hier festhält wie einen Ret-
tungsring, stehen Vorschläge, wie wir dafür sorgen, dass
alle Kadetten antanzen. Denn das muss gewährleistet sein.
Ist im Grunde ganz einfach. Wir enterben die Bagage nach
Strich und Faden und machen das juristisch so wasserdicht,
wie noch nie etwas in der Historie der Rechtsverdreher
wasserdicht war. Ich weiß, wovon ich rede, und die meisten wissen, warum ich das weiß.«

Eine Stimme flüsterte ins Trainerohr: »Er ist der Gott-
seibeiuns der Anwälte. Er kriegt Gott und Teufel an einen
Tisch.«

Es war ein feuchter Weg der Informationsübertragung,
erfüllte aber seinen Zweck. An ein bisschen Spucke stirbt
man nicht, auch wenn es nicht die eigene ist. Sie informierten den Trainer, dass die Vorbereitungen zur Ent-
erbungsaktion auf verschlungenen Pfaden laufen würde –
allerdings nicht in Hamburg. Begründung: In Hamburg
hört man die Flöhe husten. Zu viel verschwippt und verschwägert und sich gegenseitig verpflichtet. Die Republik
ist übersät mit Anwälten und Kanzleien, die Republik ist
von neun Staaten eingefriedet, mit den meisten sind wir
befreundet, und viele Adressen träumen davon, künftig
einen Namen zu besitzen. Mit der Durchführung dieser

Aktion – tückisch und überfallsartig im Ansatz, segensreich und friedensstiftend in der Zielvorstellung – springt
man als Mitglied der Juristenliga in der Hitliste von zur-
zeit 80 bis 90 in die Top Ten, ohne sich dabei den Ruf zu
versauen. Denn die Grundlage der Aktion ist edel, hilf-
reich und gut. Sogar nachahmenswert. Und die Handvoll
Betroffener, die durch die Aktion über die Klinge springen
werden, ist hinnehmbar und kann durch spätere Teilnahme
an Talkshows, TV-Dokus, Jahresrückblicken und vielleicht
sogar einem Kinofilm Honig auf die Wunden schmieren.

Der Trainer – gleichermaßen überrascht, überfordert und
herausgefordert – suchte bereits nach seiner Rolle in dem
bevorstehenden Spiel. Fachlich und sachlich fehlte es ihm
an jeglicher Voraussetzung. Aber sein Pfund glich diese
mehrfachen Mankos spielend aus, denn die Senioren zogen
ihn ins Vertrauen. In diesem Moment besaß er das Mono-
pol des Wissens. Und charakterlich war er von der Art, die
bereit ist, alle vorhandenen Pläne für den eigenen Lebenslauf zeitnah zu kippen und unerwartete Chancen zu nutzen. »Wo sehen Sie sich in fünf Jahren?« – die Frage, mit
der man im Vorstellungsgespräch nur die größten Dussel
zu Nachdenklichkeit animiert, könnte in diesem speziellen Fall umgetextet werden: »Wo sehen Sie sich in drei
Monaten und wie steuerehrlich wollen Sie in Ihrem neuen
Leben schlimmstenfalls sein?«

Der Trainer war bereit.

21

Die große Mehrheit der Teilnehmer am *Ein- und Auspark-Festival* bestand aus Gästen der westlichen Elbvororte und Einheimischen aus Poppenbüttel. Der Rest kam aus allen Himmelsrichtungen. Ohne dass man mit Vertretern aus diesen Orten in irgendeiner Weise über Kreuz geraten war, wurde man mit ihnen weniger schnell warm als mit den Westlern. Bestimmt lag es daran, dass sich noch keine Gelegenheit gefunden hatte, mit den Ortsfremden in Kontakt zu kommen geschweige denn in ein Gespräch oder eine gesprächsähnliche Kommunikation. Grunzen und Kopfnicken, beides aufeinander abgestimmt, war so eine Kommunikation, mit deren Hilfe sich alte Menschen begrüßen oder verabschieden oder zeigen, dass sie die körperliche Anwesenheit eines Gegenübers wahrgenommen haben und bereit sind, dies nicht zu bestreiten. Denn natürlich blieb immer noch diese ultimative Option: den anderen nicht wahrnehmen, durch ihn hindurchsehen oder ihn zwar anblicken, aber mit dem Blick, der klarmacht: Du bist gar nicht da.

Roderich vertrat die Meinung, dass die Westler und die Poppenbüttler durch gemeinsame Erlebnisse verbunden waren, die sich in Einzelfällen bis ins Elementare intensiviert hatten. Es gab wohl niemanden, der nicht gern an die historischen Tage der Autorennen in der Kieskuhle zurückdachte. Nichts schweißt stärker zusammen als der

Wille, den anderen zu schlagen. Nicht zu verletzen, natürlich nicht zu töten – aber glasklar zu besiegen, ihm seine Grenzen aufzuzeigen und ihm klarzumachen, dass sein Platz in der Existenz nicht im Parkett ist, sondern auf der Galerie, ganz oben unterm Dach, wo die Luft schlecht ist und die Chance groß, einen Pfeiler vor der Nase zu haben, sodass es wie in der Oper nur zu einem sogenannten »Hörplatz« reicht.

Gegen diese Nähe stanken die Festivalteilnehmer aus neutralen Weltgegenden natürlich ab. Als unbeschriebene Blätter stolperten sie über die Bühne, ihnen fehlte ein entscheidendes Element: Sie waren nicht Träger des Rivalen-Gens. Deshalb fiel das grüßende Kopfnicken im dreistöckigen Mega-Einkaufszentrum am Fuß des Stadtteils auch so reduziert aus, dass man es glatt übersehen konnte, wenn man nicht genau hinsah.

Der Anblick eines genetisch und damit charakterlich und damit sportlich verwandten Menschen ist ein ganz anderer Schnack. Da war schon mal eine Wortbildung drin, da vergab man sich nichts, wenn man eine rhetorische Floskel hören ließ oder sich nach dem werten Befinden erkundigte. Zwar fiel die Antwort fast nie stimmungshebend aus, wie es bei Äußerungen wie »Ist viel schöner bei euch als bei uns« der Fall wäre. Aber jeder Rivale hat Grenzen, bei den meisten liegen diese Grenzen dicht nebeneinander, sodass sie an einen Zwergstaat erinnern – den Vatikan oder Liechtenstein oder eine Südseeinsel, bei der man nicht weiß, ob es sich lohnt, ihren Namen zu behalten, weil sie in absehbarer Zeit überschwemmt sein wird. Die Insel, die es als Erste erwischt, würde man natürlich im Gedächtnis behalten, weil man ja auch weiß, wer als Erster die 100 Meter unter zehn Sekunden lief und wer als

Erster mit dem Stab sechs Meter übersprungen hat. Aber schon die zweite Insel hat weniger Chancen. Und was danach kommt, wird wie nie gewesen sein. Zumal heute Wettläufe stattfinden, bei denen die ersten vier unter zehn elektronischen Sekunden bleiben. Früher war es enger, früher waren auch die Wohnungen kleiner.

»Genießt die Gelegenheit«, sagte Roderich ins Gesicht der beiden Westler. »Wer weiß, wann ihr mal wieder die Gelegenheit bekommt.«

»Wir haben auch ein Einkaufszentrum.«

»Ach ja? Wie nett.«

»Auch groß.«

»Nein! Ist es denn die Möglichkeit? Dann ist es doppelt gut, dass ihr bei uns erlebt, was möglich ist beim Einkaufszentrum. Dann könnt ihr in Zukunft euer Zentrum besser einschätzen.«

»Wir sind groß.«

»Wir sind sehr groß.«

»Wir auch.«

»Man kann sehr groß sein und trotzdem nur Zweiter. Das macht demütig, aber es tut nur zuerst weh. Grundnahrungsmittel gibt's bei euch ja garantiert. Ihr seht alle wohlgenährt aus.«

»Wir sind nicht überfressen.«

»Ich verstehe das. Das ist nur menschlich. Wenn der Mensch etwas auf dem Teller vorfindet, das ihm schmeckt, dann haut er rein wie ein Scheunendrescher. Man weiß ja nie, wann man wieder in die Verlegenheit kommt.«

Noch zwei weitere Sätze und Roderich – der weder aus dem Westen noch aus Poppenbüttel kam – wären die Knöpfe von der Hose gesprungen. Er hatte sich kundig gemacht, er konnte die Zahl der Geschäfte, den Mix des

Angebots und die Gesamtverkaufsfläche der Poppenbüttler Einkaufswelt auswendig hersagen. Ebenso die Zahl der Parkplätze.

Er blickte dem Paar hinterher. Sie bewegten sich, als wären sie hier zu Hause. Gingen in der Mitte des Gangs, anstatt sich in den ersten Monaten am Rand aufzuhalten und sich dann langsam ins Sichtbare vorzuarbeiten. Im Netz hatte er Bilder des westlichen Einkaufszentrums gefunden und nichts entdeckt, was ihm den Schlaf rauben konnte. Stattdessen hatte er einen gewissen Groll verspürt, weil es ihm schwerfiel, darüber hinwegzusehen, wie ähnlich sich diese modernen Einkaufstempel sehen. Jedenfalls diejenigen, die neu erbaut worden waren. In den seltenen Fällen, in denen historische Gemäuer ausgehöhlt worden waren, um dort Geschäfte unterzubringen, machten zumindest die Kulissen etwas her. Das *Levantehaus* in der Innenstadt war perfekt, um es Besuchern zu zeigen, die beeindruckt werden mussten, damit sie ihr vorlautes Mundwerk im Zaum hielten. Es gab ja immer noch Zeitgenossen, die aus Lüneburg, Uelzen oder Bevensen anreisten und hier so auftraten, als hätten sie etwas zu melden.

Er musste seinen kleinen Einkauf nicht missgestimmt beenden, denn auf den letzten Metern liefen ihm die beiden Mädel über den Weg. Ihre Sommermäntel riefen: Wir sind ladenneu! Zusammen brachten sie mehr als 150 Lebensjahre auf die Waage, aber manche Frauen verlieren das Kleinmädchengehabe bis zuletzt nicht.

Um ihnen eine Freude zu machen, sagte Roderich: »Gibt's denn was zu feiern?« Zwei Stimmen ergossen sich über ihn.

»Niki sagt, wir haben es drauf. Niki sagt, ein Tag noch, und er versteckt seine Mutter nicht mehr im Keller, wenn wir draußen einparken. Niki ist ein ganz Lieber.«

Beim Nicken verlor Roderich manchmal den Anschluss. Es sah dann aus, als würde alter Stummfilm mit der unnatürlich hohen Geschwindigkeit auf moderne Zeitlupe treffen. Natürlich hätte er fragen können, wer oder was Niki war. Aber das hatte er nie gekonnt. Fragen zu stellen, war dem jungen Roderich wie eine Niederlage erschienen.

»Niki sagt, beinahe hätten wir auch die Urkunde bekommen. Aber er sagt, es ist besser, wenn wir noch einen Tag dranhängen. Danach sind wir dann geimpft bis zum Jüngsten Tag.«

»Sagt Niki.«

»Ja, ist das nicht herzig?«

»Mit dem Mantel habt ihr euch belohnt.«

»Man muss die Feste feiern, wie sie fallen. In unserem Alter darf man keine Gelegenheit auslassen. Man weiß nie, ob man noch eine kriegt.«

Roderich mochte es nicht, wenn manche Menschen ihr gesamtes Erleben in den Strafraum der Todeszone verlegen. Er wusste genau, wie er sterben würde: erstaunt. Er war sicher, dass er dabei ein dummes Gesicht machen würde. Aber er brauchte noch ein paar Jährchen, um zu begreifen, dass das dann seine geringste Sorge sein würde.

»Was hast du gesagt?«, fragte er, denn sie blickten ihn so erwartungsvoll an. Durch Schaden klug geworden, wusste er jetzt, dass es meistens darum ging, dass er die letzte Frage seines Gegenübers nicht mitbekommen hatte. Manche Gesprächspartner vertrugen das nicht gut.

»Dass es schade ist«, sagte das linke Mädel.

»Was ich auch finde«, sagte die andere.

Roderich dachte: Einundzwanzig, zweiund…

»Ist ja letzten Endes nur das Zelt. Das finden Sie doch auch, nicht wahr? Das finden Sie …«

Er hätte zum Äußersten greifen und ihnen einen Kaffee spendieren können. Aber sie waren schon aufgedreht genug. Einundzwanzig, zweiund…

»Es ist doch so«, sagte die linke, nein, die rechte. »Die Urkunde haben die beiden Besten heute zu Recht bekommen. Weil sie wirklich gut sind. Bei dem Mann von den beiden parkt das Auto von allein ein. Er sitzt zwar drin, aber er muss nichts tun. Nur da sein. Und es ist keins von diesen modernen Autos, die fliegen können und Raketen abschießen und allein fahren, sodass man nichts mehr zu tun braucht, um anzukommen, Ich verstehe nicht, wie das funktioniert, aber es kommt jetzt auch schon im Fernsehen. Dann muss es stimmen. Im Fernsehen stimmt alles.«

»Bis auf den Wetterbericht.«

»Das ist ja auch das Allerschwerste. Das Wetter von morgen. Das ist so lange hin bis morgen. Du weißt doch gar nicht, ob es da überhaupt noch …«

Behutsam führte Roderich die beiden auf die Startposition zurück.

»Das Zelt«, sagte die linke oder rechte, jedenfalls eine von beiden. »Das Hallenzelt, wo wir üben. Da können die beiden von heute toll parken. Aber du kannst es drehen und wenden, wie du willst. Egal wie großartig das Einparken ist. Und das Ausparken auch: Es findet immer im Zelt statt. In der Halle.«

»Im Hallenzelt.«

»Genau, da. Du weißt also nicht, wie du einparkst und ausparkst, wenn die Halle abgebaut ist.«

»Das Zelt.«

»Genau, das. Du kannst Weltmeisterin in der Halle sein oder bei den Paralympics, wo sie es schaffen, ohne Kopf einzuparken, aber du hast kein einziges Mal draußen geparkt. Im feindlichen Leben. Und seien wir ehrlich: Darum geht es ja. Nicht indoor, sondern outdoor.«

Alle Anwesenden starrten sie an. Niemand war auf diesen globalen Ausbruch in der Wortfindung vorbereitet gewesen.

Aber die Ohrenzeugen konnten nachvollziehen, was die zierliche Person in ihrem hellgrünen Mantel sagen wollte. Sie hatte eine Tür aufgemacht, die bisher verschlossen geblieben war. Alles, was jetzt noch fehlte, waren Menschen, die bereit waren, durch diese Tür zu gehen. Oder zu fahren. Im schlimmsten Fall: zu parken.

22

Nachmittags hatte er im Ortszentrum die Runde gemacht. Die Menge an Stopps, um sich mit Bekannten darauf zu einigen, dass es nichts Neues mitzuteilen gäbe, hielt sich in Grenzen. Es war so viel Betrieb rund um das große Zelt, dass man nicht auf jedes Gesicht achten konnte. So kam einer wie Heinrich Treitschke, der jeden Einheimischen kannte und der von jedem erkannt wurde, an Tagen wie diesem paradoxerweise schneller durch. Theoretisch hätte ihn das fröhlich gestimmt, denn er konnte gut damit leben, den notorischen Plaudertaschen einige Tage zu entgehen. Aber heute war ein besonderer Tag. Nicht, weil Donnerstag war. Donnerstag war einer der Wochentage, auf den er verzichten konnte. Gleich nach Sonntag, aber der Sonntag ist sowieso nicht zu toppen. Nicht für einen wie Treitschke, der davon lebte, eine bestimmte Menge Außenreize zu erhalten, damit sein Kreislauf wach wurde. Sonntage an sich fand er schon schlimm. Sonntage in Poppenbüttel waren das Ende der Fahnenstange. Vor einem bevorstehenden Sonntag fürchtete er sich jedes Mal. Erstens würde es ein Sonntag sein, zweitens wäre es der erste Tag nach dem Ende des Festivals. Das Ortszentrum würde wieder leer sein. Kein Puls weit und breit. Nicht nur das Sonntags-Leer, nicht nur das Poppenbüttel-Leer, sondern das erste Leer nach einer Woche voller Menschen, Umsatz, Aufregungen und fröhlicher Gesichter. Es war die Menge an

Gesichtern, von denen man vorher mehr als die Hälfte nie gesehen hatte. Besser kann man einen lebendigen Ort doch nicht beschreiben: Viele Gesichter, und du kannst nicht zu 95 von 100 Gesichtern aus dem Stand die Lebensgeschichte, ihre familiäre Situation und ihre Handvoll heikler privater und geschäftlicher Geheimnisse nacherzählen.

Ab Sonntag würde er zurück in Poppenbüttel sein, der uralte Dauergast, Familienname Totentanz.

»Achtung, Kameraden«, sagte Schönbohm aus dem Seniorenzentrum. »Unser Chefstratege trägt das ›Kann das schon alles gewesen sein‹-Gesicht zur Schau.« Alles drehte und wendete sich. Hätte Treitschke mit dem links außen sitzenden Ferdi Brand angefangen, wozu allein schon Ferdis Gesicht herzlich einlud, hätte er acht Figuren eine knallen können, bevor er rechts außen bei Ulrike ankommen würde. Aber niemand schlägt die Wirtin. Und wer es doch tut, hat mit einem Schlag alle Rechte verwirkt, die in unserer Rechtsordnung als unverlierbar gelten. Die Wirtin zu schlagen heißt: »Du hast zwei Stunden. Wenn du bis dahin nicht gepackt und 50 Kilometer zwischen Hier und Dann gelegt hast, hast du dir alles Folgende selbst zuzuschreiben. Falls du dann noch schreiben kannst, was wenig wahrscheinlich ist, weil zum Schreiben eine Hand nützlich wäre – wenigstens eine heile Hand, was – wie du weißt – nicht passieren wird. Die Zeit läuft ab … jetzt.«

»Er hat wirklich wieder das Gesicht«, sagte Ferdi Brand. Und an Ulrike gerichtet: »Du müsstest viel mehr aus seinem Gesicht machen. Wenn die Leute kommen, um dieses einmalige Gesicht zu sehen, lacht kiloweise Bargeld in deiner Kasse. So viel Glanz, dass du es dir nicht mehr leisten kannst, die Kasse minutenlang unbewacht offen stehen zu lassen.«

Ulrike kam um die Theke auf Treitschke zu und nahm ihn in die Arme. Von Ulrike in die Arme genommen zu werden, war das Zweitbeste, was einem Mann in diesem Lokal passieren konnte. Das Beste war ein *Frei-Gedeck* – wenn man davon absieht, dass auch noch der *Doppeldecker* existiert. Er besteht aus einer Umarmung und dem klassischen Mix aus einem Null-Komma-drei-Glas mit zur Hälfte Polenwodka und zur Hälfte Schwarzbier. Die Nummer des Notfalldienstes hatte Ulrike auf Kurzwahl. Aber es kam selten dazu, denn der *Doppeldecker* war reserviert für Todesfälle im engen Umfeld von Stammgästen.

Gegen Gesichter wie das von Treitschke stieg hier traditionell die Muntermacherin in die Bütt – eine von Natur aus ungemein nervige Weibsperson, die – weil sie entfernte rheinische Verwandtschaft besaß – für eine optimistische Grundstimmung hielt, was im hohen Norden wahlweise zu Flucht oder zur Verdoppelung der Niedergeschlagenheit führte. Was die Muntermacherin nicht davon abhielt, es immer wieder zu tun, immer wieder. Wer für einen Moment, der länger war als kurz, seiner Mimik Auslauf gewährte, hatte den Quälgeist am Hals. Im besten Fall konnte man sie mit ausgestrecktem Arm auf Abstand halten, aber an ihr Mundwerk kam man nicht heran. Und das plapperte und plapperte, und die einzige Möglichkeit, endloses Geplapper zu vermeiden, war es, selbst zu reden. Was Heinrich Treitschke unverzüglich tat.

Es ist immer gut, mit einer Schwindelei zu beginnen. Dann haben die anderen etwas, worüber sie sich aufregen können, und du kannst solange in Ruhe weiterreden.

»Eigentlich habe ich gar keinen Grund, mich zu beklagen«, murmelte Treitschke. »Die Hotels sind voll. Nicht zu 100 Prozent. Aber was sind schon 100 Prozent?«

»Ein Pfund«, ertönte es von der Hühnerstange entlang der Theke.

»Auch die Pensionen melden grünes Licht. Auch nicht 100 Prozent. Aber ich denke, unterm Strich haben wir die beste Auslastung seit zehn Jahren.«

»Darauf einen *Underberg*«, sagte Manni Mangelsdorff und hob sein Glas. Der grundlose Optimismus dieses Mannes ist nur von der Realitätsblindheit eingeschworener HSV-Mitglieder zu toppen.

»Und die Privaten erst. Wer privat vermietet, freut sich wie Bolle. Natürlich liegt das an den Gästen. Alle älter als 30. Alle senior oder senior plus verheiratet. Solche Gäste sehen exakt so aus, wie sie sich ein Vermieter schnitzen würde, wenn man ihn fragt: Erzähl mal, wie dein Traumgast aussehen müsste.«

Und Treitschke sagte: »Wahrscheinlich fragt ihr euch alle, warum ich gerade nicht fröhlicher wirke.«

Selten waren so viele Köpfe so unaufrichtig geschüttelt worden. Die kollektive Kopfbewegung Richtung Ulrike war für einen Außenstehenden praktisch unsichtbar. Aber eine erfahrene Wirtin bildet im Lauf der Jahre die Fähigkeit aus, das, was unsereins für popliges Kopfnicken hält, in seine fünf Unterbedeutungen zerlegen zu können. Das Bier lief ein, Menschen wurden glücklicher, wenn auch in der Mehrheit Männer.

»Es ist die Nachhaltigkeit«, murmelte Treitschke.

»Die Nachhaltigkeit«, buchstabierte Manni angeekelt. »Wie habe ich nur die Nachhaltigkeit vergessen können.« Er hatte schon vor mehreren Jahren den Anschluss an die tagesaktuelle gesellschaftliche Phrasenproduktion verloren und behalf sich seitdem mit etwas, was er für Zynismus hielt. Aber es war nur Manni.

»Ja, Nachhaltigkeit«, sagte Treitschke. »Jetzt müsste es nahtlos weitergehen. Sofort und nahtlos. Und danach wieder nahtlos und sofort. Und danach ... ihr habt das Prinzip verstanden.«

Die meisten hatten verstanden, der Rest behielt seine Begriffsstutzigkeit für sich.

»Macht noch ein Festival«, riet die Muntermacherin. »Das ist wie im Bett. Was gut gelaufen ist, musst du gleich noch mal machen ...«

»Oder zeitnah.«

»Gut. Oder zeitnah. Aber auf jeden Fall ein zweites Mal. Um herauszufinden, was das eben eigentlich ist: Zufall oder etwas, an das man sich gewöhnen könnte.«

»Bist du im Bett mit dabei?«, fragte Manni.

»Warum fragst du?«

»Weil ich dann auch ohne Wiederholung wissen würde, ob ich mich daran gewöhnen will.«

»Dich würde ich nicht nehmen, selbst wenn sie mir dich nackt an den Bauch binden.«

»Und wenn ich traurig bin und nicht witzig?«

»Das ist was anderes.«

Siegesgewiss wandte sich Manni an seinen Nachbarn: »Frauen sind so leicht auszurechnen.«

Möglicherweise wären seine Worte besser angekommen, wäre seine Sitznachbarin nicht Edith gewesen. Edith Heisterberg, frisch geschieden und unversöhnt.

»Was hast du dir denn gedacht?«, fragte Ulrike.

»Weiß gar nicht mehr«, murmelte Treitschke. »Vor allem habe ich gedacht, wir eröffnen hier keine Monopol-Veranstaltung. Wie die, bei denen einmal im Jahr die *Yum-*

mies auftreten. Weil sie vor 30 Jahren einen Hit in den Top 40 hatten.«

»Hast du ein weniger furchtbares Beispiel parat?«

»*Hafengeburtstag.*«

»Ich sagte: weniger schlimm.«

»Dieser Schlager-Move.«

»Oh ja. Schlager und kotzen, das ist ein fürchterliches Duo. Schlimmer als *Hardin & York.*«

»Du meinst Bohlen und den anderen.«

»Es gibt viele Leute, die einparken wie die Henker«, sagte Edith. »Das macht die Hütte noch ein paarmal voll.«

»Mag sein. Aber das Ende ist abzusehen, stimmst du mir zu?«

»Bevor ich mich schlagen lasse.«

Die Biere waren gekommen, Treitschke hatte das gar nicht mitbekommen. »Einmal im Jahr einparken üben, na gut. Aber häufiger geht nicht.«

»Wir brauchen ein Beiprogramm«, sagte einer der Gäste, die die Runden vollmachen, ohne an Statur zu gewinnen. Mancher ist so unauffällig, dass man nicht auf Anhieb sagen könnte, ob er heute seine Premiere erlebt oder seinen 25. Besuch.

Der mit dem Beiprogramm dachte an das, was er auf Mallorca erlebt hatte.

Treitschke sagte: »Womit willst du denn alte Leute in Raserei versetzen? Die angegammelten Schlagersänger, die es gibt, ziehen doch schon seit Jahren ihre endlosen Runden durch die Provinz.«

»Oder den Osten.«

»Oder den Osten.«

Man diskutierte, ob man das Parken als Marke sichern lassen und ebenfalls endlose Runden durch die Lande ziehen könnte. Treitschke hielt es nicht für ausgeschlossen, aber die Lande interessierten ihn nicht. Er wollte etwas für Poppenbüttel tun und nicht für Deutschland. Jetzt noch auf die Schnelle ein, zwei, drei Festivals nachlegen und zusehen, wie alles immer routinierter wurde und immer trauriger und wie der Zuspruch immer weiter abnahm, das war nicht seine Idee gewesen.

»Das Rennen damals, das war gut.«

Schwer zu sagen, wer das gesagt hatte, weil jeder gerade mit seinen eigenen Gedanken beschäftigt war. Oder was er für Gedanken hielt.

»Ja, das ist wahr«, murmelte jemand. Leicht zu sagen, wer das gesagt hatte. »Es muss etwas zu gewinnen geben, und es muss die Angst davor geben, Verlierer zu sein. Darauf fahren die Leute ab. Das törnt sie an, das treibt den Blutdruck hoch. Das bringt sie in Form und in Bewegung.«

»Ich denke an unsere alten Mitbürger«, sagte Treitschke. »Wir können für die doch keine Schlammringkämpfe veranstalten.«

»Und wenn die Alten die Ringkämpfer sind? Das wäre doch geil. Oma dreht Opa den Schniedel ab!«

Hechelnd gierte Manni nach Zustimmung. Hätte er sich von Zustimmung ernährt, würde seine Beisetzung nach Hungertod 20 Jahre zurückliegen.

Schönbohm aus dem Seniorenzentrum sagte: »Schlamm kommt gut. Wir sind ordinärer, als ihr glaubt.«

»Wer sagt denn, dass wir euch nicht für ordinär halten?«

»Wir dürfen den Schlamm nur nicht in die Augen kriegen, ansonsten machen wir jeden Spaß mit.«

Mannis Telefon teilte Manni mit, dass jemand seine Nummer angerufen habe. Leider erfuhren das auch alle an der Theke und die an den Tischen noch dazu.

»Muss los«, sagte Manni. So erfuhren seine Mitzecher, dass er heute Abend Dienst hatte.

»Das ist nicht dein Ernst«, sagte Ulrike und sah zu, wie er die übliche Handvoll Pfefferminz einwarf. Und danach die zweite Handvoll mit dem Stoff, der den Pfefferminzgeruch überdeckt, weil ja jeder bei Pfefferminzgeruch sofort vermutet, dass der Stinker etwas zu verbergen hat. Nur bei Manni, dem Taxifahrer der Herzen, nicht. Da weiß er es mit Sicherheit.

»Jemand für die Schlägerbande?«, rief Manni.

»Das heißt nicht Schlägerbande, sondern *Golfhotel*.«

»Jemand für *Golfhotel*?«, rief Manni.

Treitschke wuchtete sich in die Höhe und sagte: »Bevor ich mich schlagen lasse.«

23

»Was für ein seltsamer Tag«, sagte Rena van Eupen und schwieg dann so lange, bis es ihr gelungen war, den Strohhalm aus plastikfernem Material in die Mundhöhle zu dirigieren. Sie sog tief ein und stellte sich jedes Mal vor, dass sie jetzt wie ein Backenhörnchen aussehen müsste, die sie aus den alten Zeichentrickfilmen kannte, von denen sie weder Kassian noch Edeltraut begeistert hatte, als die sich im Trickfilmalter befunden hatten. Trickfilme ließen sie sich andienen, aber es musste mit Menschen zu tun haben, die seit 1000 Jahren erfolglos versuchten zu sterben und die in der Gegenwart ein Internat besuchten. Das war ein enges Fenster des Interesses, mit dem sie sich mühelos durch die wenigen Jahre manövriert hatten, in denen man ihnen überhaupt Kleinkinderfilme anbieten konnte. Danach ging es nahtlos weiter mit Realfilmen, in denen die Heldinnen nicht mehr gegen Untote, sondern gegen Hautunreinheiten und das Cheerleader Girl aus der Nachbarklasse kämpften – am Ende stets mit Erfolg.

»Hat sich schon mal einer totgesaugt.«

Sie reagierte nicht, weil das bedeutet hätte, den Saugvorgang zu unterbrechen. Damit wären die letzten Minuten zerstört worden, und unterm Strich würde dann der Rest des Abends in Schieflage geraten. Rena liebte es, wenn die Dinge nicht in Schieflage gerieten. Was nicht schief hing, musste nicht geradegerückt werden. Komplizierter war das nicht. Erstaunlich, dass sie das immer wieder erklären musste, zum Beispiel dem Mann neben sich.

Eine Hand näherte sich, zwei Finger kniffen leicht, aber nicht schmerzhaft, ihre dicke Wange. »Mein Backenhörnchen speichert flüssige Nahrung.«

Rena schluckte und wischte mit der Zunge nach. Es gibt Menschen, die das für eine zwanghafte Handlung halten. Aber sie tat es freiwillig, wer seinen Willen behält, kann nicht zwanghaft sein. Und wer seine Halbliter-Longshots gerne mit einem zweiten Glas hochprozentigen Likörs mag, zeigt, dass er beim Trinken Charakter besitzt. Auch wenn die schnöseligen Jungs an der Bar noch dringend an ihrem Gesichtsausdruck arbeiten mussten. Ernest, den alle Ernst nannten, weil er so viel Humor hatte, stand ihr dann stets zur Seite – nicht nur finanziell, das sowieso. Sondern vor allem mit seiner Bereitschaft, in Worte zu kleiden, was Rena per Blick signalisierte.

»Was für ein schöner Abend«, seufzte sie. »Jetzt müsste man sich nur noch die Karibik einfliegen lassen, dann wäre die Sache rund. Was würde es kosten, die Karibik einzufliegen, mein Lieber?«

»Müsste ich durchrechnen lassen.«

»Nichts Großes. Eine kleine Insel, eine Herde einheimischer Dienstleister. Etwas Meer. Sonne kann, muss aber nicht. Ich bin da ganz offen.«

»Ich weiß, meine Liebe. In deiner Bescheidenheit lässt du dich von niemandem übertreffen.«

»Weißt du, was das Schönste ist?«

»Der letzte Schluck aus dem Glas im Bewusstsein, dass es noch nicht der definitiv letzte Schluck sein wird?«

»Das natürlich. Aber vor allem, dass wir das alles Ilsebill zu verdanken haben.«

»Speziell eine ihrer hervorstechendsten Eigenschaften.«

Rena gluckste und mogelte einen Rülpser ins Gespräch. Zuletzt kam immer die Ahnung des zusätzlichen Likörs zur Geltung. Das war schön, jedes Mal. Einmal bezahlen, zweimal Freude haben. Nur Ausverkauf ist schöner.

Rena dachte an die letzte Fahrt mit ihrer Schwiegermutter. Sie hatte darauf bestanden zu fahren. Rena hatte die Liste ihrer Fehlleistungen aufgezählt. Während sie das tat, ignorierte Ilsebill zwei Nebenstraßen. Dabei hatte man ihr mehrere 100 Mal erklärt, als wie heikel sich im Stadtteil die große Zahl der Rechts-vor-Links-Situationen erweisen konnte. Das war die Regel, an der alle alten Bruchpiloten scheiterten. Allerdings nicht nur sie. Unter den Frauen in Renas Alter war die Unlust an dieser Regel ebenfalls verbreitet – dieses Alter, das man nicht mit einer Zahl benennt, sondern mit souveränem verbalem Ausweichen, im Notfall mit Überhören, obwohl das leicht etwas plump rüberkommt.

Die Medien taten immer so, als wäre es die Lieblingsbeschäftigung der betagten Recken, in Schaufenster zu fahren und zur Not gegen Hauswände. Dabei waren sie Multitalente, sie verfügten über einen Strauß an Unfähigkeiten. Fuhren zu ruckartig an, sahen nur widerwillig nach vorne, fuhren am liebsten in der Straßenmitte und gaben auf Anfrage als Grund an, dass hier nie etwas los sei. Es war vorgekommen, dass einem zu exakt diesem Zeitpunkt ein bekannter Pkw aus dem Freundeskreis auf eben dieser Straßenmitte entgegenkam, in dem die Frau des Hauses gerade dabei war, ihrem alten Herrn einen Einlauf zu verpassen. Natürlich nur rhetorisch, aber seitdem sich die dickköpfigen Anarchos im Stadtteil alle heimlich abgesprochen hatten, auf berechtigte sachliche Kritik mit Quengelei und Hassparolen zu antworten, waren gemeinsame Autofahrten nicht mehr so entspannt wie früher.

Konfliktfrei waren sie nie gewesen, in Gegenwart eines Menschen von mehr als 70 Lebensjahren im Wageninneren ist das eine naive Vorstellung, die Leben gefährden kann. Er muss gar nicht am Steuer sitzen, um Ärger zu machen. Denn es gibt Äußerungen, auf die einfach reagiert werden muss. Rena verstand ihre Freundinnen nicht, die immer noch dem niedlichen, vor allem jedoch naiven Irrglauben anhingen, dass Überhören einen Akt der Gnade darstellen würde. Überhören war das Angebot zur Kapitulation, auf das die Alten unverzüglich mit einer Verdoppelung ihrer Beiträge reagierten, die so weit von Sachlichkeit entfernt waren wie die Venus von der Erde. Wenn es ein Lebewesen auf der Erde gibt, dem man nie, nie, nie den kleinen Finger reichen darf, dann sind es Mutter und Vater respektive die Erzeuger des Ehepartners – jedenfalls im Verlauf einer gemeinsamen Autofahrt. Wenn Rena nachts aus einem Albtraum hochschreckte, geschah das stets in einem Stadium des Traums, wo sie in einem fahrenden Pkw saß, in dem sich zwei Elternteile befanden. Jedes weitere steigerte den Alb zum Horror.

Seltsamerweise war es in diesen Träumen bisher noch nie zu einem Unfall gekommen. Aber diese fürchterlichen Minuten davor waren von einer Intensität, die den Crash vorwegnahm. Der eintretende Wumms hätte lediglich statistische Qualität besessen, denn Angst und Gewissheit monatelanger Reha-Maßnahmen waren bereits fest eingepreist gewesen. So wie Rena beide Schwangerschaften als Erste realisiert hatte. Ernst war noch dabei gewesen, sich auf seine stilvolle, wenn auch gewöhnungsbedürftige Art zurückzuziehen, da hatte sie bereits gewusst: Das ging gerade voll auf die zwölf.

»Das ist doch ... den kenn ich doch ... Hilf mir doch mal.«

Selbst spät am Abend war Ernst noch bereit, das berühmte Gesichtsgedächtnis seiner Holden zu bemühen.

»Null«, sagte sie und blies die Wangen auf.

»Guck richtig hin. Du guckst ja gar nicht richtig hin.«

»Null.«

»Hast du auch gründlich hingeguckt?«

»So gründlich habe ich dich schon lange nicht mehr angeguckt.«

»Manchmal bist du so komisch.«

»Ich bin viel häufiger komisch, aber du kriegst das selten mit.«

Dann kam der eben auf die Terrasse getretene Mann auf sie zu. Renas Gesicht ließ er links liegen, dabei hatte er solche aufgeblasenen Wangen mit Sicherheit nicht oft gesehen.

»Ernest«, sagte er. »Ernest van Eupen und Malmedy.«

»Freunde nennen mich Eupen.«

»Und Ernst«, sagte Rena.

»Heinrich Treitschke. Wir haben uns beim Bau der Gesamtschule kennengelernt. Bad Oldesloe, nein, Lauenburg. Geesthacht. Ja, Geesthacht, natürlich. 2012 oder 2011. Wo der Parkplatz doppelt so groß war wie geplant, und wir haben nachts noch schnell den Plan angepasst.«

»Unfassbar«, sagte Ernst. »Wie machen Sie das?«

»Ich liebe Menschen. Ach Quatsch, es ist ein Talent. Ich könnte gar nicht anders, als mir so was zu merken.«

Sie brauchten keine Getränkekarte. Rena sowieso nicht, aber auch Treitschke, der alte Bauunternehmer, war nicht zum ersten Mal im *Golfhotel*. Eine neue Lage kam fast von allein, danach zwei Teller mit Fingerfood. Leider waren auch heute wieder die »Ersatzhände« aus. Manche Restaurants und Kneipen und Klubs besitzen scherzhafte Dauerbrenner, die ein biblisches Alter erreichen können. Zwischendurch kommen sie mehrere Male aus der Mode, und niemand kann sie mehr hören. Aber wenn sie dann verschwunden sind, fehlen sie einem doch.

Sie brauchten zehn Minuten, um sich gegenseitig auf den aktuellen Stand zu bringen. Dass Treitschke der Mastermind des Parkfestivals war; dass Rena und Ernst dem Festival eine alte Mutter gestiftet hatten, die sie heute Nachmittag besucht hatten, und wie man – fast schon mit der Nase im Wind, der aus dem Westen kommt – beschloss, sich einen Abend im *Golfhotel* zu gönnen, den sie bald um eine Übernachtung im *Golfhotel* aufstockten.

»Sehr gut«, sagte Treitschke. »Genauso habe ich mir das vorgestellt: klein anfangen und zügig steigern. Das örtliche Gastgewerbe dankt.«

Die Höflichkeit erforderte es, dass er nach der alten Mutter fragte, von der er noch nicht wusste, wen von den beiden sie zur Welt gebracht hatte. Die Geschichte von der übelsten Ausparkerin nördlich des Äquators hörte er nicht zum ersten Mal. Auch das Ausmaß der rücksichtslosen Schilderung war nicht neu für ihn. Ein weiteres Mal erhielt er einen Eindruck von dem Leidensdruck, der in zahlreichen Familien herrschte.

»Wir sind dir sehr dankbar«, sagte Ernst. »Irgendwie hatten wir uns bereits in unser Schicksal ergeben. Dass Ilsebill auf der Straße ihr Leben lassen wird, hat lange niemand mehr infrage gestellt. Obwohl wir natürlich nicht darüber reden.«

»Gibt es einen Mann von Ilsebill?«

»Nicht mehr, nein. Über seinen jetzigen Aufenthaltsort kursieren verschiedene Versionen.« Er deutete in den Himmel und danach Richtung Hölle.

Sie tranken Alkohol, Treitschke blieb beim Bier. Er wusste, wann es klug ist, das Risiko zu scheuen. Er spendierte Interna aus der Vorbereitung des Festivals und ließ diejenigen Arbeiten nicht aus, mit denen er persönlich befasst war. Er erwähnte auch, dass ihn Berichte von der benachbarten Alster erreicht hätten. Offenbar seien mehrere Senioren zu Seefahrern geworden, offenbar wurde darüber nachgedacht, ob man das wiederholen könne. Oder ausbauen.

»Wahrscheinlich ausbauen«, sagte Treitschke. »Sie lieben es ja, schnell einen draufzusetzen. Warum Regionalliga, wenn ich auch Champions League spielen kann?«

»Noch so ein Wettrennen?«, fragte Rena erschreckt. »Das werdet ihr natürlich verhindern.«

»Ach ja? Werden wir das? Wie könnte die Begründung lauten?«

»Zum Beispiel so: dass es nicht erstrebenswert ist, Teilnehmer einer Massen-Beisetzung zu werden.«

»In der Kieskuhle ist nichts kaputtgegangen.«

»Ja, aber nur, weil sie zuletzt dann doch lieber hintereinander gestartet sind. Jeder solo gegen die Uhr. Das wird auf der Alster nicht stattfinden. Das wäre ja auch langweilig.«

»In der Kuhle war es nicht langweilig.«

»Ja, aber auf der Alster kommt ein neues Risiko dazu. Ich wette, dass die meisten noch nie in einem Boot gesessen haben. Vielleicht sind sie mal mitgesegelt, vielleicht kann einer sogar segeln. Aber ich kenne die Alster. Segeln ist da nicht möglich, jedenfalls nicht hier oben. Zu schmal, zu flach, zu viele Bäume, die die Höhe abriegeln. Zum

Segeln musst du in die Stadt reinfahren, da werden natürlich Regatten ausgetragen.«

»Lass das bloß nicht die Rowdys wissen.«

Jeder hing seinen Gedanken nach. Rena blies die Backen auf. Treitschke wollte nicht hinsehen, aber am Ende musste er doch.

»Das wird langweilig«, sagte sie.

»Hoffentlich«, sagte er.

»Ich meine, wer wird gegen wen antreten? Othmarschen oder Flottbek gegen Poppenbüttel, wie beim ersten Mal? Das wiederholen sie, alte Leute sind so. Wenn sie etwas können, machen sie es immer wieder. Und wenn sie merken, dass es mir nicht gefällt, hören sie gar nicht mehr damit auf.«

»Wir haben Teilnehmer aus anderen Orten dabei.«

»Und wenn schon, die werden im Handumdrehen eingenordet. Einer für uns, einer für dich. Wenn sie schlau sind, verkaufen sie die Startplätze für viel Geld. Ich wette um einen Jahreskonsum Karibik-Shots, dass sie das alte Lied singen werden.«

Treitschke sagte: »Es lässt mir keine Ruhe. Welche Menge muss ich mir unter einem Jahreskonsum vorstellen?«

Die Eheleute checkten sich ab. Treitschke kannte diese Momente. Als er und Ruth noch nicht zu ihrer heutigen Deckungsgleichheit vorgedrungen waren, zwischen die kein Blatt Papier passt, mussten sie manches Mal erst herausfinden, wie sie es mit der Trinkerei hielten und wie viel die Umwelt davon erfahren sollte.

Er sagte: »Wo steckt die werte Frau Mutter denn? Ist sie nicht hier?«

Rena blickte ihn an, als habe er eine unanständige Bemerkung fallenlassen.

»Hier? Etwa bei uns? Das möge der Himmel verhüten. Wir genießen unsere Ruhe, wir haben das dringend nötig. Hast du mit deinen Eltern unter einem Dach gewohnt? Dann kannst du nicht mitreden.«

Treitschke hielt den Mund. Er wollte am späten Abend nicht noch einen Ruf als Mediator erwerben.

Wenn Rena über etwas nachdachte, das sie umtrieb, sah man ihr an, dass sie gleich etwas sagen würde: »Ich finde das jedenfalls einfallslos. Eine Stadt gegen die andere. Oder Stadtteil gegen Stadtteil. Es gibt viel bessere Paarungen.«

»Bankrotteure gegen Bankrotteure«, sagte Ernst und erkannte, dass wenige Worte reichen, um deine Zuhörer nachdenklich zu stimmen.

»Bankrotteure gegen Steuerfahnder«, sagte Rena. »Gibt es genug Steuerfahnder auf dem Festival?«

Treitschke war überfragt. Man hatte nicht die frühere oder jetzige Berufstätigkeit abgefragt.

»Reeder gegen Reeder«, sagte Rena.

Hier konnte Treitschke mithalten: »Reeder gegen Bootsverleiher.«

»Frauen gegen Frauen.«

»Und die Kerle gucken in die Röhre?«

»Danach Männer gegen Männer. Die Sieger stehen im Finale.«

Treitschke gab zu bedenken, dass zwei Rennen die Kräfte einiger Teilnehmer übersteigen könnten. Rudern erfordert den Einsatz von sehr viel mehr Körperkraft als Autofahren.

Ernst führte Gewichtsklassen in die Diskussion ein. »Das wäre wie beim Boxen und Ringen. Und Judo.«

»Eitelkeit«, sagte Treitschke. »Nicht alle werden scharf darauf sein, ihr Gewicht zu verraten.«

Aber Rena ließ nicht locker: »Wer sagt denn, dass alte Menschen noch eitel sind? Vielleicht lässt das im Alter ja nach. Wie manches andere.«

Ihr Lachen fiel überraschend laut aus. »Ist ja auch egal«, sagte sie dann. »Es wird sowieso nichts draus. Spätestens in der dritten Kurve nibbeln sie ab. Kanufahren geht in die Arme.«

»Manchmal denke ich in einer stillen Minute, dass wir für die alten Recken doch die körperliche Arbeit verrichten könnten.« Ernst hatte die ungeteilte Aufmerksamkeit der beiden anderen.

Rena sagte: »Du willst für Ilsebill in den Ring steigen und Menschen, die du gar nicht kennst, in Grund und Boden fahren?«

»Nicht in Grund und Boden. Einfach besiegen. Ihr Ego brechen. Dann hat Ilsebill was, worüber sie sich freuen kann.«

»Und was soll das langfristig bringen, bitte sehr? Mit dieser guten Tat schießen wir unseren langjährigen Versuchen ins Knie, sie fürs Autofahren zu qualifizieren.«

»Hast du eben qualifizieren gesagt?«

»Ja. Soll ich nicht?«

»Doch, doch. Kommt mir nur seltsam vor. Du und qualifizieren.«

»Möchtest du über diese Bemerkung noch einmal nachdenken?«

Ernst antwortete nicht so schnell, wie es möglich gewesen wäre. Zuletzt sagte er: »Nachgedacht. Soll nicht wieder vorkommen.«

»Daran ist nur Ilsebill schuld«, sagte Rena. »Wenn sie nicht wäre, müssten wir uns nicht seit Jahren streiten.«

»Wir streiten doch nicht.«

»Ich streite mit ihr. Was treibst du mit ihr?«

»Ich rede ihr gut zu.« Und an Treitschke gewandt: »Fährt deine Frau Auto? Gut Auto? Sie hört dich nicht, du kannst ehrlich reden.«

»Sie fährt nicht viel und fährt nicht gern und nie auf die Autobahn. Im Umkreis kennt sie sich aus, da macht ihr keiner etwas vor.«

»Ich würde ihr was vormachen«, behauptete Rena. »Immer diese Frauen-Solidarität. Das geht alles auf meine Kosten.«

Um sie herum begann es zu bröckeln. Nicht schnell, nicht dramatisch. Aber kein neuer Gast kam mehr nach draußen, und die Anwesenden wechselten nach drinnen, wo sich die Bar mit den hartgesottenen Gästen füllte.

»Ich denke, ich mache meinen Abgang«, sagte Treitschke.

»Hast du eigentlich einen Schlüssel?«

»Ein dickes Schlüsselbund ist seit 50 Jahren mein zuverlässiger Begleiter.«

»Hängt da auch der Schlüssel für das Zelt dran?«

»Denke ich doch.«

»Ich will natürlich nicht drängeln.« Die Männer blickten Rena an. »Um diese Zeit liegen doch alle in der Heia, oder?«

»Würde ich nicht beschwören. Aber im Zelt ist Ruhe. War jedenfalls in den letzten Tagen so.«

»Keine Wache?«

»Ursprünglich sollte eine Wache ein Auge drauf haben. Aber was soll schon passieren?«

»Rena!«

»Ja, geliebter Mann?«

»Tu es nicht, Rena!«

»Unsere Haftpflichtversicherung ist bezahlt?«

»Wir sind anständige und ängstliche Bürger. Wir bezahlen unsere Rechnungen pünktlich. Jedenfalls vor der ersten Mahnung. Spätestens nach der ersten. Allerspätestens nach der zweiten, also vor der dritten. Knapp vor der dritten. Haarscharf vor der dritten.«

»Ernst, du hast einen im Kahn.«

»Das heißt Kajak und nicht Kahn.«

»Wir können auch das Boot nehmen.«

»Denkt nicht mal daran«, sagte Treitschke. »Am Wasser könnt ihr erleben, was Dunkelheit bedeutet. Da ist es noch richtig dunkel. Null Licht. Wenn du auf irgendwas aufläufst, musst du mit den Händen ertasten, was das war.«

»Was könnte es schlimmstenfalls gewesen sein?«

»Dein Vordermann, der vor einer Stunde den Helden spielen wollte und dessen Hilferufe niemand gehört hat. Außer dem Uhu. Aber der hört ja bekanntlich die Flöhe husten.«

24

»Verdammter Otter, ist das dunkel bei euch. Warum ist das so dunkel bei euch?«

»Erst einmal ist Nacht, dunkler wird's nicht mehr. Zweitens haben wir das öffentliche Licht vor Kurzem heruntergedimmt.«

»Damit man nicht so deutlich sieht, dass es bei euch nichts zu sehen gibt.«

»Deshalb und weil es hell genug ist.«

»Keine Kriminalität nach Sonnenuntergang?«

»Was war gleich noch mal Kriminalität?«

Sie waren zu viert. Sie hatten Blutsbrüderschaft getrunken. Und weil eine Frau in der Runde war, zur Sicherheit und aus Gründen der politischen Korrektheit gleich Blutsschwesternschaft hinterher. Und weil die Unkorrektheit bekanntlich mit kleinen Vorfällen beginnt, ließen sie eine dritte Runde folgen, zuerst nannten sie sie Diversschaft. Weil niemandem das Wort gefiel, einigte man sich auf Stehpinklerschaft. Eine Minderheit wollte ins biologische Detail gehen, was die Mehrheit jedoch nicht hören wollte. Nun musste die Hälfte wirklich pinkeln, was stehend geschah, gegen einen Baum. Warum an einen Baum? Weil der Mensch ein Ziel braucht. Weil der Mensch manchmal nicht perfekt trifft, konnte der Fahrradfahrer, der sein abgestelltes Gefährt über Nacht mit einem Radschutz bespannt hatte, sehr froh sein, dies getan zu haben.

Der Adam parkte an der nächsten Kreuzung. Er war weiß, er war das einzige Auto weit und breit, und die Kreuzung war heller ausgestrahlt als die Wohnstraßen, die von ihr abgingen. Es war also kein perfekter Parkplatz. Aber was ist im Leben schon perfekt? In Kürze würden die vier Personen wissen, wie perfekt ihr Einparken ausfallen würde. Gefolgt vom anschließenden Ausparken.

Als alle Vorbereitungen abgeschlossen waren, sagte Einparker 1: »Handelt es sich eigentlich um Einparken im klassischen Sinn, wenn kein zweiter Wagen in der Nähe ist?«

»Mach das nicht«, sagte die Frau ungeduldig. »Wenn wir einen zweiten Wagen auftreiben, wirst du fragen, ob es mit drei Wagen nicht noch realistischer wäre.«

»Also findest du, dass ich recht habe.«

»Ja, du hast recht. Können wir jetzt anfangen?«

Einparker 3 stand plötzlich am Straßenrand. Befragt, ob sich dahinter ein Sinn verbergen würde, sagte er: »Ich bin ein Auto.«

Einparker 4 legte ihm eine Hand auf die Schulter und sagte: »Darüber haben wir doch gesprochen: Du bist kein Auto mehr. Das war eine Phase, die du überwunden hast. Du hast auch kein Fernlicht mehr und keine Gepäckablage. Du bist ein ganz normaler Idiot wie wir alle.«

Vor einer Stunde hatte man sich lebhaft über die Frage gestritten, wer beginnen sollte. Die Wahl war auf die Frau gefallen. Ein Kavalier hielt die Tür auf, sie stieg ein. Der Kavalier versäumte es, die Tür zu schließen. Die Frau saß die Situation aus, bis sich ein anderer Kavalier erbarmte. Zuerst fragte sie sich, wo in diesem Wagen der Schlüssel stecken mochte. Bei der Suche schaltete sie das Deckenlicht an und orientierte sich. Das Lenkrad, die Schaltung oder die Automatik, sie hatte keine Kfz-Lehre absolviert und legte keinen Wert auf exakte Bezeichnungen. Mit den Füßen tastete sie den Fußraum ab. Zu Hause fuhr sie Automatik in einem SUV. Ihr hätte etwas Handlicheres gereicht, aber die Kinder hatten einen Aufstand veranstaltet. In diesem Winzwagen fühlte sie sich fremder als in ihrem Panzer. Da! Die Zündung! Vielleicht kam sie erst aus der Deckung, wenn der Fahrersitz länger als 60 Sekunden mit einem Gewicht belastet wurde. Kleine Wagen erinnerten sie immer an kleine Männer. Bei denen wusste man auch nicht, was sie als Nächstes tun würden. Nur dass es sich um etwas Unlogisches und Nervtötendes handeln würde, das stand fest.

Dann begann es. Sie machte alles so, wie sie es im Trainingszelt getan hatte. Aber da war sie bei jeder Trainingsfahrt in einem Automatikwagen gelandet. Das brachte sie einen Moment aus dem Gleichgewicht. Ein A oder ein N für Normal im Zentrum des Lenkrads hätte alles leichter gemacht, berechenbarer. Angeblich sollte es jetzt Wagen geben, wo alles, was wichtig war, auf der Windschutzscheibe stand. Oder in die Windschutzscheibe eingeätzt war. Obwohl sie es im Grunde empörend fand, ein Auto auszuliefern, das einen Sachschaden hatte.

Ups! Der Wagen begann zu brennen. Die Freunde draußen hoben anerkennend die Daumen. Vielleicht war es kein Brand, sie hätte nicht gewusst, wo der Feuerlöscher steckte. Sie umfasste das Lenkrad. Das kannte sie, das hatte sie drauf. Sie sah alles vor sich: die Straße, die Bäume an der Straße, den Bordstein, der anzeigte, wo die Straße zu Ende war. Und Einparker 3, der am Bordstein stand. Plötzlich war da dieses Geräusch. Die Fahrerin dachte sofort an einen Motorschaden. Aber es war Einparker 3. »Ich bin im Leerlauf«, rief er. Weil der Leerlauf rasselte, musste er ziemlich laut sprechen. Die Fahrerin suchte in ihrer Erinnerung, aber sie fand den Knopf für die Erinnerung nicht. Es war höchstens sechs oder sieben Stunden her, seit sie zum letzten Mal trainiert hatte. Weil sie sich einen gewissen Ruf erarbeitet hatte, musste nicht mehr der Platz vor ihrer wahrscheinlichen Fahrstrecke geräumt werden. Der Sanitäter stand in der Warteposition, der Koffer zwischen seinen Füßen, die Füße in seinen Schuhen. Daran erinnerte sie sich genau, aber sie erinnerte sich nicht an die Bewegungsabläufe. Mit der rechten Hand tastete sie. Da! Das kannte sie! Sie dachte: Du solltest dir den Wagen wie einen Mann vorstellen. Da weißt du auch, wo alles sitzt, selbst wenn du es nicht siehst. Weil du es auch gar nicht immer sehen willst. Wegen der Verschleißteile.

Sie war jetzt ganz sicher. Erst das, dann das, zuletzt das. Das, was sie bis eben noch für unvermeidlich gehalten hatte, ließ sie einfach weg. Auch der Trainer hatte gesagt: Lass das! Wir drehen keinen Katastrophenfilm. Daran erinnerte sie sich genau, weil sie keine Katastrophenfilme mochte. Sie erinnerte sich auch daran, dass der Sanitäter zwei Schritte nach hinten gerutscht war, indem er seinen Koffer mit dem Schuh nach hinten geschoben hatte. Warum hieß so ein Koffer Rettungskoffer, wenn er genauso viel Schiss hatte wie sein Besitzer? Aber streng genommen wusste sie nicht, ob er Rettungskoffer hieß. Niemand hatte den Koffer jemals bei seinem Namen genannt. Vielleicht hatte er keinen, ein Koffer ist kein Hund. Einem Hund hätte sie nie wehgetan, aber ein Koffer hat kein Herz. Es sei denn, er ist so ein Koffer, in dem sie in den Filmen immer die frischen Herzen und Nieren aufbewahren. Herzen und Nieren, die neues Leben schenken. Wenn sie das sah, bekam sie feuchte Augen vor Rührung, jedes Mal. Neues Leben! Sie drückte mit dem Fuß gegen das, was sie unter der Sohle spürte. Sie hatte nichts von draußen reingeschleppt, es musste etwas sein, was schon im Wagen gewesen war. Angeblich handelte es sich um einen Opel, deutsche Ingenieure vergessen nichts im Wagen und machen keinen Fehler, bis auf die Katastrophenfälle. Aber die sind auch nützlich, denn sie setzen die Katastrophenursachenforscher in Arbeit und Brot, und wenn sie sechs Kinder haben, macht die Katastrophe eine große Familie satt. Das ist schön. Auch drei Kinder wären schön. Eins wäre zu wenig. Eins ist wie keins, nur nerviger.

»Wird das heute noch was?«

Sie bekam einen Schreck. Warum wurde ihr Freund so laut? Sie mussten doch leise sein. Sie drückte mit dem Fuß, sie blickte auf das Lenkrad – und dann war die Erinnerung wieder da. Das Gefühl war noch meilenweit von einem automatisierten Bewegungsablauf entfernt, aber bis eben war alles schwarz gewesen und jetzt funkelten in der Schwärze zwei Sterne. Das war schön, sie mochte Sterne, auch wenn sie sich nie ihre Namen gemerkt hatte. Der Mond war kein Stern, deshalb hätte sie sich eigentlich seinen Namen nicht merken müssen. Aber weil sie ihn nun schon mal kannte, beließ sie es dabei. Da! Noch ein Stern. Rechte Hand und alle Füße arbeiteten wie die Kumpel im Bergwerk. Bis zum Wagen am Straßenrand, der die Gestalt ihres neuen Bekannten hatte, dessen Name ihr bestimmt gleich wieder einfallen würde, waren es fünf Meter oder 20 oder mehr oder weniger. Jedenfalls hatte sie Zeit genug, darüber nachzudenken, was schlauer wäre: vor ihm einzuparken oder hinter ihm? Sie durfte ihn nicht berühren und wenn doch, dann nur ein bisschen. Umfallen sollte er nicht. Alte Menschen fallen um wie ein Baum: kerzengerade und meistens nach hinten, wo der Rücken ist. Das ist schlecht, weil sie sich dann nicht mit den Armen abstützen können. Aber streng genommen wusste sie das nicht genau, vielleicht war es auch nicht günstig, wenn sie kerzengerade nach vorne fielen. Stichwort Nase. Wer stützt eigentlich die Nase ab? Aber als die Erde erschaffen worden war, hatte es bestimmt noch keine Autos gegeben und keine Verkehrsampeln, weil es auch noch kein Rot und Gelb und … diese dritte Farbe, die unten sitzt, gegeben hat. Da hatte der liebe Gott wohl gedacht: Cool, habe ich eine Sorge weniger. Seitdem sind unsere Nasen viel größer, als sie ursprünglich gedacht waren. Mit Stiftung Warentest wäre das nicht passiert. Sie las jeden Monat die neueste Ausgabe: von vorn bis hinten und manchmal kreuz und quer, aber am Ende hatte sie alles gelesen, also praktisch von vorn bis hinten. Weil sie so langsam las, war sie erst bei der März-Ausgabe. März 2018.

Der parkende Wagen kam immer dichter auf sie zu, sie hatte nicht mehr das Gefühl, dass sie sich bewegte. Aber es gefiel ihr. Wenn er sich unbedingt bewegen sollte, konnte er auch gleich das komplette Einparken selbst übernehmen. Dann wollte sie ihm nicht im Wege stehen. Bis kurz vor dem endgültigen Einparken war sein Gesicht ernst und gefasst. Es war dunkel auf der Kreuzung, sie stellte ihn sich gefasst vor: wie ein Staatsmann, würdig und respektabel. Sie dachte immer das Beste von anderen Menschen. Aber als er dann im letzten Moment diesen schrecklichen Gesichtsausdruck bekam, mochte sie ihn nicht mehr so gern, denn er sah entsetzt aus, als würde er gerade einen Schreck kriegen. Nicht so einen popligen Schreck, sondern die Sorte mit Schmackes, wo man sich in die Hose macht vor Schreck oder jedenfalls so aussieht als ob. Sie behielt ihre Richtung und vor allem ihr Tempo bei. Das war das Beste so, weil er dann genau wusste, woran er mit ihr war. Hätte sie hektisch am Lenkrad gedreht, hätte er bestimmt einen noch größeren Schreck gekriegt. Menschen, die einen Schreck kriegen, tun oft Sachen, die man nicht von ihnen erwartet. Manchmal tun ihnen diese Bewegungen gar nicht gut. »Brumm«, sagte sie, »brumm, brumm.« Im Fernsehen hatte sie gesehen, dass fernöstliche weise Männer – es sind immer Männer – solche Laute ausstoßen, wenn sie Beruhigung, Zufriedenheit und Weisheit in einem einzigen Geräusch unterbringen wollen. »Brumm!«

Aus dem Nichts tauchte ein Hirsch auf oder ein Reh. Er prallte gegen den erschreckten Mann und mähte ihn um wie der Mäher den Grashalm. Der Wagen rollte auf den hohen Bordstein zu, die Fahrerin bewegte sanft das Lenkrad, weil Lenkräder sensibler sind, als man glaubt. Ein Reifen streifte den Bordstein, aber ganz sanft, es war mehr ein Streicheln. Ein Meter noch und als Zugabe ein weiterer Meter, und der Wagen stand parallel zum Bordstein wie eine Eins.

Die Fahrer-Innentür wurde aufgerissen, und eine Stimme, die sie nicht kannte, bellte: »Das war dein letzter Streich! Jetzt ist Schluss damit. Gib mir deinen Führerschein! Ich will ihn verbrennen.«

Sie hielt ihm ihren Arm hin. Aber er vergaß, ihr beim Aussteigen zu helfen, so quälte sie sich selbsttätig ins Freie. Nebenan auf dem Rasen rappelten sich zwei Menschen auf. Im nächsten Moment erkannte sie sie: Das waren ja ihre Freunde! Sie hatten wohl ein wenig miteinander gerauft. Männer sind große Kinder, auch wenn sie alt geworden sind.

»War gar nicht schwer«, sagte sie munter. Beim Training im Hallenzelt hatte nach jeder Trainingseinheit eine Besprechung stattgefunden, in deren Verlauf die Trainer in einer Stimmlage kommunizierten, die nicht immer fröhlich klang, dafür betont sachlich und in seltenen Fällen irgendwie Hilfe suchend. Aber das nahm man den Trainern nicht übel. Sie waren auch nur Menschen, sicherlich hatten sie im Privatleben manchmal Probleme wie normale Menschen auch. Dafür brachte man volles Verständnis auf. Aber an der nächtlichen Kreuzung im schlafenden Poppenbüttel gab es keine Trainer. Dort gab es vier Menschen, im Alter über 70, auf der Suche nach einer alltagsnahen Parksituation. Diese vier waren keine homogene Gruppe, momentan bestanden sie aus drei bis ins Mark erschrockenen und erbosten Männern und aus einer Frau, die von ihren mütterlichen Instinkten getrieben wurde, den offensichtlich hilfsbedürftigen Männern gut zuzureden. Zu ihrer Verblüffung und ihrem Leidwesen musste sie jedoch erkennen, dass ihr Zuspruch nicht auf Gegenliebe traf. Schon der Wunsch, ein wichtiges Dokument dem Feuer zu überantworten, war ja befremdlich gewesen.

»Geht es dir nicht gut?«, fragte die Frau. Sie trat dicht vor den immer noch Zornbebenden und machte Anstalten, ihm über die Wange zu streicheln. Sie mochte schlecht rasierte Männer. Sie sahen dann wilder aus, als sie waren. Selbst dem bräsigsten Beamtentypen verleihen Stoppeln Verwegenheit.

»Fass mich bitte nicht an«, sagte er mit einer Kälte in der Stimme, die sie an ihm nicht kannte. »Du bist eine Gefahr für die Öffentlichkeit«, fügte er hinzu. Es ging ihm gar nicht gut. Sie begann, sich ernsthaft Sorgen um ihn zu machen. Noch schlimmer war, dass er Unterstützung erhielt. Sein

Nachbar sagte: »Ich wollte es lange nicht wahrhaben. Ich habe uns immer verteidigt, als ob wir alle auf dem gleichen Level wären. Als ob wir Opfer der gleichen herablassenden Redereien der Kinder wären. Aber so ist das ja nicht. Wir sind so bunt gemischt wie das Leben selbst. Es gibt einige, die etwas zu defensiv agieren, die aber die Grundlagen draufhaben und wissen, worum es beim Parken überhaupt geht. Die können von einem ordentlich durchgeführten Training wirklich profitieren. Am Ende sind sie bestimmt noch keine Meister, aber sie sind auf dem richtigen Weg. Um die müssen wir uns keine Sorgen machen. Die stellen auch keine Gefahr für ihre Mitmenschen dar.«

Mit plötzlich bebender Stimme sagte er zu seinem Nebenmann: »Könntest du ihr sagen, sie soll das lassen? Sag ihr, sie soll aufhören, mir über die Wange zu streicheln, als sei ich ein schlachtreifes Hausschwein.«

Erstaunt hörte die Frau zu. Wie konnte man etwas dagegen haben, getröstet zu werden? Er hatte doch angefangen! Er war doch auf den kerzengerade dastehenden Bekannten losgesprungen, als sie mitten im Einparken war. Er hatte den armen Mann von den Beinen geholt und konnte froh sein, wenn sich der angegriffene Mann keinen Schaden zugezogen hatte.

»Sollen wir mit dir ins Krankenhaus fahren? Nur zur Sicherheit?«, fragte sie den Umgemähten. Sein verwirrter Blick gefiel ihr gar nicht. So sehen Menschen aus, die einen Schock erlitten haben. Solche Menschen können im nächsten Moment einen Kreislaufkaspar erleiden. Im schlimmeren Fall kann ihr Herz Probleme bereiten. Oder ein Organ in ihrem alten Körper, das sowieso schon auf der Kippe steht, kann plötzlich – ausgelöst durch den Stoß und den Sturz, also den Angriff – den Löffel abgeben. Das muss gar nicht in den folgenden fünf Minuten passieren. Die bevorstehende Nacht konnte die letzte des armen Mannes sein. Zumal Männer viel empfindlicher sind, als sie glauben. Der Mann verlangte nicht nur nach einem medizinischen Check, noch nötiger brauchte er medizinische Aufsicht. »Wir bringen dich ins Krankenhaus«, sagte sie zärtlich. »Dort wird man sich um dich kümmern. Nach zwei, drei Tagen bist du wieder wie neu. Ich nehme dir das auch gar nicht übel.«

»Was denn bloß?«, fragte der verdatterte Mann.

»Na, dass du so ein lausiges Auto gespielt hast. Du hast uns alle in Gefahr gebracht. Aber darüber wollen wir jetzt nicht reden. Jetzt machen wir dich erst einmal gesund. Hast du Angehörige, die wir informieren sollen?«

Sein Blick sprach eine deutliche Sprache. Er glaubte, in den falschen Film geraten zu sein.

Dann sagte er: »Noch einmal.«

»Was meinst du? Ist dir schwindlig? Möchtest du dich auf den Rasen legen? Nicht dahin, da ist Hundescheiße. Leg dich daneben.«

»Wir wiederholen das.«

Drei Augenpaare starrten ihn an, und der Mann sagte: »Alles auf Ausgangsposition. Sie fährt den Wagen, ich stehe, wo ich gestanden habe. Ihr passt auf.«

Die Frau sagte: »Ich sehe schon, ihr habt vieles zu bereden. Ich verschaffe euch etwas Privatheit.«

Sie sah zu, wie der wütendste der drei Männer zum Wagen ging und den Schlüssel abzog. »Nur zur Sicherheit«, sagte er. Sie konnte sich nicht daran erinnern, jemals so viele Menschen auf einem Haufen gesehen zu haben, die nicht mehr wussten, was sie taten und ließen. Vor allem: was sie redeten.

Na gut, sie konnte sich nicht mehr so gut erinnern wie früher. Aber das war kein Drama. Im Alter wird einiges schlechter und langsamer. Der Geschmack lässt nach, der Durst lässt nach. Aber einiges bleibt auch wie in den ersten 65 Jahren: die Lust auf die schönen Krimiserien im Fernsehen, wo die Polizisten und Kommissare immer überleben und am Ende alles wieder gut ist. Die wenigen schlechten Filme, wo das nicht passiert, hatte sie fünf Minuten später aus dem Gedächtnis gestrichen. Das ging bei ihr ratzfatz, sie ließ sich doch nicht von den Fernsehfritzen veralbern.

Aber die Kommissare sind viel häufiger unrasiert als früher. Und manche weiblichen Kommissare sehen aus, als ob bei ihnen in Kürze ebenfalls mit Bartwuchs zu rechnen ist. Das war für sie der Inbegriff von gesellschaftlichem Fortschritt. Es wurde nämlich keineswegs alles schlechter. Einiges verbesserte sich auch. Einiges gab es, was früher gar nicht existierte. Das durfte man nicht vergessen. Überhaupt das Vergessen. Das hatte es früher nicht gegeben. Mittlerweile traf sie immer wieder Leute, die plötzlich anfingen, über das Vergessen zu sprechen. Das war früher nie vorgekommen. Sie ärgerte sich darüber, denn dieses Thema macht niemanden fröhlich. Alle kriegen dann ihr Beerdigungs-Gesicht. Und wer das nicht tut, muss sich vorwerfen lassen, nicht die Wahrheit zu sagen oder die Augen vor der Wahrheit zu verschließen.

So was vertrug sie schlecht. Natürlich bekam sie deshalb die scheelen Blicke ab, die entgingen ihr nicht, mochten die anderen auch glauben, sie würden die Kunst des heimlichen Blickewerfens beherrschen.

»So, wir sind dann so weit«, sagte der Mann, der plötzlich vor ihr stand. Sie hatte nicht mitbekommen, wie sich die drei genähert hatten, denn zu dritt standen sie vor ihr, die kleine Armee in der sportlichen Kleidung.

Immerhin waren sie so freundlich, sie davon in Kenntnis zu setzen, welchen Sinn ihr Gerede hatte. Aber vorher musste sie sich über den Mann wundern, der vom anderen Mann umgehauen worden war. Er rauchte! Eine Zigarette. Eingenebelt von einer Rauchwolke, die ständig Nachschub erhielt, stand er in der Runde und sagte: »Muss sein. Ist gut für die Nerven.«

Die Nerven! Er gab es also zu. Er hatte es an den Nerven! Danach würden die Ärzte zuerst fragen. Zu rauchen ist das gleiche wie eine Vorerkrankung.

Das weitere Reden übernahmen die anderen Männer. »Wir stellen alles noch einmal nach. Du steigst ins Auto und parkst ein. Du bist der geparkte Wagen. Wir greifen ein, wenn es nötig ist.«

»So ein Unsinn«, sagte die Frau. »Warum soll beim zweiten Mal schiefgehen, was beim ersten Mal problemlos geklappt hat?«

Sie blickten sich an, einer den anderen und alle untereinander. Sie gaben sich noch nicht einmal Mühe, das heimlich zu machen. Auf einmal waren sie schamlos geworden. Bis vor wenigen Minuten mehrere Tage hintereinander die klassischen Kavaliere, führten sie sich plötzlich wie Wildsäue auf.

Als sie sich umdrehte, stand er schon wieder auf der Ausgangsposition. Er war also nicht nur Raucher, er stand auch unter Schock! Er glaubte, ein Auto zu sein. In Wirklichkeit war er ein Wagen mit vier Platten. Wie den Verbrecher zog es auch ihn zurück an den Ort seiner Taten.

Sie wusste nicht, was die Kerle vorhatten. Aber sie würde es gleich wissen. Sie würde einfach so tun, als würde sie mitspielen. Und wenn sie glaubten, in Sicherheit zu sein, würde sie das Steuer herumreißen, und ihnen würde das Lachen vergehen. Männer brauchen manchmal eine Lektion, damit sie nicht übermütig werden.

Sie ging zum Wagen, der sich in der Zwischenzeit nicht bewegt hatte. Sie klopfte aufs Dach, damit er keinen Schreck bekam, wenn sie plötzlich einstieg. Jemand hatte vergessen, das Licht auszumachen, das passierte ihr zu Hause auch bisweilen. Aber zu Hause war es nicht schlimm. Hier draußen kostete es unnötig Strom.

Sie setzte sich ans Steuer, nachdem sie für die Winzigkeit von mehreren Sekunden nicht sicher war, ob sie eben nicht möglicherweise besprochen hatten, dass einer der Kerle fahren würde. Dann hätte sie auf den Beifahrersitz gehört, der dann Beifahrersitzin heißen würde.

Das zweibeinige Auto hatte schon eingeparkt und stand wie eine Eins. Den würde sie jetzt umnieten und wenn er danach immer noch so unfreundlich sein würde – sie wusste jetzt ja, wie es geht und was man tun muss, um unverschämten Männern Respekt beizubringen. Schade, dass sie nicht schon vor 40 Jahren darauf gekommen war. Aber da hatten geparkte Autos noch nicht wie geparkte Männer ausgesehen. Wahrscheinlich würde sie in einer der nächsten Krimiserien dieser neuen Mode begegnen.

»Zieht euch warm an«, knurrte sie. Zwar hob der Mann, der gerne der Wortführer gewesen wäre, den Arm, aber sie wäre auch ohne seinen Arm losgefahren. Einmal versagte der Motor, das konnte passieren. Autos sind auch nur Menschen. Dann kam Bewegung in die Sache. Dass die kürzeste Entfernung zwischen zwei Punkten die Gerade ist, war ihr bekannt. Aber die beiden Punkte waren hier nicht vorhanden, im verschlafenen Poppenbüttel war man wohl noch nicht so weit. Deshalb musste sie einen Bogen fahren. Aber solange sie nicht über Lübeck fuhr … Denn irgendwo in der Nähe lag dieses Lübeck und glaubte, dass ihm keiner kann. Darüber würde noch zu reden sein. Erst das Auto. Sie parkte ein wie eine Eins, die perfekte Wiederholung des ersten Durchgangs. Zehn Punkte für die Haltungsnote, auch der Umstoßer machte seine Sache ordentlich, das Auto ging in bewährter Manier in die Knie. Nur ein Reifen tanzte aus der Reihe und wollte unbedingt oben auf dem Bordstein stehen. Sie ließ ihm die kleine Freude. Alle Reifen sind männlich: *der* Reifen.

25

Natürlich blieben Fragen nicht aus, als am nächsten Vormittag Helga Behrendonk nicht auftauchte. Einer der Männer, mit denen sie in den letzten Tagen regelmäßig nach dem Training losgezogen war, berichtete, dass es in der Nacht zu einem medizinischen Notfall gekommen sei. Nach Aussage von Helgas Vermietern habe sie sich morgens schlecht gefühlt. Erst war es nur leichter Schwindel, dann kam Übelkeit dazu, und ihre Sprache hörte sich verschwommen an. Als man sie nicht verstand, reagierte sie verärgert und stieß nur noch unverständliche Laute aus. Alles deutete auf einen Schlaganfall hin. Der Notarzt kam schnell, ein Anruf am Morgen hatte Klarheit gebracht, leider keine Entwarnung. Helgas Schlag hatte sich als Attacke auf das komplette System erwiesen. Die Ärzte führten ihren Krieg an mehreren Fronten ihres Körpers. Schon bei einer Mittdreißigerin wäre das eine Herausforderung gewesen, aber Helga war über 80. Es ging ihr schlecht, die Tochter sei informiert worden. Mutter und Tochter und deren Familie wohnten in den Elbvororten.

»Schöne Scheiße«, sagte der Trainer und versuchte umständlich, seine rüde Wortwahl zu erklären. Das war gar nicht nötig, die Betroffenheit war allgemein. Hier waren keine Schüler der zehnten Klasse versammelt. Der Menschenmenge um den Trainer war bewusst, womit man rechnen musste.

»Okay«, sagte der Trainer und räusperte sich. »Das war der menschliche Teil meiner Ansprache. Kommen wir zum bürokratischen. – Hallo, Kollegen, bitte nicht gehen. Das betrifft uns alle. Beziehungsweise euch alle.«

Die bereits in Auflösung begriffene Gruppe sammelte sich. Der Trainer hielt Papiere in die Höhe. Es waren nicht mehr als zwei oder drei Seiten, aber es gibt Papiere, die sehen privat aus. Und es gibt Papiere, die riechen nach Staat, Behörde und Anwaltskanzlei. Erstaunlich viele Zuhörende lagen mit ihrer Vermutung richtig.

»Bei uns ist ein Schreiben eingegangen. Kein Liebesbrief, kein Dankschreiben von einem begeisterten Teilnehmer unserer Trainingseinheiten. Sondern von einer Anwaltskanzlei.« Er hielt die erste Seite hin, der Briefkopf nahm die Hälfte der Seite ein. Der Trainer fuhr fort: »Adressiert an das Büro Treitschke. Unser Heinrich tritt ja als Veranstalter des Festivals auf, weil jedes Kind einen Namen braucht. Mit reitendem Boten wurde er heute Morgen aus dem Bett geklingelt.«

»Komm zu Stuhle!«, rief eine Frauenstimme.

»In dem Schreiben wird uns untersagt, ein Pkw-Wettrennen zu veranstalten oder an die Durchführung eines solchen Rennens auch nur zu denken. Untersagt ist untertrieben. Verboten wird es, mit Androhung einer Konventionalstrafe von 250.000 Euro.«

»Glück gehabt«, rief eine andere Stimme. »Meistens stehen hinten ja immer 95 Cent. Oder 99.«

Eine dritte Stimme. »Aber nur bei *Lidl*.«

Der Trainer verlas den gesamten Text. Man hatte sich richtig Mühe gegeben und eine umfangreiche Liste möglicher Rennverläufe und Schauplätze aufgelistet. Den Auftakt machte nach den einschlägigen Erfahrungen aus der

Vergangenheit die besagte Kieskuhle. Vorsorglich stellte man alle Kieskuhlen im nördlichen Europa unter Generalverschiss. Ebenso alle Straßen von der kleinsten und gemeinsten Landesstraße bis hinauf zur Bundesautobahn. Auch die regulären Rennkurse hatten sie nicht vergessen. Stets war von Autorennen die Rede, von Pkws jeder Hubraumstärke und jeder PS-Zahl. Auch E-Autos kamen vor. Zuerst war nur von Automobilen die Rede. Zuletzt folgten auch Motorräder und alle Zweiräder mit Verbrennungs- und anderen Motoren.

In einem Zusatz, dem man ansah, dass er wohl in letzter Minute unter den bereits formatierten Text geklemmt worden war, ging es erstmals um einen Ton, in dem Privatheit und Menschlichkeit vorkamen. Denn dem Antragsteller des Verbots würde es allein und ausschließlich darum gehen, Personenschäden und Schmerzen zu vermeiden. Erst recht, wenn es wie im vorliegenden Fall einen Vorfall gegeben habe, in dem bei einer verantwortungslosen Raserei in einer heiklen und ungeeigneten Topografie, mit der kein einziger Teilnehmer die geringste Erfahrung gehabt habe, mehrere Dutzend Menschen Leib und Leben aufs Spiel gesetzt hätten. Zum Abschluss wurde es herzig, denn man behauptete, dass man diesen juristischen Schritt nicht aus Willkür gehen wolle. Alles würde in sorgender Liebe geschehen. Der Gedanke, dass Menschen in hohem Alter in Verkennung von Gefahren leichtfertig ihr Leben aufs Spiel setzen könnten, habe die Antragsteller zu diesem zugegeben sehr kurzfristigen Schritt bewogen. Zitat: »Ein Auto-Wettrennen bedroht nicht nur mehrere Dutzend Teilnehmer, sondern ebenso mehrere Dutzend Familien von teilweise beträchtlicher Größe.« Kinder würden um ihre Eltern fürchten. Enkel um Oma und Opa. Man wolle keineswegs Tod und Verderben an die Wand malen, aber allein der Gedanke an potenzielle Verletzungen und Schmerzen sei Grund genug, den Ernstfall nicht herauszufordern. Vorbeugendes Einschreiten sei hier geradezu Pflicht, denn es gäbe nicht den Hauch eines juristischen Zweifels, dass nach Unfall und Verletzungen Prozesse wegen Vernachlässigung der Fürsorgepflicht in astronomischen Höhen auf die Verantwortlichen zukommen würden. Praktisch würde das heißen: Jede Familie, der nachgewiesen werden könne, dass sie eins ihrer Mitglieder nicht von der Teilnahme an dem Rennen abgehalten habe, sei mitverantwortlich für sämtliche Personen- und nebenbei auch Sachschäden. Man wolle keine Angst schüren, aber dass es hier um mögliche Millionenschäden und um Forderungen in zweistelliger Millionenhöhe gehen werde, könne nicht in Zweifel stehen.

Zuletzt fand der Trainer noch einen Passus, in dem erklärt wurde, dass das *Ein- und Ausparkfestival* in der geplanten Form bis Samstag stattfinden könne. Mit stichprobenartiger Inaugenscheinnahme dürfe jedoch fest gerechnet werden.

»Aber auf den Topf darf ich noch ohne Polizeibegleitung gehen, oder? Ich muss das rechtzeitig wissen, meine Verdauung kommt so regelmäßig wie die nächste HSV-Niederlage. Wenn ich nicht den Korken reinschiebe, wird es zu Sachschäden und Totalsanierungen in Millionenhöhe kommen.«

»Steht im Briefkopf eine Juristenadresse aus Poppenbüttel? Dann könnten wir gemeinsam vorbeigehen, auf dem Weg einen Topf Farbe mit Pinsel kaufen und unsere Meinung hinterlassen.«

Der Trainer verneinte, er habe ausschließlich Adressen aus der Hamburger Innenstadt gefunden, darunter alteingesessene Kanzleien, die selbst ihm als Laien ein Begriff seien.

Aus dem Hintergrund tauchte Heinrich Treitschke auf. Man erkannte ihn nicht gleich, weil er einen Trainingsanzug mit starker Retro-Anmutung trug. Neben dem Trainer stehend, informierte er die Menge über den Verlauf seiner letzten drei Stunden. Falls er nicht maßlos übertrieb, hatte der Mann in dieser Zeit Wellen geschlagen, für die ein normaler Zeitgenosse mehrere Tage brauchen würde. Angeblich war er auf 26 Telefongespräche gekommen, von denen bis auf zwei Ausnahmen alle in der Spitze der Kanzleien gelandet waren.

Treitschke sagte: »Falls es jemanden interessiert: Wir sind prominent! Man hat uns auf dem Radar. Man fürchtet uns sogar, vor allem unseren Mut und unsere Selbstständigkeit.«

Erst klatschten wenige Hände, aber es schaukelte sich schnell auf. Zuletzt machten alle mit. Es war eine unwirkliche Atmosphäre, denn nichts als die arbeitenden Hände war zu hören. Keine menschliche Stimme, keine Lärminstrumente, nur fortwährendes Klatschen, das mehrere Minuten anhielt.

Danach lieferte Treitschke Informationen. Mit der Bereitschaft zu Offenheit hatte er in der Vergangenheit auf seinen Baustellen mehr als einmal drohende Brände vermieden und bereits ausgebrochene Brände gelöscht. Mehr als ein Mensch hatte es Treitschkes Redekunst und Fairness zu verdanken, dass er aus Tarifkämpfen und Streitereien um Zahlungen mit heilen Knochen herausgekommen war.

Treitschke sagte: »Ich habe allen Kandidaten dieselbe Frage gestellt: warum so spät? Seit Wochen war öffentlich bekannt, dass das Festival stattfindet. Alle Karten lagen auf dem Tisch. Die Hälfte der Jungs hat sich dafür quasi entschuldigt. Ich sage das sicherheitshalber dazu, denn einem normalen Menschen würde es nicht gelingen, aus diesem Schwadronieren auch nur in Ansätzen auf Bedauern zu schließen. Einige Kandidaten ließen einfließen, dass es eventuell eine nicht ganz kleine und vor allem nicht ganz einflusslose Fraktion unter den Kindern unserer Teilnehmer geben könnte, der von Anfang an die ganze Richtung nicht gepasst hat. Sie hätten gern früher die Panzer auffahren lassen, aber sie hatten wohl Angst, dass man ihnen die Panzer entwenden könnte, um mit ihnen das Parken zu üben.«

Die befreiende Macht boshaften Gelächters sorgte unter den umstehenden Bäumen für beginnenden Laubabwurf.

»Letztlich hat es wohl auf unserem Gelände die eine oder andere Bemerkung gegeben, aus der man auf anschwellende Rennlust schließen kann, wenn man auf Bemerkungen wartet, die sich mit etwas Mühe in dieser Richtung missverstehen lassen. Weil wir gerade unter uns sind, verehrte Ein- und Ausparker, frage ich euch ein einziges Mal: Stimmt das? Heckt ihr ein Autorennen aus? Jetzt nutzt Geheimniskrämerei nichts mehr.«

So viele Arme wurden selten in die Luft gestreckt, um einen kraftvollen kollektiven Meineid zu schwören, der Wahrheitsliebe und Freude an fairen Wettkämpfen auf anrührende Weise miteinander verbindet.

»Habe ich auch nicht anders erwartet«, murmelte Treitschke. Natürlich wusste er etwas mehr, als die meisten glaubten. Du verbringst nicht mehrere Jahrzehnte deines Berufslebens auf Baustellen, um danach die Naivität eines Chorknaben zu besitzen.

Er wünschte trotz allem erfolgreiche letzte Stunden des Trainings und sagte im Vorgriff auf das Fest am heutigen Abend: »Nicht mit Fackeln losziehen! Keine Puppen an Laternenpfählen aufhängen! Keine Adressen von Anwälten sammeln! Wir werden nicht so sein, wie es ihnen gut in den Kram passen würde. Und weil ihr heute mit Sicherheit Medienmenschen begegnen werdet: Ich will keine Zitate lesen, in denen Worte vorkommen, die unter unserem Niveau sind. Nebenbei: Im nächsten Jahr treffen wir uns wieder! Wir parken ein und aus, bis es unseren Gegnern normal vorkommen wird. Dann haben wir gewonnen, aber auch erst dann. Ich wünsche sensiblen Gasfuß! So zart, als ob ihr eure Liebsten streichelt!«

Alle waren froh, als endlich das Training beginnen konnte. Ablenkung war die beste Medizin, selbst wenn die Hälfte der Teilnehmer auch am letzten Tag rezeptpflichtige bittere Medizin vor den Trainingseinheiten schlucken musste.

Der offizielle Terminplan sah vor, die Parkwoche mit einem Fest am Abend ausklingen zu lassen. Morgen Vormittag würde die Abreise stattfinden, viele Teilnehmer würden von ihren Kindern abgeholt werden. Darauf freuten sich einige schon. Die letzte Messe war noch nicht gesungen.

Treffpunkt der Brigade Wassersport war die Kneipe beim Marktplatz. Die Cafés kamen nicht infrage, weil sie ab dem späten Vormittag gut belegt sein würden. Für eine nicht ganz kleine Zahl der Teilnehmer war das Café zum zweiten Wohnzimmer geworden. Das reguläre Mittagessen wurde als eine von mehreren Mahlzeiten in die Liste diverser Café-Köstlichkeiten integriert – eine Mahlzeit von untergeordneter Wichtigkeit. Denn Mittagessen konnte man auch in den Elbvororten – aber die leckeren Zwischenmahlzeiten wären dort nur im Schutz der Nacht möglich gewesen. Zu einem Zeitpunkt, an dem kein Café geöffnet ist.

Eines der wenigen Gäste-Paare war seit Dienstag nicht mehr in der Öffentlichkeit aufgetaucht. Niemand vermisste die beiden, aber neugierig war man doch, weshalb bei Gelegenheit beziehungsweise bei zielstrebig herbeigeführter Gelegenheit ein Besuch in ihrer Pension stattfand. Die Veranstalter hatten es für eine Gruppen-Bewusstsein stiftende Idee gehalten, die Quartiere aller Teilnehmer in einer öffentlich zugänglichen Liste zusammenzustellen. Abgesehen von zwei bis drei weltanschaulich festgefahrenen Kadetten, die angesichts der Liste angeblich an Überwachungsstaat, Big Brother und Gestapo-Methoden erinnert wurden, nutzten alle anderen eifrig die Vorteile frei erhältlicher Kontakte, um ein Gruppenleben zu entfalten, das mit »rege« nicht vollständig beschrieben ist. Mit leichter Verzögerung begannen sich diverse Ereignisse herumzusprechen, die infolge privater Begegnungen, Erkundungsspaziergängen, mäßiger Ruhestörung und überschaubarer Sachbeschädigung wie breitflächiger Einsatz von Sprühsahne als Folge eines Sonderangebots bei *Aldi* am Marktplatz ihren sinnfälligen Ausdruck fanden. Will sagen: Man ließ es richtig krachen und benahm sich wie Obertertianer auf Klassenreise.

Man fühlte sich wohl in Poppenbüttel und ging davon aus, dass sich auch Poppenbüttel in Gegenwart der neuen Gäste wohlfühlen würde. Wie groß und intensiv dieser

Wohlfühlfaktor war, erlebten die drei Festivalteilnehmer, die auf der Spur des verschütt gegangenen Paares an der Haustür klingelten. Niemand reagierte. Man sah sich um, weil manche betagten Pensionsgäste gerne weite Kreise ziehen, wenn sie das Gefühl haben, in ihrem Quartier auf Zeit unbeobachtet zu sein. Bei dieser Gelegenheit war der Geruch nicht länger zu ignorieren. Der erste Gedanke ist stets: Leiche! Niemand hatte das jemals erlebt, aber im Fernsehen kommt man ohne Leichengeruch nicht aus, so bildet sich mit der Zeit eine olfaktorische Vermutung, von der man insgeheim hofft, sie möge nicht zutreffen.

Zu dritt durchquerte man den schmalen Weg zwischen Hausseite und Hecke zum Nachbargrundstück. Der Geruch wurde nicht schwächer. Konnte das eine einzige Leiche fertigbringen?

Man sah das Gartenhaus, dessen Fenster geöffnet waren. Es handelte sich nicht um eine Laube, sondern um einen Massivbau von bestimmt fünf mal fünf Metern. Auf dem Flachdach erhob sich ein Mast, auf dessen Spitze ein Storchennest thronte. Es schien unbewohnt, aber es war ein Storchennest. Wer Natursendungen im Fernsehen verfolgt, erwirbt ein breites Allgemeinwissen der biologischen Abläufe und Arten, das die gesamte Erdkugel umspannt. Storchennester gehören zum kleinen Einmaleins. Plötzlich schrie jemand im Haus, die drei Besucher zuckten zusammen. Wie verletzt musste man sein, wenn man gezwungen war, solche Laute auszustoßen?

Unwillkürlich suchte man die eigenen Jackentaschen und eine Handtasche nach Waffen ab. Aber erst im Garten wurde man fündig. Zersägte und zerhackte Baumstämme und Äste, die einen ordentlichen Prügel hergaben, sorgten für beruhigende Auswahl.

Einer schlich sich ans Fenster, die beiden anderen sicherten das Terrain.

Erneut ein Schrei! Es hörte sich an, als würde ein großes Tier röcheln oder röhren. Dazu ein dumpferes Geräusch, es klang, als würde eine flache Hand auf Holz schlagen, immer wieder. Und dann fand Jubel statt! Kein Zweifel: Da drinnen befanden sich Menschen! Zu dritt stand man dann am offenen Fenster.

Ein Wohnraum, nicht groß, Regal, Sofa, alles zierlich. Groß war allein der Tisch mit den vier Personen. Drei saßen, eine hielt sich neben dem Tisch auf und vollführte etwas, wozu den Beobachtern als Erstes einfiel: Kniebeugen. Der Wille sträubte sich gegen das Bild. Vier alte Menschen, ein Mann mit nacktem Oberkörper, eine Frau mit BH, ansonsten obenherum unbekleidet. Die zweite Frau im Schürzenkleid. Der zweite Mann trug Trainingsjacke, der Reißverschluss war weit nach unten gezogen. Die Männer hatten sich längere Zeit nicht rasiert, die Frisuren der Frauen waren nachlässig zusammengesteckt, aber die Haare kämpften um ihre Entlassung aus der Ordnung. Neben jedem stand Glas oder Becher. Ein Becher war mit Salzstangen gefüllt. Auf dem Tisch mit der guten alten Wachstuchdecke fand ein Kartenspiel statt. Nicht Skat, es waren viel mehr Karten, mehrere Joker erkannte man von draußen.

An der Wand stand der Beistelltisch, auf dem sich benutztes Geschirr in einer Höhe stapelte, die einem überraschten Beobachter zuerst als kaum möglich erschien.

Aus diesem Raum kam der Gestank. Es gab keine Leiche. Es gab vier alte Menschen, die seit Dienstag ununterbrochen *Samba-Canasta* spielten. Ein Spiel, das in den 5oer und 6oer Jahren seine beste Zeit gehabt hatte, bevor es in Vergessenheit geriet.

Die vier waren nicht im geringsten von den unbekannten Gesichtern irritiert. Seelenruhig wurden die Kniebeugen fortgesetzt und die gebrauchten Teller nach draußen gereicht. Plus die Hausschlüssel. Die Besucher orientierten sich in den fremden Räumen, der Kühlschrank war fast leer. Im Keller lag der Vorratsraum, in den Regalen standen Schüsseln, abgedeckt mit Geschirrhandtüchern. Sülze, Kartoffelsalat, eingelegte Bücklinge. Auf der anderen Raumseite Kuchen und Getränke.

Man stellte zusammen und trug ins Kartenhaus hinüber. Zu mehr als einem Knurren reichte es nicht, denn das hätte bedeutet, das Spiel unterbrechen zu müssen. Bei den Spielern handelte es sich um die Bewohner und ihre beiden Gäste. Man hatte sich berochen und über *Canasta* schnell zueinander gefunden. Beide Paare gierten seit Langem nach so einer Möglichkeit. Diese Mammutveranstaltung absolvierten sie nicht zum ersten Mal, aber die letzte vergleichbare Session lag schon viele Jahre zurück. Sie wirkten irre, aber konzentriert, präsent und gut gelaunt. Kein Wort über das Festival, es war Teil der Welt außerhalb des Kartenhauses, also nicht von Interesse.

Weil Gäste da waren, nutzte man die Gelegenheit, die Toilette aufzusuchen und die Kleider zu wechseln. Bad und Dusche standen zur Verfügung, aber Hygiene würde von der Spielzeit abgehen. Die Bewohnerin kehrte ins Zimmer zurück, während sie noch dabei war, ihre Achseln mit Deowolken einzunebeln. Das Licht im Raum war schlecht, man sah einfach nicht klar. Ein Mann rauchte offenbar Zigarren, niemand schien sich daran zu stören.

Zuletzt bekamen die Gäste zwei Tüten mit Pfandflaschen in die Hände gedrückt, die neben dem Regal gestanden hatten. Sie verabschiedeten sich nicht, sie gingen einfach weg, während eines der beiden Spielpaare über eine komplette Sequenz von der Acht bis hinauf zum As in Jubel ausbrach. 1500 Punkte zum Glück.

26

Man traf sich an der Alster, jeder hatte vorher im Zelt trainiert. Aber es war nicht wie sonst gewesen. Der Einbruch der juristischen Drohung hing schwer über dem Festival. Eine Bedrohung, die sie ihren Kindern zu verdanken hatten. Nicht jeder Teilnehmer war in gleicher Weise betroffen, aber mehr als eine Handvoll sah sich mit Kindern gestraft, die ohne Zweifel hinter den Kulissen daran mitgearbeitet hatten, ihre alten Eltern und deren Freunde zu schikanieren. Gemein waren sie schon lange gewesen, jetzt legten sie einen Zahn zu, suchten nach den Themen und Beschäftigungen, die ihre Eltern mit Vitalität und Lebensfreude durchpulsen könnten. Und exakt diese Medizin verboten sie ihnen.

Man war zu acht, kürzlich hatte man gemeinsam die erste Bootstour absolviert. Nur ein Mann hatte danach über Muskelkater geklagt. Er war nicht der Einzige, der auf die ungewohnten Bewegungsabläufe empfindlich reagierte. Er war nur der Einzige, der sich zu seinem Leiden öffentlich bekannte.

Wer erwartet hatte, dass jetzt eine lange Klage über das Rennverbot folgen würde, sah sich getäuscht. Denn der schwache Punkt der Gegenseite war den meisten Bootsfahrern sofort ins Auge gesprungen. Die Juristen und Popelzähler hatten sich auf Autorennen konzentriert und damit zahlreiche Rennformen ignoriert. Kein Wort über Flugzeuge oder Fahrräder. Kein Gedanke an Ski- und Bobfahren. Was ihnen jedoch das Genick brechen würde, lag vor den acht Aufrechten: das Rennen auf der Alster.

Ein Ablaufplan war schnell erstellt. Der heutige Tag gehörte dem Festival, das Abschlussfest am Abend wollte sich niemand entgehen lassen. Ab einem bestimmten Alter empfindet man Feiern als eine der letzten Chancen, vergnügt zu sein. Samstag und Sonntag fielen als Trainingstage aus, erst recht als Renntag. Die Einheimischen hatten vom Einfall zahlreicher Wochenendgäste aus Hamburg berichtet, zumal das vorhergesagte Wetter Unternehmungen an der frischen Luft nicht einschränken würde. Zu keiner anderen Zeit in der Woche waren die Wege entlang des Flusses so gut besucht. Komplette Familien pilgerten hier besonders sonntags: drei Generationen, Kinderwagen, Kinderkarren, große Räder, kleine Räder, viele Hunde. Auch am Wochenende versuchten Radfahrer und Läufer ihr Glück. Sie gewannen damit keine Freunde und sahen selbst auch nicht glücklich aus.

»Wir müssen die Zeit bis Montag irgendwie überleben«, sagte Roderich. Seine Angewohnheit, noch einmal in Worte zu fassen, was selbst für den größten Dussel offen zutage lag, war unabstellbar.

Mittlerweile wusste man mehr über die Alster. Vor allem dies: Sie wurde in dem Maß breiter, in dem sie sich der Innenstadt und ihrer Mündung in den großen Innenstadt-See näherte. Für Trainingsfahrten eigneten sich die breiten Abschnitte bestens, auch vorher gab es einige Teiche – es waren bessere Verbreiterungen des sonst so überschaubaren Flusses. Den ersten Teich hatte man bereits kennengelernt. Vom zweiten hatten die Späher Bilder, sogar bewegte

Bilder geliefert. Aber seit einem Jahr war alles komplizierter geworden. Auf der Höhe von Poppenbüttel stellte sich eine aufwendige Fischtreppe sportlichen Wettkämpfen auf dem Wasser in den Weg. Und wozu das teure Hindernis? Um den Fischen den seit einer halben Ewigkeit unterbrochenen Aufstieg zu ihren traditionellen Laichgebieten zu ermöglichen. Theoretisch wäre es möglich gewesen, das ökologische Hindernis mit 1000 Steinen und fast ohne Tiefgang zu umgehen. Aber dazu hätte man oberhalb der Fischtreppe an Land gehen und unterhalb erneut wassern müssen. Zweimal Wechsel von Land zu Wasser und dazwischen 50 Meter Transport der Boote auf dem Trockenen – was schon für Jugendliche und fitte Erwachsene eine Herausforderung darstellte, würde ein betagtes Teilnehmerfeld gnadenlos dezimieren und mit einiger Wahrscheinlichkeit medizinische Notfälle produzieren.

»Und das alles wegen ein paar verhungerter Stichlinge«, knurrte Roderich.

»Es soll hier Forellen geben.«

»Delfine auch?«

»Delfine nicht.«

»Wäre ja auch zu schön gewesen. Wo die Sozialdemokraten regieren, hat der Delfin sein Recht verloren. Und das alles wegen ein paar verhungerter Stichlinge.«

Unter den alten Teilnehmern gab es keinen, der das nagelneue Hindernis im Fluss als athletische Chance und Abenteuer kleinredete. So blieben zwei Alternativen. Das Rennen fand komplett oberhalb oder unterhalb der Fischtreppe statt. Das Ergebnis stand fest, bevor eine Debatte beginnen konnte. Start im Norden, Zieleinlauf am nördlichen Ende des Teichs an der Poppenbüttler Schleuse.

Montagvormittag sollte das Rennen stattfinden. An den Wochenendtagen würde man sich mit sportlichen Trockenübungen gelenkig halten. Kein Alkohol, keine Kuchenorgien, kein Sex, jedenfalls kein Sex mit Übertreibungen.

Zwei Rennteilnehmer sahen keine Chance, ihren Aufenthalt über den Vormittag des Samstags hinaus zu verlängern. Um 10 Uhr würde die Familie auf der Matte stehen und Opa heim ins Reich holen. Ihr Plan war, Montag früh wieder per Taxi anzureisen. An Wochentagen war es nicht unmöglich, sich unbemerkt aus dem Staub zu machen. In einer gar nicht kleinen Zahl von Familien hielten sich tagsüber nur Haushaltshilfen oder Putzfrauen oder niemand auf. Alle anderen befanden sich am Arbeitsplatz, in der Schule, in der Kita oder waren bei anderen Familienangehörigen, Tagesmüttern und in privaten Spielgruppen untergebracht.

Aber es gab auch Familien, in denen die Senioren nicht von Blüte zu Blüte flogen und ein Leben führten, das schockierende Ähnlichkeit mit der nichtsnutzigen Existenz kastrierter Hauskatzen aufwies. In diesen Familien waren die Alten in die Abläufe eingespannt – nie gegen ihren Willen. Zumal sich die meisten insgeheim sowieso für die fruchtbareren erzieherischen Kontakte der Enkelgeneration hielten. Von den Großeltern können Kinder unendlich viel lernen – auch das, was sie gar nicht lernen wollen. Von den Eltern lernen sie lediglich das Unvermeidliche. Eltern und Großeltern – Pflicht und Kür.

Die beiden Rennfahrer mit häuslicher Anwesenheitspflicht am Wochenende zeigten sich zuversichtlich. Dass sie insgeheim in der Angst lebten, sich im letzten Moment zu verplappern, behielten sie für sich. Wie erklärst du deinen neugierigen Kindern wasserdichte Kleidung und die

Tüte mit Mitteln gegen Zerrungen, Verstauchungen, Nahrungsergänzungsmitteln sowie pfundweise Vitaminen?

»Die RAF hat damals mit Depots im Wald gearbeitet«, sagte Roderich.

»Die hatten aber nur Maschinenpistolen, ich habe Pillen.«

Gemeinsam suchte man den bekannten Bootsverleiher an der Poppenbüttler Schleuse auf. Mithilfe seines staubtrockenen Charmes stellte er klar, dass Samstag und Sonntag die Tage seien, in denen er seine besten Geschäfte machte, erst recht im ausklingenden Sommer und warmen Herbst. Am Montag öffnete er nicht. Die Aussicht, einem Dutzend wildfremder und übermotiviert auftretender Senioren, die sich für Athleten hielten, über das Wochenende acht Boote und Ausrüstung zu überlassen, weil sie ausgerechnet Montag einen Wettkampf austragen mussten, sorgte bei ihm nicht für Enthusiasmus. Ein weiteres Mal spielte man das gute alte Bargeldspiel, unterfüttert mit Scheinen, die ein Bootsverleiher nicht oft in die Hände bekommt. In einem Augenblick nachlassender Drögheit zeichnete sich auf dem Gesicht des Verleihers ein Ausdruck ab, den man bei schlechter Beleuchtung mit Lächeln verwechseln konnte.

Jeder schüttelte dem Verleiher die Hand. Nicht alle dachten: Du bist noch blöder, als du aussiehst. Aber mehr als einer tat es.

Sie hatten bisher nicht abgemacht, wann sie heute aufs Wasser gehen wollten – und ob überhaupt. Aber die Nähe zu den Elementen riss sie mit, erst recht der Anblick der Boote. Zu spüren, dass man mit 80 Jahren neue Sportarten lernen kann, ließ niemanden unbeeindruckt. Vor allem war es unbändige Lust. Sie wollten keine Rekorde aufstellen. Sie wollten spüren, dass sie lebendig waren – und das nicht durch einen Blick auf Pulszähler und Blutdruckmessgerät. Acht Sportler würden an den Start gehen. Sie trieben sich auf dem Teich herum und treidelten nach Norden bis Poppenbüttel und ein Stück darüber hinaus.

Gegen die Westen wehrte sich niemand. Weil sie gelehrig waren, entledigten sie sich aller Klamotten, die sie behindern würden. Derjenige, der bei der Angabe seiner Schwimmfähigkeit geschwindelt hatte, verspürte mehr Angst vor dem Entdecktwerden als Sorge vor dem nassen Tod.

Wer am Anfang des Törns übertrieb, zahlte mit Schmerzen in Armen und Schultern. Ihnen war ein Fahrer entgegengekommen, der im Boot gekniet hatte. Das leuchtete ihnen ein. Der Oberkörper gewann dabei mehr Bedeutung, man konnte einen größeren Teil der Kraft aus ihm gewinnen. Zu sitzen bedeutete: Man braucht keine Beine. Kanu ist ein Sport für den halben Körper. Entsprechend groß war die Neigung, sich falsch zu bewegen und seit der ersten Minute an der Produktion von lästigen Zerrungen zu arbeiten.

Aber schön war es doch. Schön waren die Ruhe und die Gemächlichkeit. Das Gefühl, eine grüne Hölle zu durchqueren, verlor nie an Intensität und betörenden Anblicken. Hier stimmten auch und vor allem die Proportionen, nie ging das menschliche Maß verloren. So beeindruckend die hochhaushohen Schiffsriesen auf der Elbe sein mochten, sobald man begann, sich selbst ins Verhältnis zu deren Dimensionen zu setzen, schlug einem das aufs Gemüt.

Klein fühlen konnte man sich auch zu Hause und im Straßenverkehr, das musste man mit einer Zwergenregatta auf der Elbe nicht noch toppen. Es gab Segler und Ruderer, die dort Seehunden begegnet waren. Das war ein Argument, die Elbe zu befahren, auch die Inseln waren einen illegalen Landgang wert. Eine dritte Herausforderung zu finden, fiel schon schwer.

Und dann die Stille. So erquickend es war, sich im Kreis von Kollegen aufzuhalten, bei denen es nicht selten laut und kretig zuging und man manchmal nur mit Schreien Beachtung fand: Die Ruhe auf der Alster, sie hat was. Erst recht, weil diese Ruhe nicht ein vorübergehender Zustand ist, sondern der Normalzustand. Das Klischee unterstellt Senioren eine Existenz ohne Aufregungen und Ausschläge. Viel Berechenbarkeit, null Risiko, Überversorgung und Stille nicht nur in den Ohren, sondern auch im Gemüt. Was für einen alten Menschen, der im Kopf noch fit ist, einen belastenden Zustand bedeutet, sind permanente Unterforderung sowie Schonhaltung von Körper und Geist. Niemand sehnte sich nach dem Lärm startender Flugzeuge, niemand wollte vor den Lautsprechern stehen, wenn eine Rockband zum ersten Song ausholte. Es war der Wechsel, nach dem sie sich sehnten. Das eine und das andere, alle Spielarten eines abwechslungsreichen Lebens. Deshalb empfanden sie die Stille auf der Alster als so wohltuend. Diese Ruhe und Gemächlichkeit besaß keine Ähnlichkeit mit der Totenstille des heimischen Zierrasens. Denn zu Hause bildete der Rasen schon das Ende der Fahnenstange. Und die automatischen kleinen Mähmaschinen, die fünf Tage in der Woche stumpfsinnig ihre Bahnen zogen, forderten dazu auf, ihnen mit Stock oder stabilem Gartenwerkzeug ihr stumpfsinniges Hin und Her auszutreiben. Auf dem freundlichen kleinen Fluss wurde es nur laut, wenn ein Ruderer darauf bestand, soeben einen Fischotter gesehen zu haben. Ein, zwei Smartphones mussten sofort befragt werden. Es gab hier Fischotter, noch ein Punkt für die Alster. Jetzt fehlte nur noch ein Delfin.

Mehr als ein Mitglied der alten Herrschaften war durch jahrelange Unterforderung reizbar geworden. Diese Senioren liebten den Aufenthalt im Zimmer der kleinen Enkel schon deshalb, weil dort Geräusche vorkamen, die sie zwar nicht kannten und in keinem Fall für Musik hielten. Aber es war eine Form von Lebendigkeit – nicht püriert und vorverdaut, damit die alten Herrschaften selbst beim Kauen unterfordert waren.

Alle acht zogen auf dem Teich an der Poppenbüttler Schleuse ihre Runden. Einige suchten immer noch nach der Optimierung ihrer Sitzposition. Der verwegenste Charakter unter ihnen spielte mit dem Gedanken, sich zur Seite fallen zu lassen, um – den Körper komplett unter Wasser – mithilfe einer kraftvollen Rolle wieder ins Licht zu kommen. Ihm war bewusst, dass er im schlechtesten Fall einer anderen Form von Licht begegnen konnte, das nie mehr von einer anderen Beleuchtung abgelöst werden würde. Dass dies eine wunderbare Art zu sterben war, bezweifelte er keine Sekunde. Aber vorher gab es noch einiges für ihn zu tun. Vor allem musste er ein Rennen gewinnen und den Freunden ihre Grenzen aufzeigen.

Deshalb verkniff er sich die Eskimorolle, die im Fernsehen oft zu bestaunen ist und jedes Mal Eindruck macht. Er heizte über die schmale Seite des Teichs und fuhr dabei vom Bootshaus auf den gegenüberliegenden Höhenweg zu, von dem aus ihn ein junges Paar beobachtete. Das war die Motivation, die er brauchte. Jetzt eine gute Figur abgeben, ans gegenüberliegende Ufer stoßen und den Puls messen. Spontanen Beifall hätte er gerne entgegengenommen. Die Gefahr, dabei angeberisch rüberzukommen, ging gegen null, denn er hing in den Seilen, und jeder Atemzug schaufelte zu wenig Luft in die alten Lungen. Hechelnd und röchelnd hing er unter dem Spazierweg und hörte, wie die Frau zu dem Mann sagte: »So werden wir bitte nicht, wenn wir uralt sind. Ich möchte nicht das Gefühl haben, mit einem Irren an meiner Seite zu leben.«

27

Im Ortszentrum herrschte der übliche Auftrieb. Die Einheimischen wussten, dass dies der letzte Tag war, an dem sich bis in den späten Nachmittag aufrüttelnde Schicksale an dem knappen Dutzend Testboxen abspielen würden. Obwohl also zu diesem Zeitpunkt noch nichts auf Abschied und Abbau hinwies, lag doch schon ein wenig Wehmut in der Luft. Man hatte sich schnell an die Abwechslung in Poppenbüttel gewöhnt. Mehr noch: Man genoss das Gewusel. Erstaunlich, wie viel positive Unruhe nicht mehr ganz junge Menschen verursachen können. Lange waren es lediglich Schulklassen auf Ausflügen gewesen, die tagsüber die Luft rund um den Marktplatz bewegt hatten. Das war besser als nichts, aber nicht viel besser. Dass sich Kinder und Jugendliche außerhalb ihrer Schulen benehmen, als wären alle vom Affen gebissen, kennt jeder Einheimische aus eigener Erfahrung.

So, wie es seit Montag gewesen war, hätte es noch einige Tage weitergehen können. Zwar hatte das auch mit den finanziellen Segnungen zu tun, von denen jeder dritte Einheimische in irgendeiner Weise positiv betroffen war. Aber wichtiger war das Leben als solches. Wer in Poppenbüttel lebt, muss nicht an den Bettpfosten gekettet werden, um seine Flucht zu verhindern. Das Ausmaß der Zufriedenheit ist hoch, man hat hier nichts zu erleiden. Wenn man sich finanziell in einem einigermaßen sicheren Hafen befindet, strahlt die Sonne über einem noch etwas heller.

Aber es ist doch schon sehr still hier. Selten ist ein Zirkus in der Stadt – und wenn sich alle Jubeljahre dann doch einer hierher verirrt, geben nicht mal die Tiere Geräusche von sich, und die Musik spielt in Zimmerlautstärke. Aufbau und Abbau vollziehen sich unbemerkt, und nach vier Tagen ist alles wie nicht gewesen. Da, wo das Zelt stand, ist das Gras niedergedrückt, aber nur am Rand. Denn es steht auf Stein und Asphalt, und nur die Tiere finden Grün. Natürlich sind sie angeleint, und die meisten sehen aus, als wüssten sie mit plötzlicher Freiheit gar nichts anzufangen.

Ein Zirkus, der nach Poppenbüttel kommt, macht alle traurig. Er macht allen bewusst, dass sie durch eine unsichtbare Mauer vom richtigen Leben getrennt sind. Ruhe im eigenen Haus – schön und gut. Ruhe in der Straße – okay, warum nicht. Aber der Ort ist größer, er breitet sich in die Fläche aus. Und es ist keine verschwindend kleine Minderheit, die froh wäre, wenn es heißen sollte: Lasst uns heute in das Viertel gehen, wo es laut ist, wo es stinkt und knallt, wenigstens riecht und Geräusch passiert. Wo Menschen sind, die sich bewegen. Und von ihnen sollen alle jünger sein als wir. Altsein als solches füllt nicht den Tag aus und nicht die Woche – und nicht den Rest des Lebens. Man hat lange niemanden mehr erlebt, der vor Freude auf dem Tisch tanzt und dazu dieses fürchterliche Lied singt: »Mit 66 Jahren, da fängt das Leben an.«

Der eigene 65. Geburtstag ist die letzte Gelegenheit, sich diesen Unsinn in Würde anzuhören und ihn für eine realistische Vision zu halten. Wer Mitglied des Klubs geworden ist, wird sich wundern.

Nicht nur deshalb, aber auch deshalb war man den Gästen aus dem Westen der großen Stadt dankbar. Sie hatten einem seit Montag gezeigt, was möglich ist, ohne zu übertreiben. Natürlich würde man ihnen das nicht sagen, und sollte jemand behaupten, er habe etwas aus dieser Richtung läuten hören, wird man es lebhaft bestreiten. Mit Lob und Komplimenten durften die Besucher aus der Western World nicht rechnen. Sie waren schon eingebildet genug, das wollte man nicht noch unterstützen. Denn nebenbei trafen im Zuge des Festivals zwei Existenz- und Lebensformen aufeinander, die nicht demselben Ei entschlüpft waren.

Dass die eigenen Leute sich tadellos benehmen würden, war im Vorfeld nicht ernsthaft bezweifelt worden. In Poppenbüttel wurde die Heißblütigkeit nicht erfunden. In Poppenbüttel bewegt sich auch das Ein- und Auspark-Niveau auf einem nicht vergleichbaren Niveau. Es ist höher. Hier denkt man nach, bevor man die Pedale verwechselt. Natürlich ist auch hier das Risiko vorhanden, einen Bekannten, Nachbarn, Kollegen und im schlimmsten Fall ein Familienmitglied von den Beinen zu holen. Von den 30 bekennenden Unfallfahrern im Westen war ja bekannt, dass die meisten nicht aus dem Stadtteil stammten, in dem sie aktiv geworden waren. Sie hatten die Freundlichkeit besessen, einige Kilometer Fahrstrecke zu investieren, um das Risiko zu verringern, ihre halbe Familie von den Beinen zu holen. Niemand wollte den Unfallfahrern Vorsatz unterstellen – jedenfalls nicht laut und schon gar nicht vor Zeugen. Aber die Statistik lügt nicht, jedenfalls nicht jede. Was der Mensch nicht bewusst tut, kann er doch unbewusst tun. Deshalb hielten es nicht wenige für die sinnvollste Strategie zur Bekämpfung der prominenten Unfallserie, wenn man die westliche Waitzstraße nur für Ortsansässige zum Parken freigegeben hätte. Das Wissen, mit beunruhigend hohem Risiko im letzten Moment der Unfallfahrt ein bekanntes oder sogar verwandtes Gesicht vor der Windschutzscheibe zu sehen, hätte mit Sicherheit einen mäßigenden Einfluss auf die Bereitschaft ausgeübt, sich wie die Axt im Walde aufzuführen.

Der größte Vorteil Poppenbüttels ist das Fehlen einer eigenen Waitzstraße. Topografisch existiert hier nichts Vergleichbares. Der Marktplatz im Zentrum ist so groß, dass Menschen mit Gehbeschwerden ihn als Parkplatz meiden, weil sie Mühe haben, seine große Ausdehnung zu Fuß zu bewältigen. Hier gibt es immer freie Parkplätze, natürlich gibt es auch hier Menschen, die sich im Besitz eines bizarren Phänomens befinden: Sie können mit reichlich vorhandenem Parkraum schlecht umgehen. Das Bewusstsein, problemlos in jede Richtung vordringen zu können, wenn man sich auf den letzten drei Metern Einpark-Fahrstrecke doch noch für einen anderen Parkplatz als den zuerst ins Auge gefassten entscheiden will, dieses Bewusstsein ruft in den betreffenden Fahrern nicht das Gefühl von Wahlfreiheit hervor. Stattdessen werden sie nervös und hibbelig, drehen in einer Weise am Lenkrad, das jede Richtungswahl binnen Zehntelsekunden unter anfangs nur einer, dann unter zwei, drei, vier Alternativen verschüttet, sodass am Ende viel gefahren und gelenkt, aber wenig gewonnen wurde. Von einer sinnvollen Parkposition im eigentlichen Sinn kann schon gar nicht die Rede sein. Man hat auf dem Marktplatz Autos vorgefunden, deren verquere Position von kürzlich erlittener Qual zeugte.

Daran mag es auch liegen, dass die Poppenbüttler mit den Einparkboxen im Hallenzelt gut zurechtkommen. Der dort limitierte Raum nimmt ihnen diverse Entscheidungen ab, verhindert dieses und jenes, vor allem das Unerwartete und Unruhe Auslösende, sodass am Ende die Ankunft in einer zwar nicht perfekten, aber durchaus akzeptablen Parkposition steht und als Befreiung aus irdischen Anfechtungen empfunden wird.

Mehr als ein Poppenbüttler wunderte sich beim Verlassen des Wagens insgeheim, dass die Zahl der Gratulanten nicht größer ausfiel.

Das Leben ist ein ständiges Geben und Nehmen und in viel selteneren Fällen ein Einparken und Ausparken.

Von den Westlern nehmen die Poppenbüttler die Einsicht mit, dass vitalere Wohnquartiere vorstellbar sind. Von den Waldmenschen können die aus dem Westen lernen, dass man mit Geld nicht alles kaufen kann, schon gar nicht einen Parkplatz auf öffentlichem Grund. Höchstens den neuen Wagen, dessen Anschaffung sich kürzlich als notwendig erwies. Vielleicht war es nicht die erste kurzfristige Neuanschaffung, denn die aus dem Westen kommen viel herum und oft im Auto. Wenn sie wollten, würden sie ihre Besorgungen per Segel- oder Motorboot erledigen. Aber das können sie nicht.

28

Im Verlauf des Freitags kamen sich die Stadtteile näher. Man fand Zeit und Gelegenheit für einen Schnack, bedankte sich für Gastfreundschaft und das Annehmen der Einladung. Natürlich informierte man sich gegenseitig über seine persönlichen Trainingserlebnisse. Mancher übertrieb hoffnungslos. Mancher breitete das Tuch des Schweigens über seine Showeinlagen. Die, die es nach Ansicht der Trainer geschafft hatten, die gültigen Naturgesetze außer Kraft zu setzen – immer nur kurz, aber stets spektakulär –, kündigten an, sich im Verlauf eines Spaziergangs entlang der Elbe grundsätzliche Gedanken machen zu wollen. Bei diesen Menschen, teilweise noch blass nach dem Erlebnis eigener Schwäche und Panik, schien der gesunde Menschenverstand eine Chance zu haben. Das war nicht die Regel, und es kam seltener vor als im Vertrauen mitgeteilte familiäre Anekdoten. Einige Poppenbüttler wahrten mühevoll die Fassung, als sie erfuhren, was für Geschenke und Belohnungen den betagten Crash-Parkern von ihren Kindern in Aussicht gestellt worden waren, wenn sie nur endlich den Führerschein abgeben würden. Im Westen ist viel Geld im Umlauf. Mancher Poppenbüttler dachte über die Frage nach, warum dieses Geld nicht schon längst geflossen war – nach dem dritten Unfall, nach dem achten und zehnten und zwölften. Offenbar waren die aus dem Westen in der Lage, großen

Leidensdruck zu ertragen. Oder sie waren in der Lage, keinen Druck zu empfinden.

An diesem Tag waren wieder die *ADAC*-Agenten im Ortsbild sichtbar. Zu zweit und zu dritt suchte man das Gespräch mit den alten Menschen, nachdem man zuvor Augenzeuge ihrer Fahrkünste geworden war.

Offenbar hatten die Trainer eine Liste der zehn Kandidaten erstellt, denen man unter allen Umständen die Fahrerlaubnis aus den widerwilligen Händen entwinden müsse, um Dinge zu vermeiden, die man sich lieber nicht vorstellen wollte. Angeblich waren diese Kandidaten bereits angesprochen worden – behutsam, mitfühlsam, begleitet von Süßigkeiten und in erstaunlich vielen Fällen von Zigaretten, Zigarillos und Dampfern, deren Emissionen mehr als nur ein einziges nicht eingeweihtes Mitglied der örtlichen Freiwilligen Feuerwehr in Laufschritt fallen ließ.

Einige Schlechtparker hatten angeboten, sich die Sache durch den Kopf gehen zu lassen, die Glaubwürdigkeit dieser Ansage ging nicht nur gegen null, sie lag bei null. Die meisten hielten sich unverdrossen für mittelgute bis ordentliche Fahrer. Immerhin mieden fast alle nicht erst seit letzter Woche die Waitzstraße. Einige suchten sie auch nicht mehr als Fußgänger auf.

»Ich bin durch mit dieser eingebildeten Straße«, sagte Käthe Bäcker, geborene Von und geschiedene Van – eine Zufälligkeit, mit der sie für ihr Leben gern hausieren ging. Beging dann jemand den Fehler, nach dem Grund für den weniger respektablen Namen Bäcker zu fragen, hatte er damit Käthes Schleusen geöffnet und erfuhr zehnmal so viel, wie er wissen wollte, und 100-mal so viel, wie er vertrug. Käthes Familie war seit vielen Jahrzehnten bekannt für kauzige bis grenzwertige Lebensführung, aus der ein halbes Dutzend Familienserien bestückt werden könnten.

Hinter den Kulissen sondierten Juristen und Richter, welche Möglichkeiten existierten, die Fahrtüchtigkeit nicht länger bei Menschen in Kraft zu lassen, die seit längerer Zeit nur einen einzigen Fehler von einer unappetitlichen Verkehrssituation entfernt waren, nach der der Entzug des Führerscheins binnen weniger Minuten unweigerlich stattfinden würde.

»Freiheit schön und gut«, murmelte der *ADAC*, »aber man kann es auch übertreiben.«

Man bot dem *ADAC* an, mit einem klapprigen Herrn aus dem Westen zu sprechen. Er war hoch in den 8oern und bewegte sich mit einer Langsamkeit, die man zuerst für einen Spleen hielt, mit dem er die Umwelt an der Nase herumführte. Die Uneinsichtigkeit dieses Mannes öffnete dem letzten Gutmeinenden die Augen. Man bat ihn um ein Einparken, was er problemlos absolvierte. Die schwere Prüfung für alle Anwesenden war, ihm dabei zuzusehen, wie er zu seinem Wagen schlich. Man musste dem Impuls widerstehen, ihn zum Auto zu tragen. Doch äußerte sich der Greis danach in einer Weise über das eben Geschehene, die starke Zweifel weckte, ob er noch in der Lage war, seine Umwelt realistisch wahrzunehmen.

Ein Trainer wandte sich an den *ADAC* und fragte mit tückischer Freundlichkeit: »Sie kennen sich doch aus. Gibt es einen Verkehrsklub, der in der Lage ist, Katastrophen zu verhindern, statt sie hinterher zu bejammern?«

»Guter Mann, ich sage nur: Rechtsstaat.«

»Suchen Sie das richtige Gericht und die richtigen Anwälte. Ich besorge die Medien, gemeinsam legen wir den Tattergreis still, jede Wette.«

Man sah zu, wie der alte Mann davonfuhr. Kaum saß er im Wagen, war er ein anderer Mensch. Er bremste rechtzeitig vor dem Hund mit den überfallartigen Richtungswechseln und hielt vor einer Schwangeren mit Kinderkarre, damit sie in Ruhe die schmale Straße überqueren konnte.

Es lag so viel in der Luft, und hier standen fünf Experten auf einem Haufen. Aber niemand sagte ein Wort und niemand hatte einen Blick, den man auch nur entfernt als optimistisch missverstehen konnte.

Mit zunehmender Dauer des Tages dünnte die Besatzung im Zelt aus. Wer jetzt noch dabei war, strahlte den Willen aus, die letzte Gelegenheit zu ergreifen, um das offenbar Unmögliche doch noch möglich zu machen.

An keinem der vorigen Tage war so oft gegen die Reifen getreten worden. Das neue Lieblingsteil wurden die Wagendächer: immer mit der Faust rauf. Wenn die verzweifelte Person klein und zart war und wenn nicht viel Wumms hinter ihren Schlägen saß, mussten 20 Schläge den Frust ausgleichen.

Die einschlägig als Bruchpilotin bekannte Regula Hinten fand für ihr Versagen unverbrauchte Bilder: »Es ist, als wenn ich in einen Kühlraum geraten bin oder auf einen Planeten mit einer anderen Atmosphäre, sobald ich im Wagen sitze. Als wenn in der Luft fast kein Sauerstoff mehr ist. Ich werde noch nicht ohnmächtig, aber ich kann nicht mehr klar denken. Ich sehe alles gut und ich weiß, was ich jetzt tun sollte. Dann sehe ich zu, was meine Hände und Füße stattdessen machen, und schäme mich in Grund und Boden.«

Sie war einen Schritt von der Rückgabe des Lappens entfernt, ihr Trainer gab sein Bestes. Er wusste, wie man alte

Damen besticht. Er wusste auch, wie man junge Damen behumpst. Er musste darauf achtgeben, dass er jetzt nichts verwechselte. Zuletzt schleppte er sie Richtung Café ab. Zehn Minuten später sah man sie erneut an der Halle vorbeikommen. Ihre Richtung war die Stammkneipe von Heinrich Treitschke. Der Trainer hatte mit ihm telefoniert, Treitschke sagte: »Her mit dem Mädchen. Ich setze mein bestes Therapeutenteam auf sie an.«

So geriet die nichtsahnende Bruchpilotin an Wirtin Ulrike, Taxifahrer Manni und weitere Experten, die auf der Tastatur von gesundem Menschenverstand und löchriger Logik wahlweise Kinderlieder, Bach-Messen und *Scorpions* spielten, problemlos auch alles gleichzeitig. Die alte Dame hatte keine Chance und zahlte Manni am Ende 100 Euro, wenn er sie nur endlich vom Lappen befreien würde.

Auf der Theke standen zwei Dosen: eine für Kinder mit zerebralen Ausfällen, eine für die Rettungsschiffe im Mittelmeer. Manni musste lange überlegen, wo hinein der Hunderter gehörte. Zuletzt verließ er in Begleitung des Hunderters das Lokal und versprach, die Frage gründlich zu überdenken und im Anschluss an das Denken auch bestimmt zu handeln.

Die Abendsonne zeigte sich von ihrer besten Seite, über dem Ortszentrum lag milde Abschiedsstimmung. In wirkungsvollem Kontrast dazu standen die Caterer, die zielstrebig alles heranschafften, was eine große Feier benötigt, nicht zuletzt Getränke für Jung und Alt sowie Zapfstationen vom halben Dutzend Klassiker bis zum lokalen Bier- und Craftbeer-Pflichtprogramm. Zuvor hatten Oberschüler und Sportler erst sämtliche Autos nach draußen und danach das bewegliche Innere des Zelts in dessen Hintergrund verlegt, wo sie mit unübersehbarer Arglosigkeit Haufen und Hügel und Berge aufschichteten, die Rettungssanitäter, Feuerwehr und alle Einheimischen auf den Plan riefen, die teilweise jahrzehntelange Schützenfest-Erfahrung besaßen, die sie nun uneigennützig an die nachwachsende Generation weitergaben, gut durchmischt mit Hohn und Spott über das handwerkliche Ungeschick der jungen Großmäuler.

Das *Golfhotel* hatte sich als Austragungsort der Abschlussfeier angeboten und tat so, als würde man akzeptieren, dass alte Leute lieber auf klapprigen Bänken und Plastikstühlen sitzen anstatt in einem Ambiente, das Hollywoodstars zu Schreien des Entzückens animiert hatte.

»Man muss auch verlieren können«, sagte Treitschke lächelnd, wohl wissend, dass man hochkarätige Hotelmanager mit sportlichen Worten nicht erreicht.

29

Einige taten so, als würden sie am liebsten in fließendem Übergang vom Training zum Feiern übergehen. Am Ende zogen sich die meisten aber doch in ihre Unterkünfte zurück, und eine zweistündige Auszeit legte sich über den Ort. Könnten Gebäude und Plätze seufzen, man hätte es in dieser Zeit gehört. Es wirkte, als wäre eine Ausgangssperre verhängt worden. Auch die Katzen mochten es gar nicht glauben. Ringeltauben und die fidelen Junggesellenbanden der Singvogelbruten aus dem Frühjahr flogen zur Inaugenscheinnahme ein.

Im Hintergrund lugte dann doch noch ein menschlicher Kopf aus den schmalen Gassen hervor. Es gab mehr als einen Kopf. Wer genau hinsah, hätte Kajaks und Kanus entdeckt, die mithilfe von Rollwagen auf Grundstücke geschoben wurden, deren Bewohner sich dafür hergegeben hatten, die Boote noch zwei oder drei weitere Nächte zu beherbergen.

Dann verschwanden auch diejenigen, die gerade noch auf der Alster trainiert hatten, in ihren Quartieren.

Die beiden Fotografen, die stets Motive suchten, die einem nicht bereitwillig ins Gesicht springen, begannen, den Marktplatz abzugehen. Einer draußen, eine im Zelt. Dort verknallte sich ein Oberschüler in die Fotografin und begann schlagartig, sich epileptisch aufzuführen. Sie bot ihm ein Treffen in fünf Jahren an, weil er da erwachsen sein könnte, »im besten Fall«.

Der Oberschüler sagte: »Und dann ... und dann können wir?«

Sie lachte und sagte: »Das überlebst du nicht.«

Und er: »Das wird ein schöner Tod. Ich werde mit einem Lächeln auf dem Gesicht sterben.«

»Wetten, dass nicht?«

»Wetten, dass doch? Du knipst, ich sterbe, du wirst mit den Fotos berühmt. Und in der Hölle organisiere ich ein Freudenfest.«

Beim Verlassen des Zelts stolperte er. Da arbeitete sie längst wieder.

Danach eilte sie in die Pension, wo sie verabredet war. Beide Fotografen begleiteten das dort abgestiegene Ehepaar dabei, wie sie sich für das Fest zurechtmachten. Die alten Leute brauchten einige Minuten, bevor sie locker wurden. Doch die Profis beherrschten eine Kunst, die nicht alle Kollegen draufhaben. Sie fotografierten, ohne das Gefühl zu vermitteln, Fremdkörper zu sein. Keine Fragen, keine Bemerkungen, überhaupt keine Worte.

Zuletzt sagte die Seniorin zur Frau: »Sie kriegen bestimmt ständig Heiratsanträge.«

»Heute sagt man nicht mehr Heiratsantrag.«

»Ich weiß«, sagte der Senior. »Heute sagt man ...«

Seine Frau beherrschte auch eine Kunst. Sie konnte ihren Lebensgefährten von hinten anblicken, und er wusste, dass es soeben geschah.

Bis auf die Handvoll, die – ermattet von den Mühen des Tages – dann doch die weiße Fahne hissten, zog ein Strom von den weiter draußen liegenden Straßen Richtung Zentrum. Die Fotografen hatten im Vorfeld die geeigneten Standorte gefunden und schossen aus dem zweiten Stock.

In der klaren, aber noch nicht kühlen Abendluft war leichte Kleidung möglich. Das führte zu einem Ergebnis, das du dir als Knipser nur wünschen kannst, denn manipulieren kannst du es nicht. 50 oder 60 oder noch mehr Menschen, fast alle alt, fast alle festlich angezogen, schlendern eingehakt, teilweise Hand in Hand, teilweise singend Richtung Zelt. Weil man bei Gruppen ab einer gewissen Größe zuverlässig mit Unglücksvögeln rechnen kann, gingen vier Gäste unterwegs verloren. Einmal falsch abgebogen, beim zweiten Mal ohne Orientierung weitergestolpert, zuletzt die Karte mit Mannis Taxi-Telefonnummer gefunden, der die Irrläufer einsammelte.

Weil es sich um Manni handelte, war das Folgende unvermeidlich: »Wohin des Weges? Zum Zelt, dem Prachtpalast im ganzen Norden?«

»Wohin wohl sonst?«

»Nun, da wäre zuallererst der Ort, den ihr alle seit Langem im Herzen tragt und der euch stets verschlossen blieb, weil die Teufelsbrut – ich rede von euren Kindern – das Verbot verhängt hat, an dem ihr seitdem zu kauen habt.«

»Das können Sie nicht wissen.«

»Ihr müsstet euch sehen.«

»Das bleibt inoffiziell?«

»Niemand schwört überzeugender als ich.«

Manni demonstrierte seine spezielle Schwurtechnik und sagte: »Kein Risiko. Niemand weiß davon. Nur ich und am Rande ihr. Ich höre.«

»Es ist etwas weiter.«

»Schon mal von einem guten Ziel gehört, das gleich um die Ecke liegt, wenn man es seit Jahren im Herzen trägt?«

Manni dachte: Schalt runter, Junge. Das ist ja nicht zum Aushalten.

Sie gestanden ihr Traumziel, Manni sagte: »Bitte anschnallen. Gleich werden wir fliegen.«

Als es passierte, erschien es naheliegend und natürlich. Dennoch wäre auch denkbar gewesen, heute Abend abzuschalten und Distanz zu den letzten Tagen herzustellen. Viele Erlebnisse waren intensiv gewesen, und nicht alle Teilnehmer würden an diese Zeit mit Dankbarkeit und Rührung zurückdenken.

Aber es gab nur ein einziges Thema. Während man aß, wurde weniger gesprochen, aber still war es nie. Die beiden Gitarrenkünstler, klassisch, sehr spanisch und spartanisch, beherrschten das fast lautlose Spiel. Man konnte nie sicher sein, ob man Musik hörte oder es sich nur einbildete.

Gerade eben rief eine Frau gut gelaunt: »Im Vorbeifahren einparken! Schwupp, rein! Schwupp, raus!«

»Das klingt nicht logisch«, sagte der Mann. Er war nicht ihr Mann, sie standen sich nicht einmal nahe, vielleicht hätte sie sich dann überlegt, ob sie ihre Zeit mit ihm verbringen wollte. Zumal er in Gesprächen seit Langem darauf abonniert war, den vernunftbetonten und abwägenden Widerpart zu geben. Im Einzelfall nicht dumm, aber zwanghaft und anstrengend. Manche Menschen halten so eine Spaßbremse nur eine Zeit lang aus.

»Ich weiß!«, rief sie begeistert. »Das ist ja das Schöne. Ich hatte immer Angst, dass ich spießig wirke, wenn ich mich so benehme wie alle anderen. Aber das stimmt ja gar nicht. Ich bin und bleibe die Alte. Schwupp und Schwupp. Vorsicht! Edith kommt um die Ecke! Ich freue mich schon auf das nächste Mal. Ich denke, ich werde zu Hause jeden Tag ein Stündchen parken. Es ist mein neues Hobby. 30 oder 40 Jahre habe ich geparkt wie die Wildsau.

Diese Zeit muss ich jetzt nachholen. Und danach lerne ich Fallschirmspringen!«

»Die letzten Tage haben mir viel gegeben. Und was habe ich zurückgegeben? Schreck und Scham und Dummheit. Ich gehöre zu denen, die es nie lernen. Lange habe ich es geahnt, wie soll ich es jetzt noch bestreiten?«

»Manchmal denke ich, alles war ein Experiment. Geplant und durchgeführt von diabolischen Teufeln.«
    »Diabolisch reicht, da denkst du den Teufel automatisch mit.«

»Wir beide können uns die Hände reichen. Du parkst wie Sau, ich rede wie Sau. Gibt es eigentlich etwas, was wir können? Ich meine, wie kann man so alt werden, ohne etwas Sinnvolles gelernt zu haben?«
    »Ich habe studiert.«
    »Ja, Wahnsinn! Das macht mittlerweile die Hälfte bei uns. Jeder Hiwi schafft doch heute den Bachelor. 30 Seiten Examensarbeit. Das schreibe ich in einer Woche. Wenn es gut läuft, an einem Wochenende. Sag mir, was das mit Studieren zu tun hat?«
    »Müsste ich drüber nachdenken.«
    »Lass es lieber. Ich weiß die Antwort: Mit Studieren in der früheren Bedeutung hat es nichts zu tun.«

»Ich werde die Tage nie vergessen. Kein Gesicht, das man nicht sehen will. Und wenn doch eins auftaucht, kann man sich umdrehen und davongehen, ohne dass das Gesicht anfängt, dir 100 Fragen zu stellen, von denen du keine einzige hören willst und keine einzige beantworten. Eine

Woche ohne Familie, und man merkt, wie man seine letzten Jahre verbracht hat: als Geisel mit zu wenig Freigang. Ich freue mich so sehr darauf, ihnen ein Parkerlebnis hinzulegen, dass sie vom Glauben abfallen. Wenn mir der Autoschlüssel generös für einige Viertelstunden überlassen wurde, stand jedes Mal der Ordner mit den Versicherungsunterlagen nicht mehr im Regal wie sonst. Dann stand er mitten auf dem Tisch. Ohne Wort, ohne Kommentar, mitten auf dem Tisch. Ich habe mich jedes Mal so sehr für die Kinder geschämt.«

»Als Erstes kaufe ich mir ein eigenes Auto. Jetzt haben sie ja kein Argument mehr dagegen. Früher haben sie immer so getan, als ob die Bevölkerungszahl in Deutschland erst dann wieder steigen wird, wenn alle Fahrer ab 70 Jahren ihren Führerschein zurückgegeben haben. Dabei ist das unlogisch. Wenn jeder Zweite, der Kinder kriegen kann und will, schlicht und einfach ein Kind mehr kriegt, haben wir in fünf Jahren 90 Millionen Einwohner. Aber nein: Warum einfach, wenn's auch kompliziert geht.«

»Neues Auto schön und gut. Aber das kann nicht alles sein. Ich spiele mit dem Gedanken, mir eine kleine Wohnung zu nehmen. Zwei Zimmer reichen völlig. Und alle Schlüssel bleiben bei mir, ich lade mir doch nicht freiwillig die Mäuse ein, die mir nach vier Wochen wieder auf der Nase herumtanzen.«

»Neues Auto und neue Wohnung schön und gut. Aber das kann immer noch nicht alles sein. Die Fittesten von uns könnten jetzt endlich eine Seniorenpartei auf die Beine stellen. Nicht solche verschnarchten Vereine, die es seit

Langem gibt und die nicht mal eine Presseerklärung hinkriegen. Als Erstes organisiere ich einen Hungerstreik, das
halten sie nicht lange durch. Jedenfalls nicht so lange wie
wir. Hungern ist für die Gesundheit gut, so schlagen wir
zwei Fliegen mit einer Klappe. Und wenn die Kinder sich
auf die Hinterbeine stellen, zeige ich ihnen mein Tagebuch.
Oder eins von allen, die es gibt. Damit sie sich keine Illu-
sionen machen. Wenn ich das als Buch veröffentliche oder
in der *Bunten* oder zur Not in der *FAZ*, können sie gleich
ins Ausland umziehen, wo sie keiner kennt. Hier bei uns
kauft dann nämlich keiner mehr ein Stück Brot von ihnen.«

»Das Wichtigste ist nicht, dass die meisten von uns jetzt
parken wie eine Eins. Das ist nur ein Nebeneffekt, den
ich gerne hinnehme, auch wenn ich im Grunde gar keine
Lust aufs Autofahren habe. Das Wichtigste ist das Selbst-
vertrauen, das wir dadurch bekommen haben. Wir waren
bisher viel zu defensiv. Klein und eingeschüchtert haben
wir uns alles bieten lassen, nie haben wir protestiert. Wenn
sich einer von uns gewehrt hat, haben sie ihn ausgelacht
und gesagt: Ui, nun haben wir aber Angst vor dir! Ich
möchte hören, was sie sagen, wenn 100.000 von uns sich
gleichzeitig wehren.«

»Aber wir sollten das Autofahren nicht leichtfertig aus
der Hand geben. Beim Kartenspiel verschenkst du ja auch
nicht deine Trümpfe großherzig an die Mitspieler. Als
Erstes holen wir uns fabrikneue Wagen, die was herma-
chen. Nicht diese piefigen hoch gelegten Rentnerwagen
mit Automatik, wo sie heimlich eine Mechanik eingebaut
haben, die ab 100 Kilometern automatisch abregelt. Fabrikneue Autos vor die Tür, und wir sorgen künftig selbst

für unsere Ausbildung. Deutsche Senioren werden Weltspitze beim Parken. ›Du parkst wie eine Deutsche‹ – das wird künftig das werden, was jetzt noch Made in Germany heißt, auch wenn es aus Bayern oder Sachsen stammt. Ich möchte noch den Tag erleben, an dem ich meinen altklugen Schwiegersohn in Grund und Boden fahre, natürlich mit anschließendem Einparken. Möglicherweise werde ich ihn dabei leicht touchieren. Das lasse ich mir auch etwas kosten, und der kleine Bums wird mir schrecklich leidtun. Ach ja, und eigene Vermögensberater brauchen wir jetzt auch endlich. Vielleicht sollten wir mit denen anfangen. Damit sich die Kinder von Anfang an nichts mehr vormachen. Wir packen sie da, wo es sie am meisten schmerzt. Ich denke darüber nach, alles meinen beiden Enkeln zu überschreiben, dann haben die künftig ihre Eltern besser in der Hand. Und mein Taschengeld dürfte nach meiner unmaßgeblichen Meinung künftig ruhig doppelt so hoch ausfallen.«

»Weiß jemand, ob es eine Altersgrenze für Lkw- und Bus-Führerscheine gibt?«

30

»Heinrich Treitschke, altes Schlachtross! Jetzt hast du es endlich geschafft mit dem Gedenkstein an zentraler Stelle im Ort.«

»Das war nicht mein Ziel.«

»Weiß ich doch. Dir steht die Bescheidenheit in Großbuchstaben auf die hohe Stirn geschrieben.«

»Gibt es schon erste Hochrechnungen?«

»Was?«

»Hochrechnungen. Nicht Hotelrechnungen. Als unser allseits geliebter Stadtteil-Hotelier denkst du immer gleich an das eine.«

»Ach, Hochrechnungen. Die gab es seit dem ersten Tag. Aber sie tun alle wunder wie geheimnisvoll.«

»Bei deinen Beziehungen.«

»Nett, dass du das sagst.«

»Es ist eine sachlich zutreffende Bezeichnung.«

»Sehe ich genauso. Also es ist so: Das Beherbergungsgewerbe … angeblich gibt es ein kürzeres Wort dafür. Ich bevorzuge ›Beherbergungsgewerbe‹ und würde es gern sehen, wenn du …«

»Beherbergungsgewerbe.«

»Ich könnte es pausenlos hören.«

»Übertreib nicht.«

»Okay, bin wieder da. Wir gewerblichen und auch die privaten Vermieter reiben uns die Hände. Unsere Restaurants zünden Gedenkkerzen an. Und die Cafés … na ja, du hast es ja erlebt. Die haben ihren Umsatz bis Silvester im Sack. Bis Silvester des nächsten Jahres. Einschließlich der Silvester-Berliner.«

»Lass mich raten: Sie lieben uns.«

»Dich und uns. Und in aller Bescheidenheit auch mich.«

»Ich hätte mit dir anfangen sollen.«

»Das hättest du, ja. Das wäre ein netter Zug gewesen.«

»Aber ich bin ja genauso überwältigt wie alle anderen.«

»Verstehe ich doch! Verstehe ich gut. Gerade von Natur aus bescheidene Charaktere wie ich können die allgemeine Ergriffenheit nachvollziehen.«

»Und nun kommen wir zur Voraussetzung für weiteres Glück.«

»Heinrich Treitschke, du sprichst mir aus der Seele. Die Zustimmungsquote zum ersten *Ein- und Ausparkfestival* liegt bei 100 Prozent. Was sie am Montag, als der Startschuss fiel, noch nicht erreicht hatte.«

»Es gibt eben immer einige Zweifler und Skeptiker.«

»Und Schleimscheißer, Spielverderber, Miesepeter.«

»Mancher hat ein Näschen für historische Gelegenheiten und mancher …«

»… Schleimscheißer, Spielverderber, Miesepeter.«

»Ich hätte es nicht besser sagen können.«

»Aber ich hätte es noch saftiger formulieren können.«

»Verzeih ihnen. Sie werden sich in diesen Minuten im stillen Kämmerlein für ihr Zögern schämen.«

»Das möchte ich ihnen auch geraten haben.«

»Diese Skepsis, das ist das fehlende südländische Gen in uns Poppenbüttlern.«

»Dummheit ist das! Sabotage! Stell dir vor, es wäre

schiefgegangen. Wer hätte uns wohl an der nächsten Laterne aufgeknüpft?«

»Die Skeptiker.«

»So sieht das doch aus. Das Kotzen könnte man kriegen.«

»Das ist das Leben.«

»Wenn die glauben, wir halten ihnen einige warme Plätzchen in der künftigen Organisation frei, dann haben sie sich geschnitten.«

»Du denkst daran, wer die Idee hatte?«

»Tag und Nacht. Nachts mehr als tagsüber. Ohne dich wären wir doch alle nur Sackgassen der Evolution. An erster Stelle natürlich die ...«

»... die Skeptiker.«

»Ich hätte es nicht treffender sagen können. Aber wie du schon ganz richtig vermutest: Alle schreien jetzt nach schnellstmöglicher Fortsetzung des Festivals. Natürlich nicht wieder mit den Großkotzen von der Elbe. Die haben wir ja nun flächendeckend abgegrast. Mit Ausnahme derjenigen Genies, die ihre Kinder rechtzeitig auf dem Dachboden interniert und dann den Schlüssel weggeworfen haben.«

»Wir schreiben unser Festival bundesweit aus.«

»Das will ich hören. Bundesweit! Groß denken! Groß handeln! Und bloß keinen Zahlendreher in der Kontoverbindung! Meine Gitti ...«

»... weiß ich doch. Deine Gitti stellt sich selbstlos in den Dienst der guten Sache und peilt den selbstlosen Posten der künftigen Geschäftsführerin an.«

»So wie du das sagst, klingt es etwas kühl und berechnend. Unsympathisch irgendwie.«

»Es hört ja keiner. Nur wir zwei.«

»Auch wieder wahr. Gitti muss den Posten bekommen, sonst kriege ich zu Hause Probleme von einer Größe, von der du dir keine Vorstellungen machst.«

»Und wenn meine Ruth nun auch ähnliche Gelüste verspüren würde wie deine Gitti?«

»Ruth? Ruth doch nicht. Die ist doch aus dem Alter raus.«

»Kollege …!«

»Das kam jetzt möglicherweise etwas missverständlich rüber. Ich meine das Alter und die Erfahrung. Ruth hat in ihrem Leben mehrere Säcke Erfolge und Erfahrungen erlebt. Sie muss nicht mehr. Sie könnte, aber sie muss nicht mehr.«

»Während deine Gitti …«

»Sie macht mir die Hölle heiß. Und wenn du glaubst, das gibt sich wieder, dann sage ich: nicht meine Gitti! Wenn Gitti Betriebstemperatur hat, hält sie die 200 Grad problemlos mehrere Tage durch. Auch Wochen sind bereits vorgekommen.«

»Du hast es manchmal nicht leicht.«

»Es gibt natürlich auch schöne Stunden.«

»Aber weil es sich um Gitti handelt …«

»Denk einfach darüber nach. Geschäftsführerin Gitti. Das ist schon rein lautlich harmonisch und elegant aufeinander abgestimmt.«

»Wir haben zwei Möglichkeiten. Die erste: das Park-Festival bundesweit ausschreiben.«

»Mit zwei bis drei Hotelneubauten und Einbeziehung der übrigen Walddörfer stemmen wir das. Wenn ich zum ersten Haus mein zweites Haus eröffne, dürft ihr mich alle zärtlich ›Herr Steigenberger‹ nennen.«

»Zweite Möglichkeit: Wir rationieren.«

»Du meinst, wir sollen auf Umsatz verzichten? Auf Umsatz!! Verzichten??? Freiwillig???«

»Weil wir langfristig denken. Denn wir gehen ja davon aus, dass uns unsere Kunden nicht ausgehen werden. Alte Menschen sind auf dem Vormarsch. Einpark- und Auspark-Unfähigkeit ist kein saisonales Übel, es ist tief in den Genen verankert. Und wenn erst die E-Autos in großer Zahl vorfahren! Du weißt doch: Die fahren praktisch geräuschlos.«

»Ach du meine Güte, ja! Man hört nicht, wenn sie angreifen. Sie haben das Überraschungsmoment auf ihrer Seite! Ach du meine Güte, das habe ich ja bisher gar nicht … Wir brauchen dringend eine Klinik in Poppenbüttel.«

»Wir sind umgeben von Krankenhäusern.«

»Das ist nur Hamburg. Wir sind Poppenbüttel.«

»Okay. Dir ist bewusst, dass spätestens im nächsten Jahr weitere Städte und weitere Veranstalter mit unserer Idee antreten werden?«

»Was? Aber das dürfen sie nicht. Das ist Rechtsbruch. Das werden ihnen unsere Anwälte austreiben!«

»Unsere Idee lässt sich nicht schützen.«

»Woher weißt du das? – Ach du meine Güte. Du warst schon aktiv. Du hast dich erkundigt.«

»Bei mehr als einer Adresse. Und bei allen wichtigen Adressen.«

»Bei allen?«

»Bei allen. Die große Torte werden sich künftig mehrere Anbieter teilen. – Was aber kein Beinbruch ist. Wie gesagt: Die Kundenzahl geht in die Millionen, alte Menschen wachsen ständig nach. Und ein Kriterium macht uns keiner streitig.«

»Das ist wahr. Niemand hat mehr Sex als wir.«

»Das steht auf Platz 2. Nein, Platz 1 ist: Wir waren die Ersten, wir haben das Erstgeburtsrecht. Damit werden wir wuchern. Es wird sexy sein und sexy bleiben, auf unser Festival zu fahren. Weil wir wir sind. Damit machen wir unsere Betten voll. Wir sind das Woodstock der Parkfestivals. Unser Image ist unerreichbar. Wir müssen gar nicht das größte sein. Größe zerstört nur den Charme. Dafür gibt es einige Beispiele. Es gibt Festivals, die legendär wurden, weil sie nie den Fehler machten, ihren menschlichen Faktor zugunsten rappelvoller Messehallen zu opfern.«

»Volle Messehallen?«

»Komm wieder runter, Steigenberger. Du musst dem verlockenden Gedanken widerstehen. Der Teufel tritt in vielen Maskierungen auf.«

»Solange der Teufel pünktlich zahlt, könnte ich damit leben.«

31

Um 21 Uhr summte und brummte das Zelt. Um diese Zeit wurde noch nicht getanzt, an den Tischen liefen die Erzählungen vergangener Heldentaten und furchtbarer Enttäuschungen auf vollen Touren. Wenige Stunden nach Abschluss des Trainings war die Legendenbildung in vollem Gange. Wer Grund hatte, sich auf seine Leistungen etwas einzubilden, ließ die Umsitzenden darüber nicht im Zweifel. Wer Anlass hatte, das Durchlittene zu verschweigen oder gnädig umzulügen, verstrickte sich in einen Mix aus Wahrheitsliebe und Slapstick. Teilnehmer mit schauspielerischer Begabung führten Parkvorgänge auf, die am Tisch Ungläubigkeit, Entsetzen und schreiendes Gelächter hervorriefen. Schon in der Anfangszeit der Feier verschwanden bisweilen Gäste nach draußen. Oft waren es Paare, aber man konnte sicher sein, dass draußen kein Geknutsche stattfand, sondern ein Auto aus der Nachtruhe aufgeschreckt wurde, um in den folgenden Minuten für Ein- und Ausparkübungen zu dienen. Nicht selten uferte die als Anekdote und Selbstbezichtigung gedachte Demonstration zu einer regulären Unterrichtsstunde aus. Es konnte nicht ausbleiben, dass in den um diese Tageszeit traditionell totenstillen Gassen Autos bei grotesken Sprüngen beobachtet wurden. Andere Autos rollten auf beherrschte Weise aus der Parkposition in die Straßenmitte, um sodann Kurven, Bögen, kurze und kürzeste Geraden zu fahren, für die Beobachter weder Motiv noch Sinn gefunden hätten.

Zu diesem Zeitpunkt weilten mehrere Polizisten im Zentrum. Aufgrund jahrzehntelanger Erfahrung mit betagten Verkehrsteilnehmern wollte man sich später keine Naivität vorwerfen lassen. Ab und zu trat ein Beamter aus der Deckung auf einen Pkw zu, dessen ruckartige Fahrphasen von sehr wenigen Metern in Verbindung mit abgewürgtem Motor und Schreien, die aus dem Wageninneren kamen, ihm keine andere Möglichkeit ließen. Er bat um Mäßigung, erinnerte an die gastronomischen Angebote im Zelt und hoffte, dass nun der Beifahrer – denn nie saß jemand allein im Wagen – das Nervenbündel am Steuer aus der Gefahrenzone fortschmeicheln würde. Nach fünf langen Tagen mit konzentriertem Training hatten noch längst nicht alle Freundschaft mit den Bewegungsabläufen, der Einschätzung von Distanzen und dem Sitz von Gas, Bremse und Kupplung geschlossen. Einige Cops mussten Fragen nach Sinn und Unsinn von Kupplungen beantworten, die in der Fahrschule ab Stunde drei zu eindringlichen Ermahnungen an die Fahrschüler führen würden. In der Fahrschule war das Angebot für blutjunge Schüler, den Beginn der Fahrkarriere um ein Jahr hinauszuschieben, zwar heikel, aber immerhin denkbar. Ein 85-jähriger Mensch besitzt ein anderes Zeitgefühl. Er will heute ein- und ausparken und nicht im nächsten Jahr. Viel Unausgesprochenes liegt bei verbaler Kommunikation mit Senioren in der Luft und führt leicht zu verschwurbeltem Satzbau und zu Wortgirlanden, die sich wie das akustische Äquivalent eines missglückten Einparkversuchs anhören.

Die örtliche Polizei war nicht traurig über das Ende des Festivals. Da man in weiser Voraussicht seit der ersten Stunde Statistik geführt hatte, lag eine Schlussstatistik bereits vor. Obwohl der weit überwiegende Teil des Trainings im Zelt stattgefunden hatte, war es den Teilnehmern gelungen, unter freiem Himmel 24 Unfälle oder unfallähnliche Begebenheiten zu realisieren. Die Hälfte davon fand in Sichtweite der Cafés statt, was ein ganz neues Licht auf die ständig gefüllten Außenbereiche warf. Aber auch hier galt das Gleiche wie in der Waitzstraße. Schwere Verletzungen waren nicht zu beklagen, verrenkte Arme und Handgelenke, eingeklemmte Füße sowie angestoßene Stirnen und Köpfe waren vorgekommen. Medizinische Hilfe war in den wenigsten Fällen nötig gewesen, das meiste war an Ort und Stelle, in aller Stille und ohne Anwesenheit aktiver Handys und Kameras von Betreibern der Apotheken und medizinisch Kundigen wieder aufs Gleis gesetzt worden. Dass die Zahl der rund um das Zelt anwesenden Ärzte jede Wahrscheinlichkeit überstieg, war bis zum letzten Tag nicht ins öffentliche Bewusstsein vorgedrungen. So hatte die diskreteste Vorsichtsmaßnahme aller klugen Treitschke-Maßnahmen ihre gnädige Wirkung erreicht.

Nach 21.30 Uhr füllte sich die Tanzfläche. An anderen Schauplätzen läuft das so ab, dass sich ein erstes Paar vorwagt, gefolgt von einem zweiten, und danach dauert es eine halbe Stunde, bis mehr als die Hälfte der Teilnehmer in Bewegung ist. Hier dauerte es 90 Sekunden, dann konnte im knüppeldicke vollen Tanzbereich von Tanzen im eigentlichen Sinn gar nicht mehr die Rede sein. Stattdessen stieß man aneinander und stieß sich voneinander ab wie die Kugel im Flipper. Bewegungslust und Begeisterung waren ungeheuer. Keiner der jüngeren Anwesenden hatte es für möglich gehalten, dass Menschen im Großeltern-alter motorisch dermaßen aus sich herauskommen können. Nicht alle hielten das lange durch, aber nur wenige lande-ten für den Rest des Abends in der Sitzposition. Sobald die Luft wieder reichte, war man erneut bereit.

Bei der Liveband handelte es sich um eine Combo, die im nördlichen Hamburger Großraum und im anschlie-ßenden Holstein mythischen Charakter besaß. Seit vier Jahrzehnten durften Bälle und Sausen zwischen Faslam, Vereinsjubiläen, jahreszeitlichen Anlässen, Bauern-Kon-gressen und Abitur-Anarchie sich erst dann als eröffnet betrachten, wenn *Einstein und die Hirnis* die Bühne betre-ten hatten. Die Grundformation bestand aus fünf Män-nern und einer Frau, von denen in den seltensten Fäl-len alle gleichzeitig sichtbar waren. Ihr Repertoire war unfassbar vielseitig. Weil sie in kluger Einschätzung ihrer Hit-Qualitäten das erste Jahrzehnt nach der Gründung nicht in Studios verschleudern wollten, hatten sie sich seit dem zweiten Monat ihrer Existenz als Landjugend-Combo verstanden, die jeden Stil, jeden Titel und jede Musikrichtung auf Zuruf abliefern wollte. Alle Musiker spielten minimal vier Instrumente – nicht alle gleich gut, manche gar nicht gut. Aber darauf kommt es bei sechs Musikern nicht an. Bei dieser Zahl kannst du den Einäu-gigen problemlos mit durchschleppen oder seine Soli als Kabarett verkaufen.

Gründer, Namensgeber und Stimme Einstein war im Lauf der Jahre über 20-mal von der Bühne gestürzt und nie hart gefallen. Für sein Publikum war es Ehrensache, im Ernstfall bereitzustehen. Diese Bereitschaft führte dazu, dass sich im Bereich seiner Flugwege stets ein Dutzend Stammbesucher aufhielten. Sie fingen alles auf, was auffangbar war. Sie hatten volltrunkene und übergewichtige Frauen überlebt, alle Teile eines nicht ganz kleinen Schlagzeugs und immer wieder Kulissen, Kulissen, Kulissen. An einigen Fängern war das nicht folgenlos vorübergegangen. Ihre Narben präsentierten sie wie Orden.

Die Aussicht, vor dem wahrscheinlich betagtesten Publikum seines Lebens aufzutreten, hatte Einstein nicht geschreckt. Er präsentierte ein »Best of« aus Jahrzehnten, in denen sich die Gäste im tanzfähigen Alter befunden hatten. Einsteins Humor markierte die Grenze zwischen Zote und herben Pointen. Fast immer flossen darin Körperflüssigkeiten. Aber erstaunlich viele Gäste hielten ihm auch deshalb die Treue. »Richtig unanständig ist es erst dann, wenn ich den Witz nicht mehr verstehe.«

Die Festivalteilnehmer betrachteten *Einstein und die Hirnis* als Geschenk des Himmels. Sie waren andere musikalische Traditionen gewöhnt, vor Einsteins Band hätte man in den Elbvororten die Zugbrücke hochgezogen. Diese Musik konnte man nur live genießen. Kein Radio spielte sie, frühe Tonträger existierten nicht mehr. Das würde so bleiben, solange Einstein nicht doch noch Kult werden würde.

Sie begannen mit einem zehnminütigen Rennen gegen die musikalische Vernunft, das niemand im Zelt ignorieren konnte. Es war schlicht, es war laut, es war nicht einmal abwechslungsreich, aber es riss den lahmsten Gaul in die Senkrechte. Wenn man es geschafft hatte, die Scham zu überwinden – was im Einzelfall zehn Minuten dauern konnte –, war man Teil einer brodelnden Masse geworden. Selbst die Erholungspausen wurden jetzt im Stehen absolviert, irgendwas am Körper war immer in Bewegung.

Dann geschah das Unerwartete und Unerklärliche. Ein Muss-mit-Medley im perfekten Mix aus Country- und irischer Kneipenmusik endete. Danach – nur Stammgäste von Einstein konnten das registrieren – das Folgestück. Es begann schnell, um nach zehn Takten Tempo einzubüßen, langsamer zu werden, langsam zu sein. Zuletzt stand Einstein am Mikro und sang zu unaufhaltsam in den Hintergrund tretender Instrumentalbegleitung ein Lied, das in seiner Einfachheit keinen Gast unbeeindruckt ließ. Zuletzt sang Einstein zur Musik des Geigers, den man vor 20 Jahren aus einem Sinfonieorchester losgeeist hatte. Jetzt war es eine traurige Musik geworden, und es gab einige Zuhörer, die das übertrieben fanden.

Dann hörte Einstein auf zu singen, die Geige suchte nach einem Ausweg und verstummte auch. Einstein hielt ein Papier in der Hand, er blickte ins Publikum, für Einsteins Verhältnisse sah er sehr traurig aus.

»Dem werten Publikum zur Kenntnis: Ernestine, die viele von euch nur unter diesem Namen kennen, hat vor einigen Tagen in der Waitzstraße einen Unfall erlitten. Er hatte nichts mit der Waitzstraße zu tun, auch wenn viele das nicht für möglich halten. Ernestines Gesundheit hatte ein Problem, Mediziner nennen das Schlaganfall. Mediziner haben für alles einen Begriff. Ernestine hat gekämpft, die Ärzte haben gekämpft. Hunderte, wenn nicht Tausende Menschen haben mit Ernestine gelitten und gehofft.«

Jemand hatte zu weinen begonnen, es wurden schnell mehr.

»Jetzt hat Ernestine es überstanden. Seit 40 Minuten kann sie mit ihren Gedanken nicht mehr bei euch sein. Wir unterbrechen unsere Musik, die viele immer noch unerklärlicherweise Konzert nennen. Vielleicht hören und sehen wir uns später wieder. Jetzt ist erst einmal Pause.«

Zuletzt hatte Einstein allein auf der Bühne gestanden, jetzt war sie leer. Im Publikum machten die aktuellen Meldungen schnell wie die Feuerwehr die Runde.

Etwas weniger schnell wurden alle, die Ernestine nicht kannten, von den Eingeweihten über diese Frau in Kenntnis gesetzt.

»Ich habe in den letzten Tagen an sie gedacht. Ich habe an sie gedacht. Ich hätte es häufiger tun müssen.«

»Sie war beim Parken ein Vorbild für uns alle.«

Wer sich traditionell hinter Anekdoten versteckte, erzählte jetzt eine und zur Sicherheit gleich noch eine hinterher.

Die Poppenbüttler, die Ernestine nicht kannten, fragten und hörten zu. Zuerst hielten sich Fragen und Zuhören noch die Waage, zuletzt hörte man nur noch zu. Man erfährt nicht oft von starken Frauen, die einem imponieren, auch wenn man sie nie gekannt und nie persönlich erlebt hat.

Es begann die Phase, in der die Handys lebendig wurden. Die meisten hatten ihr Gerät im Quartier gelassen, die anderen hatten die Wahl: annehmen oder ignorieren?

Kaum jemand ging ran, die wenigen verschwanden nach draußen. Hunderte oder Tausende dachten in diesen Minuten im Land an Ernestine. Es gibt nicht viele Menschen ohne Ämter und Orden und Präsenz auf Bildschirmen, die auch ohne all dies bekannt, präsent und beliebt sind.

Eine halbe Stunde später kehrten die Musiker auf die Bühne zurück und signalisierten, dass sie bereit wären – falls sie gewünscht waren. Mancher Gast hatte immer noch Probleme, solche abgelebten und seit Langem nicht mehr taufrischen Leder- und Jeanstypen mit so viel Einfühlungsvermögen zusammenzubringen. Man bat um gedämpfte Lautstärke und gebremstes Tempo. Aber sie sollten weiterspielen.

Dann geschah etwas, das selbst langjährige Fans von Einstein nie erlebt hatten. Die Band spielte Barmusik! Vier standen auf der Bühne und musizierten mit so viel Unaufdringlichkeit, dass man den Eindruck haben konnte, man sei von der Musik durch eine Wand getrennt. Kein Gesang, nur Klavier, defensives Schlagzeug, Gitarre und manchmal das Saxophon. Nur das Foyer eines Grand Hotels fehlte noch. Selbst gestapelte Getränkekisten und abgefressene Teller auf den Tischen konnten Ernestine nichts anhaben. So ein Gedenkkonzert hat es selten gegeben.

»Wahnsinn! Sie ist noch gar nicht kalt und schon lieben sie alle.«

Die Frau hatte recht. Legendenbildung eine knappe Stunde nach Eintritt des Todes! Aber niemand hielt sich in diesen Minuten bei den biologischen Begrenzungen auf. Ernestine würde erst dann gestorben sein, wenn die Musik still wäre. Man musste also nur die Musiker bei Laune halten. Die vierschrötigen und tief eingekerbten Gesichter sahen nicht so aus, als ob sie nach einer halben Stunde umfallen könnten.

32

Seitdem sie ihren Sitzplatz gefunden hatten, waren die Teilnehmer am künftigen Bootsrennen einander nahe geblieben. Nicht nur Liebe und politische Überzeugungen können Menschen vereinen, auch die Vorfreude auf einen Wettkampf, den der wohlige Duft der Geheimnistuerei umgibt und aus dem Alltag heraushebt.

Auch hier hatten die aus dem Westen mehr zu erzählen, und die Hiesigen hörten zu. Ernestine war ja kein Privatbesitz der Schnöselquartiere. Ihre Biografie lud alle ein, sich ihr nahe zu fühlen, die ihr im Jahrgang nahe waren. Auf fünf Jahre kam es dabei nicht an, auch nicht auf zehn. Ein beeindruckender alter Mensch mit großartiger Lebensleistung hatte sich aus dem Staub gemacht, gefällt von einer der biologisch-biografischen Gemeinheiten, mit denen man rechnen muss und mit denen jeder Anwesende insgeheim nicht erst seit heute Abend rechnete. Alte Menschen sind realistisch und pragmatisch. Wenn sie sich närrisch aufführen, ist das nicht Verwirrung, sondern oft eine Taktik mit dem Ziel, die große letzte Furcht so lange wegzutanzen, bis sie der armen Seele am Ende doch zeigen wird, wer hier das Sagen hat.

Als Roderich mit dem Tablett zurückkehrte, mit dessen Hilfe die Runde drohende Austrocknung im Keim erstickte, sagte er: »Ich weiß jetzt, wie wir das machen müssen.«

»Gut, dass dir das in letzter Minute noch eingefallen ist«, entgegnete ein Lästermaul. »Setz deine Gattin gleich von der erfreulichen Entwicklung in Kenntnis. Sie wird sich freuen. Oder den Schreck ihrer späten Jahre kriegen. Kannst es uns ja hinterher erzählen. Falls du nicht mit unbekanntem Ziel verzogen bist.«

Man keckerte dankbar, eine Prise Frivolität tat jetzt gut. Ernestine würde Verständnis dafür haben.

»Wir treten so auf, wie wir beim Autorennen angetreten sind. Die Elbanrainer und die Waldmenschen. Das, was uns ausmacht.«

»Keine Vorläufe?«

»Keine Vorläufe. Zwölf Teilnehmer maximal, mehr würden dem armen kleinen Fluss ein Trauma bescheren. Sechs aus dem Westen, sechs aus dem Osten. Das Gleichgewicht des Schreckens.«

»Ist das nicht schön?«, sagte Witwe Dörte versonnen. »Ein Todesfall stimmt uns friedlich. Das hätte vor zwei Stunden niemand für möglich gehalten.«

»Vielleicht werden wir alt.«

»Vielleicht sind wir schon alt.«

»Oder so.«

Man verbiss sich in die Frage der Startposition. Zwei oder drei in der ersten Reihe und dahinter so weiter bis zur letzten Reihe? Oder Streichhölzer ziehen? Niemand wollte dazu verurteilt werden, Montag früh an Streichhölzer zu denken. Dann eben Stöckchen oder Hölzchen, was die Alsterwälder anzubieten haben. Oder man ging nach dem Alphabet vor, nach dem Geburtsdatum. Die Jüngsten nach vorne, die Alten wollten keine Opfer des diskriminierenden Vorurteils werden, dass der Respekt vor dem Alter in den Leistungssport Einzug halten müsse.

Der Vorschlag, die Frauen nach vorne zu schicken, kam ausgerechnet von einem Mann, der sich damit den Anschiss beider Geschlechter zuzog.

Startzeit: Montag 10 Uhr. Bestimmt war es vormittags noch kühl, aber man würde sich ja warm rudern. Start Richtung Dänemark im Norden, auch im Norden von Poppenbüttel. Da, wo der Wald am waldigsten ist und man die Boote trotzdem mithilfe von Karren mit Vollgummi-Bereifung problemlos ans Wasser transportiert bekommt. Nach dem Startschuss geht es mit der Strömung Richtung Süden, also Richtung Innenstadt. Das hörte sich radikaler an, als es war. Was in der Alster Strömung heißt, nimmt bei ruhigem Wetter ein erfahrener Wassersportler weder wahr noch ernst. Das Ziel lag an der Einfahrt in den Teich an der Poppenbüttler Schleuse. Über die exakte Position der Ziellinie durfte es hinterher keine Streiterei geben. Wo das Wasser breit wurde, war das Rennen zu Ende. Dort postierte Eingeweihte, zum anfeuernden Schreien bereit, würden die Teilnehmer optisch und akustisch informieren, dass ein Endspurt jetzt nicht die schlechteste Lösung darstellte.

Wer im Verlauf des Fests die Idee mit dem Autokorso hatte, ließ sich hinterher nicht mehr feststellen. Dass nüchternes Händeschütteln oder eine Umarmung zum Gedenken an Ernestine eine unwürdig banale und dürftige Geste darstellen würde, musste nicht diskutiert werden. Kaum weniger als zehn Wagen gingen nach 22 Uhr auf die Gedenkrunde, Proviant befand sich an Bord, auch alkoholfreie Getränke. Die drohende Austrocknung in die Jahre gekommener Körper durfte nicht unterschätzt werden. Nicht in jedem Wagen saß der Eigentümer, in mehr als einem Fahrzeug saß jemand am Steuer, der mit solchen Fabrikaten keine Erfahrung hatte. Die Trauer ist ein hohes Gut, man kann ihr nicht mit bürokratisch korrektem Verhalten gerecht werden. Trauer und Bürokratie schließen einander aus.

Wer darauf verzichtete, im Korso mitzufahren, verfolgte wenigstens, wie sich die Wagen in Bewegung setzten. Sie standen nicht in Reih und Glied, einige waren abseits geparkt, man musste sich also erst finden. Bevor das gelingen konnte, musste man danach die Ausgangsposition suchen. Und dafür wiederum war es sinnvoll, Abbiegungen zu nutzen, die einen der Autoschlange näher bringen. Einigen gelang das, zwei oder drei gelang es sogar, ohne ein einziges Mal falsch abzubiegen. Aber drei oder vier gingen die Sache komplizierter als notwendig an, irgendwann verloren sie den Anschluss. Clevere Fahrer warteten dann am Straßenrand in der nicht unberechtigten Annahme, dass der Weg des Korsos im überschaubaren Poppenbüttler Straßennetz eine spätere Begegnung unausweichlich machen würde.

Aber die Hektiker wollten ja unbedingt über Handy Kontakt herstellen. Der Spitzenreiter landete telefonisch in Argentinien, die anderen blieben zwar in Europa, aber Norddeutschland kam bei niemandem vor. Der erste Wagen erreichte Scharbeutz in der Lübecker Bucht. Nach Lage des Straßennetzes muss man dazu die Bundesautobahn queren, am besten einen Teil von ihr befahren. Beides hatte nicht stattgefunden. Als der Erste vorschlug, die Existenz von Scharbeutz einer empirischen Prüfung zu unterziehen, war die halbe Nacht bereits vergangen. Nun wollte man es wissen, zumal niemand scharf darauf war, sich auf den Rückweg zu begeben, ohne Ernestine zuvor als aktives Mitglied der Gedenk-Rallye zu würdigen. Insgeheim hatte man bestimmte Vorstellungen, wo man am Ende schlimmstenfalls landen könnte, und war froh, dass der eiserne Vorhang durchlässig geworden war.

Jemand hatte in Scharbeutz ein Schild angebracht, das er in Büsum abmontiert haben musste. So unverfroren die Tat war, so überraschend war sie auch, denn Büsum liegt an der Nordsee. Ostsee und Nordsee sind durch die Landmasse von Schleswig-Holstein getrennt. Man hatte sie sich weitläufiger vorgestellt, übrigens auch waldreicher – und ihre Bewohner auskunftsfreudiger. Die Hälfte der aus dem Schlaf Geklingelten und zur Not Gehupten gab an, die Frage nicht zu verstehen, die andere Hälfte äußerte Variationen des Satzes: »Veralbern kann ich mich alleine.« Dabei wollte man nur wissen, ob man sich in Scharbeutz oder Büsum befinden würde. Es war schwer genug gewesen, um 2.30 Uhr morgens eine Haustür zu finden, die geöffnet wurde.

Diese Sorgen hatten diejenigen nicht, die sich bereits in Poppenbüttel in den Autokorso einreihen konnten. Man fuhr in gemessenem Tempo und bot sich bereitwillig zum Überholen an. Das Angebot wurde rege genutzt, doch der naheliegende Wunsch, sich nach dem Überholen eines Autos unverzüglich wieder rechts einzuordnen, traf auf eine Lage, die kein Überholer vorher auf der Rechnung hatte. Vor dem Passieren des zehnten Wagens war an ein Einbiegen nach rechts nicht zu denken.

Alle Radiosender des *NDR* gingen auf Sendung: »Achtung, Autofahrer! Nördlich von Hamburg kommt Ihnen ein Autokorso mit unbekanntem Ziel entgegen. Fahren Sie rechts und kommen Sie nicht auf den Gedanken, sich dem

Korso anzuschließen. Ich wiederhole. Fahren Sie rechts und bleiben Sie rechts, am besten längerfristig weit rechts, der Autokorso wird von Wagen überholt, die nicht mit der Existenz eines Korsos gerechnet haben. Auf den Straßen unseres Sendegebiets ist das Überholen zeitweise nicht möglich. Wo es aussieht, als wäre es möglich, könnte es sich um eine Sinnestäuschung handeln. Wir informieren Sie, sobald der Korso vorüber ist. Beziehungsweise die Gefahr. Die Gefahr vorüber. Und nun weiter im ... Dings, im Programm.«

Wer auf den Gedanken gekommen war, als Erster die Scheinwerfer auszuschalten, ließ sich nicht ermitteln. Auslöser war offenbar der Wunsch, dem traurigen Anlass des Autokorsos durch Reduzierung der Beleuchtung angemessenen Ausdruck zu verleihen. In weniger als fünf Minuten setzte sich das Ausschalten bis zum letzten Wagen fort. Das wäre weniger riskant gewesen, wenn wenigstens derjenige Wagen, der den Abschluss der Kette bildete, dem Wunsch widerstanden hätte, dem kollektiven Entschluss nach angemessener Trauer zu folgen. Hinter dem Korso kam es zu mehreren Auffahrunfällen, ein Sprinter rutschte in den Graben. Personenschäden waren nicht zu beklagen. Zuletzt setzte sich ein Streifenwagen vor den Korso und leitete ihn in den Hamburger Norden zurück. Kurz vor Erreichen des Stadtteils Poppenbüttel verlor der Streifenwagen jedoch den Kontakt zum Korso. Zwar wurden die Teilnehmer später im Umfeld des Poppenbüttler Marktplatzes angetroffen. Jedoch verwickelten sich die Fahrer in Widersprüche, später auch die Polizisten in widersprüchliche Fragen.

Kurz vor 4 Uhr nachts lagen bis auf die Polizeibeamten alle in ihren Betten. Der verloren gegangene Teilnehmer des Korsos meldete sich im Verlauf des Samstags aus dem Nordseebad Büsum, man bat um frische Wäsche, bevorzugt mit maritimen Motiven. Und ein neues Blatt *Canasta* Karten wäre angenehm.

33

Die ersten Kinder kamen früh. Um 8 Uhr schrien sich auf dem Parkplatz am Poppenbüttler Marktplatz drei Personen an, die um einen Pkw der obersten Mittelklasse herumstanden. Später wurde deutlich, dass sich auf dem Rücksitz ein Kind aufhielt. Es weigerte sich, den Wagen zu verlassen. Angeblich wollte es nicht, dass jemand es weinen sah. Sein Vater reagierte darauf mit unerwarteter Herzlosigkeit und den Worten: »Nepomuk, ich sag's dir nicht zum ersten Mal: Du bist nicht das Opfer, du bist fast nie das Opfer, du bist nicht unschuldig, und deine falschen Tränen kannst du dir in die Haare schmieren. Dann sehen sie wenigstens nicht mehr so aus, als ob du dich wieder heimlich an Muttis Haarfestiger bedient hast.«

Der anwesende alte Herr verfolgte den Streit mit verschränkten Armen. »Ich kann solange gehen, bis ihr euch ausgesprochen habt.«

Daraufhin die Frau, offenkundig seine Tochter oder Schwiegertochter: »Rühr dich nicht vom Fleck! Dein Aufstand hat doch alles erst ausgelöst.«

»Ich habe nicht verlangt, dass sich der Bengel wie ein kleiner Schwuli schminken soll.«

»Nepomuk ist nicht klein. Er testet nur seine queere Bereitschaft.«

»Mit fünf Jahren!«

»Dafür ist es nie zu spät.«

»Und wann ist es zu früh?«

Nun wieder der Mann, bei dem es sich möglicherweise um Nepomuks Vater handelte, was unbeteiligte Zuschauer zugunsten des Kindes aber nicht hoffen wollten: »Zum Thema Auto gilt, was letzte Woche auch schon galt. Solange du uns nicht vorführst, ob du endlich einparken und ausparken kannst wie ein berechenbarer Zeitgenosse und nicht wie Rambo auf dem Rachefeldzug, ist der Wagen für dich tabu. Auch der Stadtwagen. Und erst recht der für die Ausfahrten. Du erkennst ihn am Oldtimer-Kennzeichen.«

»Du hast den Golfwagen vergessen.«

»Du hasst Golf.«

»Den Golfwagen mag ich.«

»Den muss man nicht einparken, den stellt man einfach irgendwo ab.«

»Einfach! Irgendwo! Ab! Ist das dein Verständnis von Parken? Junge, was ist nur aus dir geworden?«

Seltsamerweise wirkte der alte Herr in gewisser Weise vergnügt. Immer wieder blickte er zur Seite, wo sich an einem Wagen der mittleren Mittelklasse eine ähnliche Personenkonstellation über ein ähnliches Thema stritt. In diesen Minuten gab es weitere vergleichbare Szenen rund um den Marktplatz. Zahlreiche Bewohner aus den westlichen Vororten waren gekommen, um ihre alten Herrschaften nach Abschluss der Trainingswoche heimzuholen, und sahen sich unerwartet betagten Aufständischen gegenüber, die ihre Fähigkeiten auf eine Weise überschätzten, die die Kinder wahlweise als »unfassbar«, »ausgetickt« und »Gefahr für die Allgemeinheit« bezeichneten. Keine Bezeichnung trug zur Entspannung der Situation bei.

Während des gesamten Vormittags spielten sich rund um den Marktplatz Szenen ab, die einander glichen. Ein oder zwei Jüngere sahen zu, wie ihr Vater oder ihre Mutter einparkte oder ausparkte. Nicht immer war der Unterschied auszumachen. Wenn in die Hände geklatscht wurde, konnte es sich im Einzelfall um Beifall handeln, im Normalfall waren Hohn und Spott die Auslöser.

Oft gellten Rufe über den Platz, alle in empörtem Tonfall vorgetragen: »Dafür bezahle ich doch nicht! Ich will sofort mein Geld zurück. Wo ist denn hier die Kasse? Oder sind die Beutelschneider schon auf dem Weg in die Karibik?«

Bald war der erste Trainer zur Stelle, am Ende waren es drei. Sie versuchten, die diversen Buschfeuer auszutreten, indem sie behaupteten, dass sichtbare Fortschritte bei der Beherrschung des Autos eingetreten seien. Sie erwähnten den großen Wert von Ermunterung und Bestärkung. Meist ernteten sie Hohngelächter, erstaunlich oft und erstaunlich hässlich von den jüngeren Frauen. Wenn Kinder anwesend waren, mäßigten sich die Streithähne meistens, aber nicht in jedem Fall. Einmal gelang es, in letzter Sekunde ein kleines Mädchen aus dem Wagen zu ziehen. Es war in einem unbeobachteten Moment in den Stadtwagen geklettert, der Motor lief bereits, nun versuchte das Kind, an ein Pedal zu gelangen.

Die Machtkämpfe hatten in jeder Minute Zuschauer. Mehrere Teilnehmer des Bootsrennens hörten zu, einige hatten Kaffeebecher dabei, mit denen sie sich im Café versorgt hatten. Aufmerksam und am Kaffee nippend verfolgte man die familiären Kämpfe. Nichts wurde heute zum ersten Mal geäußert, man war sich offensichtlich seit Langem in unterschiedlicher Definition der Gefechtslage verbunden. Der südeuropäisch-großrahmige Einsatz gestikulierender Arme sah seltsam aus. Wie eine Fremdsprache wirkte es, wenn sich kultivierte Hanseaten, denen gebremste Motorik und Selbstbeherrschung in Gesicht und DNA eingebrannt sind, in einer Weise gehenlassen, die mit »keifen« kaum übertrieben beschrieben ist.

Die Beobachter der familiären Streitereien fühlten sich wie im Theater, bisweilen wie im Zoo. Wer allein zum Festival gekommen war, wer nicht abgeholt werden würde sowie alle, die aus anderen Gegenden kamen oder aus Poppenbüttel stammten – gemeinsam war ihnen das sichere Gefühl, dass die aus dem Westen es nicht leicht hatten mit ihrer Lebensweise. Am allerwenigsten leicht hatten sie es mit ihren Eltern. Und die Eltern mit ihren Kindern. Ein endloses Unentschieden, das erst der Tod auflösen würde.

Traurig? Sicher. Interessant? Keineswegs, denn der Westen war weit entfernt, freiwillig verirrte sich von dort niemand zu den Waldmenschen. Die Westler brachten der hiesigen Wirtschaft keine Umsätze. Das machte sie nicht zu Unmenschen, aber ein wenig unwichtiger wurden sie dadurch doch. Und man durfte sich in diesen Stunden durch nichts und niemanden ablenken lassen. Heute Nachmittag würde trainiert werden, morgen würde man mit einer Radikalität faulenzen, wie sie die Welt nicht oft gesehen hat. Montagvormittag das Rennen, ein Ereignis, dessen Ergebnis einen Lebenslauf in der schönsten aller denkbaren Weisen drehen konnte. Schade, dass es nur einen einzigen Sieger geben konnte. Sympathisch, dass alle Teilnehmer sich selbst für den heißesten Anwärter auf die Siegerkrone hielten. Aber es war gut für die Motivation. Ohne hungrige Teilnehmer kein spannender Wettkampf.

Siegerkrone, dachte der Beobachter des Parkstreits vor sich, wo kriegen wir auf die Schnelle eine Siegerkrone her?

Im weiteren Verlauf des Samstags ging der innere Zirkel aufs Wasser. Man genoss das Prozedere und legte Wert darauf, sich mit Hingabe als Sportsmann zu präsentieren. Frauen ließ man selbstverständlich den Vortritt, und wenn die dankend verzichteten, weil sie keine Extrawurst in Manier vergangener Jahrhunderte gebraten bekommen wollten, ging man trotzdem nicht als Erster ins Wasser. Das trieb man mehrere Viertelstunden lang, bis ein Teilnehmer die Uhrzeit des heutigen Sonnenuntergangs recherchiert hatte. Danach ging es zügiger voran.

Das Bootshaus am Poppenbüttler Teich feierte den Tag der offenen Tür. Erstaunlich, wie schnell ein Geldschein die Schläfrigkeit der diensthabenden Schüler beendete und wie zügig man durch bloßes Wedeln mit einem weiteren Schein die abgewetzte Kaffeemaschine in der Bretterbude in Gang setzte.

Der Einpark-Trainer, der sich in den vergangenen Tagen bei den Senioren durch Mutterwitz und Schulterklopfen das größte Vertrauen erarbeitet hatte, ließ es sich nicht nehmen, am Teich vorbeizuschauen, nachdem man ihn im Vorfeld ins Vertrauen gezogen hatte. Im Grunde hatte man ihn lediglich nebenbei gefragt, welche Lockerungs-übungen anzuraten seien, wenn man – theoretisch, total theoretisch – den Wunsch verspüren würde, ein wenig aufs Wasser zu gehen, um im Kanu einige Bahnen zu ziehen. Unverbindliche Bahnen. Der Trainer – klug geworden durch entsprechende Ausstattung seiner Familie mit listigen Alten – hatte den Braten gerochen und tat alles, um das Schlimmste zu verhindern. Vor allem galt es, einen betagten Herrn von den Vorteilen einer landgestützten Existenz zu überzeugen. Dessen Konstitution machte die Aussicht, sich einem Kanu anzuvertrauen, zu einem No-Go. Dummerweise handelte es sich bei ihm um den Mann, der sich selbst einschüchternde Fitness attestierte, die außer ihm jedoch niemand zu entdecken vermochte. Er hielt es für normal, nach 20 Paddelschlägen fünf Minuten zu verschnaufen. Seine Hilfsbedürftigkeit hielt er für eine ausgeklügelte Rennstrategie: »Wenn sie glauben, ich pfeife auf dem letzten Loch, haben sie mich nicht mehr auf der Rechnung. Dann rolle ich das Feld von hinten auf.«

Zwei Frauen und ein Mann, keiner jünger als Ende 70, überzeugten den Trainer. Zwei hatten ein sportliches Leben gelebt, voller Bewegung, ohne jahrzehntelange Pausen. Sie hatten es nie übertrieben, waren nie auf die höchsten Berge gestiegen und hatten nie die längsten Treckingpfade abgeradelt. Sie waren schlicht und einfach gut drauf, der Körper war ihr Freund, und sie waren pfleglich mit ihm umgegangen. Die zweite der Frauen schwor Stein und Bein, dass sie zuletzt bei Bundesjugendspielen in grauer Vorzeit einen sportähnlichen Tag absolviert hatte. Der Trainer hielt das nicht unbedingt für eine kokette Legende. Es gibt solche Menschen, sie sind gesegnet – manchmal realisieren sie das nie.

Dieser Frau auf dem Wasser zuzusehen, war ein Genuss. Sie machte alles richtig, obwohl oder vielleicht, weil sie mehrfach betonte, dass sie eigentlich gar nichts machen würde. Sie würde sich einfach nicht dagegen wehren, was ihr Körper vorschlug. Der Trainer bestand darauf, ihren Puls zu prüfen. Für ihn stand die Siegerin fest. Diese Überzeugung behielt er für sich, denn er spürte die prüfenden Blicke der Männer. Sie ahnten, dass er mehr wusste, als er herausließ. Natürlich war zwei Tage vor dem Rennen noch nicht mit Sabotage zu rechnen. Aber zwei Tage sind eine lange Zeit, in zwei Tagen kann viel passieren. Ein falscher Schritt, ein Rempler, ganz sanft, gerade so stark, dass es das alte Mädchen aus der Bahn werfen wird. Bei so einem zierlichen Körper sind keine Rugbytechniken nötig. Es reicht schon, ihr als Kavalier den Arm anzubieten, den sie als höflicher Mensch nicht ausschlagen wird. Und dann … und dann … Man musste nur aufpassen, dass sich der aufdringlich-neugierige Trainer nicht gerade in der Nähe herumtreiben würde. Sein Gesicht verriet ihn, er hörte das Gras wachsen. Bei ihm würden es die popligen Summen nicht tun, mit denen man einen bestechlichen Oberschüler erfreuen kann.

Mehr als ein Teilnehmer des Rennens war finanziell solide abgesichert, sehr solide sogar. So alt konnten sie gar nicht werden, um den ganzen Schotter noch zu Lebzeiten zu verschleudern. Eine nur leicht überdurchschnittliche Kenntnis der wirtschaftlichen Oberklasse hätte gereicht, um die Möglichkeiten desjenigen Herrn realistisch einzuschätzen, der sich in aller Bescheidenheit für den künftigen Besitzer der Siegerkrone hielt. Er war so realistisch, keinen Gedanken an seine Talente als Don Juan zu verschwenden. Mit Frauen hatte er nie Glück gehabt – vor allem nie lange. Er hatte es immer wieder versucht, aber er hätte sie festbinden müssen, um in Sichtweite einer Feier anlässlich der Silbernen Hochzeit zu gelangen.

Über die Liebesschiene würde es daher nicht laufen. Zwar traute er sich zu, ein altes Mädchen 48 Stunden zu blenden. Aber die Frau ruderte so perfekt. Das war kein spätes Mädchen mit staunenden Kuhaugen, das selbst mit 100 Jahren nicht kapiert haben würde, was für Schweinepriester Männer sein können. Einen Moment überlegte der Sieganwärter, ob nicht Verschiebung die beste Taktik sein könnte. Denn wie mancher andere hielt er es für ausgemacht, dass aus dem Einparkfestival eine regelmäßige Veranstaltung werden würde. Ein Jahr Geduld und dann zuschlagen? Keine dumme Idee. Aber wenn auch der weibliche Ruderstar im nächsten Jahr erneut antreten würde? Frauen können so gemein sein. Sie musste lediglich Freude am Siegen empfinden, dann würde sie nichts und niemand davon abhalten, in den kommenden Jahren einen Sieg nach dem anderen einzutüten.

Der Sieganwärter spielte seine Optionen durch. Dass er sich von Minute zu Minute schäbiger vorkam, ignorierte er eine Viertelstunde problemlos. Danach wurde es schwieriger. Er hatte in seinem Leben diverse Siege gefeiert. Sachlich traf das zu, aber eine der prickelndsten Nebenerscheinungen des Siegesgefühls ist ja gerade, dass es einem nie reicht. Es ist wie beim Verzehr einer herrlichen Nachspeise: Für einen weiteren Bissen ist immer noch Platz.

Der Sieganwärter trainierte wie ein Wilder. Er wollte sich spüren, er gehörte zu den Besten. Denn bis auf die zwei oder drei Spaßpaddler, die keine Sekunde über ihre Siegmöglichkeiten nachdachten, fand in den Stunden auf dem Wasser die große Chancenabwägung statt. Die drei Späher ruderten flussaufwärts, um den Rennkurs in den Griff zu bekommen. Sie nahmen auch die Zeit, denn es sollte kein Ausscheidungsrennen werden, bei dem nur die Allerbesten das Ziel erreichen würden. Man einigte sich auf 20 Minuten, so viel musste drin sein. Wenn jemand aufgab, dann war das eben so.

Auf dem parallel zum Fluss verlaufenden Fußweg nahm der Betrieb zu. So nobel wie die Natur, so höflich die Pilger am Ufer. Ab und zu eine Ermunterung, aber nie Gönnerhaftigkeit. Kein dummer Spruch von der Sorte, nach dem man am liebsten an Land gehen und die Sache mit Hilfe des Paddels an Ort und Stelle klären wollte. Natürlich kamen einige Spaziergänger durch den Anblick der Kanus auf den Geschmack. Lautstark forderten sie Information. Man zog ihnen den Zahn, indem man sich als Mitglied einer geschlossenen Gemeinschaft ausgab. Das Letzte, was man wollte, waren alkoholisierte Jungerwachsene, die in kurzer Zeit die Flotte aus dem Bootshaus halbieren würden.

Zuletzt noch einmal das Paddel tief eingetaucht und dem Gefühl von Geschwindigkeit und Macht nachgespürt. Die Ruderei wird einfach nicht langweilig. Und man hat es selbst in der Hand, wie groß das Vergnügen ist. Spätere Besuche in den örtlichen Apotheken waren natürlich unvermeidlich, alte Knochen müssen bei Laune gehalten werden. Und am Sonntag nicht faul herumliegen, Bewegung ist das A und O.

Zuletzt zeigten sie der Kaffeemaschine ihre Grenzen auf. Keuchend gab das alte Gerät sein Bestes. Der Trainer trieb sich immer noch in der Nähe herum, es war schwer, ihn zu ignorieren. Es wurde unmöglich, als er im Vorbeigehen sagte: »Ich sehe dich.«

Der betagte Sieganwärter blickte sich nach allen Seiten um. Aber dass er gemeint war und niemand sonst, war ihm schon vorher klar gewesen.

Auf dem Heimweg gerieten sie in die Ankunft eines Taxis auf dem Marktplatz. Drei alte Menschen stiegen aus. Gesichter und Körperhaltung strahlten Müdigkeit und Erschöpfung aus, aber ihre Augen strahlten. »Das glaubt ihr nicht«, sagte einer von ihnen zu den vorbeigehenden Ruderern. »Wir glauben es ja selbst nicht.«

»Wo habt ihr gesteckt? Ihr seht aus, als wenn ihr seit Tagen nicht aus den Klamotten gekommen seid?«

»Manni, wo waren wir genau?«

Der Fahrer wuchtete die letzte Tasche aus dem Kofferraum und sagte: »Darüber schweigt nicht nur des Sängers Höflichkeit, sondern auch die des Chauffeurs.«

Die Alten sahen aus, als würden sie gleich anfangen zu weinen. Aber nicht aus Unglück und Leid. Es war das Gegenteil von Leid, das exakte Gegenteil.

34

Die Telefonkette klingelte um 6.30 Uhr, gnadenlos. Der ungeduldigste Teilnehmer des Rennens wollte schon im Verlauf des morgendlichen Urinierens beginnen, sich zu lockern. Dafür zahlte er mit dem Verlust eines trockenen Schlafanzugs.

Zwölf Teilnehmer, mehr Männer als Frauen. Sechs gingen für die westlichen Vororte ins Rennen, sechs für Poppenbüttel. Man hasste sich nicht, man mochte sich sogar. Aber ohne Gegner ist alles nichts.

Offiziell hatte sich niemand um einen Fotografen oder Kameraleute bemüht. Seltsamerweise fand sich aber doch eine Handvoll ein. Man verjagte sie nicht. Beim Überqueren der Straßen gab man acht, man begrüßte auch die unvermeidliche Medizinerin als Feigenblatt der Helferkaste.

Alles war vorbereitet, alle Türen standen offen, das Bootsmaterial wurde gecheckt und für astrein befunden. Auf der Straße rauschte der morgendliche Berufsverkehr, als man gemeinsam – unterstützt von jugendlichen Hilfskräften des Heinrich-Heine-Gymnasiums mit aktiver Bereitschaft zum Schulschwänzen – nördlich von Poppenbüttel zum Startplatz aufbrach.

Der eine und die andere machten sich unterwegs locker. Die Querdenker verweigerten sich, wie es ihre Art ist: »Meine Lockerung ist das Rennen.«

»Du weißt, dass das falsch ist.«

»Ich weiß, aber ich freue mich seit zwei Tagen darauf, es sagen zu können.«

Wenn du auf einem Fluss unterwegs bist, der durch Waldstücke führt, wird dich die Anwesenheit von Bäumen nicht überraschen. Aber du wirst auch nicht auf die Idee kommen, einen Blick hinter die Bäume zu werfen, von denen nicht wenige einen respektablen Umfang aufweisen und sich als Versteck eignen. Auch als Versteck für Menschen, die nicht nur Kameras bei sich haben. Sondern Menschen, die verwandtschaftliche Beziehungen zu einem Rennteilnehmer besitzen.

»Sie sind total verrückt«, sagte die Frau hinterm Baum.

»Das haben wir geklärt«, entgegnete ihr männlicher Begleiter.

»Dadurch wird es nicht schöner. Es ist und bleibt Irrsinn.«

»Wann gibst du zu, dass du auf den alten Hornochsen stolz bist?«

»Ich? Stolz? Auf ihn? Nicht in diesem Leben!« Und sehr viel leiser: »Darauf wartet er doch nur.«

»Mit diesem Film können wir die nächsten Geburtstage bestreiten. Und Weihnachten auch.«

»Wenn er glaubt, er kriegt diesmal ein Geschenk …«

»Übertreib's nicht. Es geht los.«

»Woher willst du das wissen? Hier kommen sie doch erst in zehn Minuten vorbei. Wenn sie nicht vorher in den Bach kippen.« Sie sah genauer hin. »Du hast den Knopf im Ohr! Du hast Telefonkontakt! Das wird ja immer schöner. Wer steht am Start? Wer steht am Ziel? Sag mir, wer am …«

»Was? Was hast du gesagt?«

»Ich höre!«

»Hörst du auch, dass ich dich liebe und immer lieben werde?«

»Jetzt ist nicht die Zeit, um rumzusäuseln.«

»Ist dafür nicht immer Zeit?«

Am liebsten hätte sie den Kerl von der Anhöhe gestoßen, auf der sie sich befanden. Er wäre mit Sicherheit gefallen. Aber sie tat es nicht. Dabei war sie nicht der Typ, der schmalzige Liebeserklärungen locker wegsteckte.

Am Start stand eine bewaffnete Person. Im Wasser waren zwei Jugendliche damit beschäftigt, die Startreihe aus drei Booten in der ersten Reihe und dahinter weitere drei Reihen in eine Form zu dirigieren, die ein Chaos beim Start weniger wahrscheinlich machen würde. In der letzten Reihe war ein Platz frei geblieben. Eine Frau hatte in letzter Minute zurückgezogen. Angeblich der Magen. Die Wahrheit sah anders aus, sie war am sehr frühen Morgen von Tochter und Schwiegersohn aus ihrem Quartier geholt worden. Man hatte sie gezwungen, eine Tablette zu schlucken, die sie angeblich beruhigen würde. In Wahrheit betäubte sie, das erleichterte den Kindern den Abtransport, ohne ihre Wut abzumildern. Dazu hätten sie selbst eine Tablette schlucken müssen. Oder fünf.

Heinrich Treitschke streckte den Arm in die Höhe, um ihn erstarben Wispern und andere Geräusche.

»Ich eröffne die neueste und wahrscheinlich nicht letzte Revolution in unserem windstillen Fleckchen Erde. Das jährliche Bootsrennen auf der Alster für jeden, der älter ist als 73 Jahre. Gute Reise, gutes körperliches Befinden, radikale Fairness und selbst in der Minute der äußersten

Anstrengung nie vergessen: Jeder Teilnehmer ist ein Sieger.«

»Komm zu Stuhle, Dichter, wir werden nicht jünger!«, ertönte es aus dem Starterfeld.

Dann der Schuss. Zehnmal so laut, wie alle gedacht hatten.

ENDE

*Weitere Titel finden Sie auf den
folgenden Seiten und im Internet:*

WWW.GMEINER-VERLAG.DE

Alle Bücher von Norbert Klugmann:

Rebenblut
ISBN 978-3-89977-613-3

Schlüsselgewalt
ISBN 978-3-89977-615-7

Kabinettstück
ISBN 978-3-89977-680-5

Die Nacht des Narren
ISBN 978-3-89977-769-7

Die Adler von Lübeck
ISBN 978-3-8392-1004-8

Die Tochter des Salzhändlers
ISBN 978-3-8392-0256-2

Lüneburger Elefanten
ISBN 978-3-8392-0389-7

Bitte parken Sie nicht in unserem Schaufenster
ISBN 978-3-8392-0237-1

Wendlandt und Süß
ISBN 978-3-8392-0517-4

Opa parkt in Poppenbüttel
ISBN 978-3-8392-0720-8

GMEINER SPANNUNG

WWW.GMEINER-VERLAG.DE
Wir machen's spannend

Hartmut Höhne
Mord am Thalia
Zeitgeschichtlicher Kriminalroman
304 Seiten, 12,5 x 20,5 cm,
Broschur
ISBN 978-3-8392-0716-1

Im Thalia Theater wird ausgelassen gefeiert. Als Max
Schwartau, Bildhauer und Maler, tot aufgefunden wird,
übernimmt Kommissar Jakob Mortensen den Fall
während der laufenden Festveranstaltung. Der erste
Verdacht fällt auf die russischstämmige Alina Krylow,
später auch auf Eva Scheller, die Frau eines Galeristen.
Während Mortensen zusehends Alina verfällt, verliert
er den Fall komplett aus den Augen und riskiert damit
seine berufliche Stellung – und seine Beziehung. Dann
geschieht ein zweiter Mord.

GMEINER SPANNUNG

WWW.GMEINER-VERLAG.DE
Wir machen's spannend